이상의 시
괴델의 수

김학은 지음

보고사

To KATE 1089 LEE

추천의 글

제 주변에는 훌륭한 스승과 선배들이 있어서, 문학작품을 다양하게 읽는 법을 배울 수 있었습니다. 대학 시절에는 혜산 박두진 선생에게서 현대시 읽는 법을 배우다가, 대학원에 들어와 연민 이가원 선생을 만나면서 한시 읽는 법을 배워, 그 깊은 맛을 마음껏 즐겼습니다. 물론 아직도 제대로 읽지 못한 작품이 많다는 것은 제 게으름 탓입니다만.

저는 한시를 공부하면서도 우리나라 현대시를 계속 읽었지만, 이상의 시만은 여전히 풀리지 않는 부분이 많았습니다. 그의 글자에는 글자 이상의 의미가 담겨져 있기 때문입니다.

불가의 스님이 지은 한시를 유교 공부만 해온 한학자가 이해하기 힘든 것은 불립문자不立文字의 시를 문자文字의 시로 읽으려 하기 때문인 것처럼, 건축가 이상이 지은 시를 한글로만 읽어내려니 그 의미가 제대로 풀리지 않았습니다. 그때 김정동 선배(목원대학교 건축학과 교수)를 만나, 이상의 시를 건축도면과 건축용어로 설명을 듣자 몇 편이 명쾌하게 풀렸습니다. 건축가 이상이 건축문자로 쓴 시 몇 편이 임자를 제대로 만난 것입니다.

한국인이 쓴 한시를 한글만 아는 독자가 읽을 수 없는 것처럼,

이상이 일본어로 쓴 시도 한글만 아는 독자가 읽을 수는 없습니다. 이상이 쓴 글자를 알아야 제대로 읽어낼 수 있는 것이지요. 이상이 쓴 시 가운데 일부는 숫자로 되어 있으니, 한글만 아는 독자가 이해하기 힘든 것은 당연합니다.

김학은 선배(연세대 경제학부 명예교수)는 경제학자인데, 만날 때마다 놀랍고도 재미있는 이야기를 들려주어서 저도 엉뚱한 공부를 많이 하게 되었습니다. 김 선배가 이번에 아무도 생각하지 못한 방식으로 이상의 시를 읽어냈습니다. 엉뚱하다면 엉뚱한 접근이지만, 저는 이 원고를 읽으면서 적어도 두 가지 점에서 놀랐습니다.

첫 번째는 일관된 원칙을 가지고 이상의 시를 읽어냈다는 점입니다. 예외 없는 법칙은 없다면서, 해독하기 어려운 작품이 나오면 으레 앞서의 해독원칙을 바꾸는 분들이 많은데, 김학은 선배의 해독은 처음부터 끝까지 하나의 원칙으로 일관했으니, 공자의 표현을 빌리자면 일이관지─以貫之한 것입니다. 김 선배가 감춘 열쇠를 찾아냈기에, 병석에서 한 달 만에 방대한 원고를 탈고할 수 있었겠지요. 잠도 못 자고 원고를 써내려가면서 얼마나 신났을는지, 정말 부럽습니다. 김 선배가 찾아낸 열쇠를 넘겨받으면, 우리도 이상이 숨겨놓은 길을 따라가며 그의 시를 읽어낼 수 있습니다.

두 번째는 제가 임종국 선생이 편집한 이상전집 3권만 금과옥조처럼 여기고 읽어왔지만, 김 선배는 이상의 친필 원고를 찾아내어 텍스트로 삼고 해독했다는 점입니다. 여러 학자들이 출판사에서 오자 탈자를 가려내지 못하고 찍어낸 요즘 책을 가지고 해독하다가 틀린 글자를 아전인수 격으로 오독하는 경우가 많았는데, 김 선배는 한 글자 한 글자 꼼꼼하게 확인해 가며, 이상이 처음에 썼던 텍스트 그대로 해독해냈습니다.

　김학은 선배의 책을 끈기 있게 읽어가노라면, 동서고금의 책들을 덤으로 얻게 되는 즐거움도 누릴 수 있습니다. 그렇다고 해서, 이상의 시에 관한 선학들의 귀중한 연구 성과를 전적으로 무시하자는 뜻은 아닙니다. 한글은 한글로, 일본어는 일본어로, 건축도면은 건축도면으로 읽어내야 하는 것처럼, 형식어는 형식어로 읽어보자는 하나의 제안입니다. 이상은 자신의 시에 대해서 "機能語, 組織語, 構成語, 思索語로 된 한글文字 追究試驗"이라고 하였습니다. 이 책을 통해서 이상의 한글 문자 추구시험에 형식어形式語 시험도 하나 추가되어, 우리들의 해석의 폭이 그만큼 넓어지면 다행이겠습니다.

2014년 1월
허경진
연세대학교 문과대학 국어국문학과 교수

머리말

01. 지금까지 李箱(1910-1937)의 시를 해독하려는 단편적인 시도가 있었다. 그러나 그 시도는 각각의 시를 따로 따로 해독하여 하나의 주제로 관통하는 해독은 이루어지지 않았다. 그러다 보니 아전인수로 해독하는 경우가 많았다. 이 책은 이상이 1931년에 쓴 이래 지금까지 82년 동안 일관된 해독을 거부하고 있는 46편의 시를 그가 숨겨놓은 단서를 찾아내어 하나의 주제로 일관되게 해독할 수 있음을 보인다. 해석이 아니고 해설도 아닌 해독이다. 단어 하나하나까지 해독한다.

10. 해석과 해설은 더욱 난맥상이다. 지금까지 여러 사람들이 이상의 시를 해독함이 없이 십인십색으로 해석·해설하였기 때문이다. 이상의 시가 이른바 "모두 알면서 모두 모르는" 모순에서 벗어나는데 이 책의 해독이 기초가 되어 올바른 해석·해설에 기여하길 바란다.

11. 이 책은 해독된 이상의 시 46편을 발표순서로 배열하지 않았다. 발표순서는 의미가 없다. 거의 1931년에 집중적으로 쓰여졌는데 이 책에서는 해독을 위한 순서로 배열하였다. 다시 말하면 이 책의 순서를 벗어나면 해독이 어려울 정도로 46편의 시가 유기적으로 연결되어 있다. 그 순서에 KL의 부호를 붙여 KL1에서 KL46까지 서열화

하였다. 그만큼 처음부터 끝까지 단일의 주제가 관통하는 일관된 해독이다. 적어도 이 책에 실린 이상의 시 하나 하나는 개별적으로 독립된 시가 아니다. 이 책은 이들을 하나로 꿰어 보배로 만들 수 있음을 보인다.

100. 이상의 시를 정확하게 해독한다는 것은 불가능하다고 알려졌지만 이 책은 그렇지 않음을 보여준다. 그가 시를 난해하게 쓴 이유는 그의 말대로 "절망이 기교를 낳고 기교가 절망을 낳[는]" 탓일지 모른다. 이 책은 그 절망의 정체를 해독한다. 아울러 이상 시의 난해함이 단순히 해독불가능의 기교 탓이라고 변명할 수 없는 이유도 다음 글들과 비교해 보면 알 수 있다.

> 친구는 나의 또 다른 나인데 그것은 220과 284의 관계와 같다.[1]
> 나는…유동체를 지배하는 피타고라스의 제곱을 알려고 애썼다.[2]
> 진녹색 납죽한 사류는 무해롭게도 수영하는 유리의 유동체.[3]

첫 번째 글은 수학자 피타고라스의 것이며 두 번째 글은 철학자/수학자 러셀의 것이다. 세 번째가 시인 이상의 글이다. 난해하기는 마찬가지이지만 어느 것이 해독하기 쉬운가? 수학자와 비교를 떠나서 시인과 비교는 어떨까?

---

1) Hoffman. P., *The Man Who Loved Only Numbers*, New York: Hyperion, 1998, p.45.
2) Hoffman. P., *The Man Who Loved Only Numbers*, New York: Hyperion, 1998, p.25.
3) 「LE URINE」.

장미는 하나의 장미이고 하나의 장미이고 하나의 장미이다.[4]
나는나의아버지가되고또나는나의아버지의아버지가되고[5]

첫째 글은 스타인이 1913년에 쓴 싯귀이고 둘째는 이상이 1934년에 쓴 구절이다. 이 글들의 난해함은 "공격할만한 가치가 있는 문제는 반격함으로써 자신의 가치를 입증한다."[6]라는 글로 대변할 수 있다. 해독할 수 있다는 말이다. 이 책을 읽으면 이 모두를 이해하게 될 것이다.

101. 해독이 지난한 이유가 이 책이 해독한 그의 시에도 부분적으로 나타나지만 그가 "시의 형태"에 대해서 남달리 관심을 갖고 있었던 데 연유했기 때문이라고 생각된다. 조선일보는 1935년 2월 18일부터 5일간 "9인회의 문예강좌"를 열었다. 이광수의 조선소설사, 김동인의 장편과 단편, 김상용의 시의 제재, 박팔양의 조선신시사, 정지용의 시의 감상, 이태준의 소설의 제재와 소설과 문학, 박태원의 소설과 기교 및 소설의 감상, 김기림의 시의 음향사와 함께 이상이 "시의 형태"를 강연하였다. 그가 시의 형태에 대하여 특별한 관심을 갖고 있었다는 증거다.

110. 난해함의 대가代價로 이상은 여러 곳에 해독할 수 있는 단서를

4) Stein, G., "Sacred Emily," *Geography and Plays*, University of Wisconsin Press, 1922.
5) 「詩第二號」
6) Hoffman. P., *The Man Who Loved Only Numbers*, New York: Hyperion, 1998, p.174.

숨겨놓기를 잊지 않았다. 이 책은 이 단서에 근거하여 지금까지 만행하던 이현령비현령의 해석방법과 두루뭉수리 느낌만 전달하는 해설방법을 탈피하여 되도록 단어 하나까지 해독한다. 아전인수를 용납하지 않는다. 이상은 일차적으로 과학도다. 시인으로서도 이상은 해독할 수 없는 단어를 늘어놓지 않았다. 대단히 과학적이다. 기본적으로 단어를 해독하지 않고 어떻게 시인이 표현하고자 하는 의도를 알 수 있다는 말인가. 그것은 지도를 해독하지 않고 보물을 찾자는 얘기에 다름이 아니다. 해석과 해설은 그 다음이다.

111. 해석이나 해설은 문학 전문가가 아닌 나의 몫이 아니다. 그러나 나는 소설가가 아니라 "시인으로서" 이상의 시를 해독하지 못한 채 그의 "시"를 높이 평가하는 전문가나 비전문가의 숭배태도에 의아심을 가졌었다. 아마 소설가로서 이상의 재능을 확대하여 시인으로서도 높이 평가한 결과가 아닐까 생각해 본다. 그렇더라도 해독이 어렵다는 이유만으로 추앙받는다면 그것은 허명이며 언젠가는 무너질지 모르는 사상누각에 불과하다는 것이 나의 생각이다. 콕토는 "시인의 가장 큰 비극은 오해 속에 추앙받는 것이다."라고 말했다.[7] 아무리 시가 주관적 감상을 폭넓게 허용하는 너그러움을 베푼다 해도 이상의 시를 계속 전문가 비전문가 가리지 않고 십인십색으로 해석·해설하는 풍조 위에서 근거 없이 높은 추앙이 계속된다면 지하

---

7) Goldstein, R., *Incompleteness*, Norton and Company, 2005, 76n. 콕토에 대하여 이상이 언급한 적이 있다. "재능 없는 예술가가 제 빈고를 이용해 먹는다는 콕토우의 한 마디 말은 말기자연주의문학을 업신여긴 듯도 싶으나 그렇다고 해서 성서를 팔아서 피리를 사도 칭찬 받던 그런 치외법권성 은전을 얻어 입기도 이제 와서는 다 틀려버린 오늘 형편이다."「작가의 호소」.

의 이상도 비극이라고 말할지 모른다. "古詩 한 節쯤 서슴지 않고 상채기를 내어 놓아도 다들 어수룩한 체들하고 속느니 하는 驕慢한 迷信이다."[8] 이상 스스로도 알고 있었다고 생각된다. 우리 모두를 위해서도 바람직하지 않다. 최근 문단에서도 자성의 목소리가 나오고 있다.[9]

1000. 이상은 모든 언어를 시험해 보려고 하였다. 그 스스로 선언하였다. "機能語. 組織語. 構成語. 思索語로 된 한글文字 追究試驗이오." 이뿐만이 아니다. 그는 문단을 가르는 부호 ×, O, ◇, ―, ●, ※ 조차도 함부로 사용하지 않았다. 심지어 필요할 때에는 두 개의 ◇ ◇도 의미 있게 사용하였다. 틀린 외국어 철자도 일부러 슬쩍 삽입하였다. 그러나 아무도 이를 눈여겨보지 않았다. 이보다 더한 무모함도 있다. 그의 시를 日文에서 國文으로 번역한 사람들이 몇 군데에서 원문과 다르게 번역하였고 이상과 가까운 친구라는 문인도 이상의 글을 함부로 편집하여 숨겨졌을지 모르는 단서가 유실되는 우를 범하였다. 최근에는 해석이 안 된다고 글자를 고치는 사례가 등장하는 형편이다. 모두 이상을 해독하지 못한 소치다. 이 책을 읽어보면 "이상의 시가 쓸 만하지 못하고 당시 유행하던 일본 젊은 시인들의 흉내를 내었으나 우리나라에도 그런 시가 한두 편 있는 게 괜찮다."[10]며 너그럽게 게재를 도와준 시인 정지용도 그의 시의 내

---

8) 「終生記」.
9) 김주현, 「텍스트부터 잘못되어 있다」, 권영민 편저, 『이상문학연구 60년』, 문학사상사, 1998, 387~408쪽.
10) 조용만, 「이상 시대 젊은 예술가들의 초상」, 『문학사상』, 1987년 4/6, 김유중·김주연, 『그리운 그 이름, 이상』, 지식산업사, 2004, 285쪽.

용이나 교육배경으로 보아 실상 해독은 못했다는데 동의할 것이다. 이상과 교류를 가졌던 시인 서정주도 해독하지 못했다는 것이 나의 판단이다. 이상이 존경했던 김기림은 "이상의 시에는 언제든지 상의 피가 임리하다."라고 회고했다.[11] 이 책에서 해독한 이상의 46편의 시에는 그런 기미가 보이지 않는 것으로 보아 그도 이상의 시를 해독하지 못했다고 추정할 수 있다. 이상의 소년 시절 친구에 의하면 "그 속을 들여다보고 이해할 만한 사람은 거의 없었다고 해서 과언이 아니다."[12]라는 증언에 비추어 아무도 해독을 못했다는 이 책의 주장은 힘을 얻는다. 이 책을 읽고 깨닫겠지만 다른 글은 몰라도 적어도 여기 수록된 46편의 이상 시만은 상징주의, 신비주의, 퇴폐주의, 허무주의, 초현실주의, 초근대주의 등과 거리가 멀다. 다다이즘이나 프로이드의 정신분석학과도 무관하다. 이상은 일차적으로 과학도다. 개념이 분명한 사람이다.

1001. 머리말은 8등신 비너스. 9등신이면 더욱 좋다고 하니 내친김에 1001등신이 되었다. 이 글을 이해했다면 이상의 시를 이해하는 초보단계이다. 더불어 이 머리말의 숫자들을 이해하게 될 것이다.

1010. 애로우 교수는 〈불가능 정리〉의 증명으로 노벨경제학상을 받았다. 이보다 한 발 앞서 하이젠베르크 교수가 〈불확정성 원리〉

---

11) 김기림, 「고 이상의 추억」, 김유중·김주현 엮음, 『그리운 그 이름, 이상』, 서울: 지식산업사, 2004에서 재인용.

12) 문종혁, 「심심산천에 묻어주오」, 『여원』, 1969. 4. 김유중·김주현 엮음, 『그리운 그 이름, 이상』, 서울: 지식산업사, 2004, 82쪽에서 재인용.

를 발견하여 노벨물리학상을 수상하였다. 비슷한 시기에 괴델 교수
가 〈불완전성 정리〉[13]를 발표하여 수학에 혁명을 일으켰다. 모두
인간 인식의 한계를 증명한 것이다. 이 책의 제목이 상징하는 바 이
상의 시가 괴델의 수와 어떤 관계가 있는가. 이 관계를 이해하면 이
상의 시를 반쯤 이해하게 된다. 그렇다고 이상이 괴델을 제대로 이
해했다는 뜻은 아니다. 그랬을 수도 그렇지 않았을 수도 있다. 분명
한 것은 이상이 괴델을 최소한 개략적으로나마 또는 그 이상으로 알
고 있었다는 증거가 있다는 점이다.

1011. 이 책은 KATE 1089 LEE에게 봉정되었다. 이상이 숨겨놓은
암호로 이 의미를 파악할 수 있다면 이 책을 모두 이해하는 마지막
단계가 된다.

1100. 경제학 교수가 20세 청년 시인의 시를 자신의 전공의 대상도
아닌 언어로 해독하려니 느껴지는 비상한 회감은 홀로 감당해야 한
다. 그러나 내가 좋아하는 이 나라 시문학을 위해서는 어쩔 수 없다.
한 가지 위로는 이 책이 내가 병원에서 회복기에 읽은 괴델에 관한
입문서에서 시작되었고 퇴원 후 최초의 발상부터 완성까지 1개월밖
에 걸리지 않았다는 점이다. 원래 의도는 애로우의 〈불가능 정리〉
에 끼친 영향을 알기 위해 괴델의 〈불완전성 정리〉를 읽었지만 뜻하
지 않은 부산물을 얻게 되어 기쁘다. 그러나 괴델 수리철학의 난해
함과 심오함은 나의 전공훈련과 이해능력을 넘어서는 것이었다. 이

---

13) 〈비완비성 정리〉라고도 한다.

책의 목표인 이상의 시를 해독하는 수준에서 만족할 수밖에 없었고 그 결과 이 책은 나의 전공을 벗어난 세 번째 외도의 산물이 되었다. 강호제현의 질정을 바란다.

1101. 이 책을 쓰는데 다음을 저본으로 사용하였다.

> 김주현 주해,『정본 이상 문학전집 01-詩』, 서울: 소명출판, 2005.
> 寧仁文學舘,『2010 李箱의 房 -육필원고·사진展-』, 서울: 寧仁文學舘, 2010.

초고를 읽고 유익한 조언을 해준 신동천 교수, 류석춘 교수, 허경진 교수에게 감사를 표한다. 특히 허경진 교수는 추천의 글 이외에도 많은 지적인 도움을 주었음을 밝힌다. 오류가 있다면 모두 나의 잘못이다.

1110. 출판사정이 열악한 때 이 책의 가치를 호의적으로 평가하여 출판을 담당한 보고사에 감사를 드린다.

2014년 1월
김학은 적음

2판을 출간하며

1판에서 뜻이 분명하지 않은 몇 개의 문장을 潤文으로 고쳤다. 1판에 비해 부분적으로 가필과 수정을 한 시는 KL22「LE URINE」이고, 해독이 전면적으로 수정된 시는 KL45「一九三一年(作品第一番)」이다.

차례

해독작품 순서

제1장

1931년

배경

가설과 검정

이상의 시가 1934년 신문에 연재되자 이해를 하지 못한 독자들
의 항의에 예정보다 앞당겨 연재를 중단하였다 한다. "미친 사람"
의 시라는 혹평이 그 이유였다. 아마 80년이 지난 지금도 같은 상
황이라면 비슷한 반응을 보일 것이다. 이에 대해 이상은 후일 글을
남겼다. 이 글이 이상의 시를 해독하는 첫 번째 관문이다.

1. KL1. 烏瞰圖作者의 말

출처 : 散墨集　　　　　　　　　　　　　　　　　　조광 1937. 6.

웨 미쳤다고들 그리는지 대체 우리는 남보다 수十年식 떠러저
도 마음 놓고 지낼作定이냐. 모르는것은 내 재주도 모자랐겠지만
게을러빠지게 놀고만 지내든 일도 좀 뉘우처보아야 아니하느냐.
열아문개쯤 써보고서 詩만들 줄 안다고 잔뜩믿고 굴러다니는 패들
과는 물건이 다르다. 二千點에서 三十點을 고르는데 땀을 흘렸다.

三十一年 三十二年 일에서 龍대가리를 떡 끄내여놓고 하도들 야단에 배암꼬랑지커녕 쥐꼬랑지도 못달고 그만두니 서운하다. 깜박 新聞이라는 답답한 조건을 잊어버린것도 실수지만 李泰俊, 朴泰遠 두兄이 끔찍이도 편을들어 준데는 절한다. 鐵 – 이것은 내 새길의 暗示요 앞으로 제아모에게도 屈하지않겠지만 호령하여도 에코-가 없는 무인지경은 딱하다. 다시는 이런 – 勿論 다시는 무슨 다른方途가있을것이고 위선 그만둔다. 한동안 조용하게 工夫나 하고 딴은 정신병이나 고치겠다.

이 글은 연재가 중단된 당시에는 발표되지 않았다. 이상에게 작가의 사연을 말할 기회조차 허락하지 않았던 모양이다. 이 글에서 "남보다 수十年씩 떠러저도"와 "三十一年 三十二年 일"이라는 표현이 눈에 띈다. 대체 무슨 "일"이었기에 "남보다 수十年씩 떨어졌다"는 것일까? 1931년과 1932년에 쓴 자신의 "작품"이었을까? 아니면 1931년과 1932년에 발생한 어떤 "일"이었을까? 또 "남"이란 누구를 가리킬까?

우선 1931년과 관련하여 생각할 수 있는 "일"이라는 것이 국내에서 일어났던 신간회 해산, 제1차 카프 검거사건, 만주사변, 윤봉길 의거, 이봉창 의거 등이다. 그러나 이것들은 "남보다 수十年식떠러진" 것과 관계가 없다. 그렇다면 논리적으로 생각할 수 있는 것이 당시 "조선보다 수十年 앞선 세계적인 사건들"이다. 이에 대한 암시였던가? 이상은 흥미로운 말을 남의 입을 빌려 간접적으로 남겼다.

"불란서의 보들레르는 지금부터 백 년 전인 1850년에 「악惡의 꽃」
을 발표해서 그 유명한 악마파의 선언을 하지 않았소? 이것에 비하
면 우리는 너무나 뒤떨어졌어요 … 내 「오감도」는 「악의 꽃」에 필적
할 세기적 작품이라고 나는 감히 생각해요." 그러나 이건 수십 년
뒤떨어진 예가 아니며 1931년의 일도 아니다. 무엇보다 「오감도」
이외의 시, 가령 「이상한 가역반응」, 「건축무한육면각체」, 「삼차각
설계도」 등에 대해서는 아무 말이 없다. 이것들은 첫눈에 과학과
관계있음을 알 수 있다. 이 책을 읽어보면 이상의 초기 시가 직접
간접으로 1931년(一九三一年)에 일어난 어떤 세계적인 사건을 배경으
로 삼고 있음을 알게 된다. 이에 대해 그는 다음과 같은 흔적을 남
겼다.

> 그[이상]의뒤는그의천문학이다. 이러케작정되어버린채그는별
> 에갓가운산우에서태양이보내는몃줄의볏을압정으로꼭꼬자노코
> 그압헤안저그는놀고잇섯다. [1]

이 글은 1932년 4월에 썼다. "그의 뒤는 그의 천문학"이라는 표
현이 주목된다. 다음 해에 쓴 「一九三三, 六, 一」은 "그 천문학"에
대해 적극적인 관심을 나타내는 고백이다.

> 天秤우에서 三十年동안이나 살아온사람(엇던科學者)
> 三十萬個나넘는 별을 다헤여놋코만 사람(亦是)

---

1) 「地圖의 暗室」.

二十四年동안이나, 뻔뻔히사라온 사람(나)

우선 이상 당시에 유사 이래 "30만 개의 별을 헤어놓은 어떤 과학자"란 피커링(Edward Charles Pickering 1846-1919) 박사밖에 없다. 그는 272,150개의 별을 조사하여 기록으로 남겼다. 헤아린 별의 숫자를 30만 개라고 구체적인 숫자까지 제시하는 것은 이상이 이러한 사실을 알고 있었다는 확실한 증거다.

그 다음 "천칭우에서 三十年동안이나 살아온 엇던科學者"는 슬립퍼어(Vesto Slipher 1875-1969) 박사이다. 세계적으로 천문대가 귀하던 이상 당시에 30년 동안이나 천체망원경의자(천칭) 위에 앉아 변광성을 관측한 사람은 이 사람밖에 없다. 이 사람은 이상 초기 시를 해독하는데 필수적인 적색편이redshift를 1912년에 발견한 주인공으로서 이상 시에 심심치 않게 등장하여 사람들로 하여금 실내용 덧신slipper으로 혼동을 일으킨 주인공이다.

마지막으로 24년 동안이나 뻔뻔히 살아왔다고 자책하는 자신과 비교하는 대상이 시인도 아니고, 소설가도 아니며, 화가도 아닌 바로 이들 세계적인 천문학자라는 점이 이상이 천문학에 관심이 컸다는 점을 고백하고 있다. 이것은 자신이 시인, 소설가, 화가 이전에 과학도임을 천명한 선언이다.

이상은 기본적으로 훈련받은 과학도이다. 그가 당대 조선의 지성들을 꾸짖고 있는 것이 바로 1931년 천문학에서 일어난 세기적인 인식혁명에 대한 그들의 무관심과 무지이다. 오히려 이 지식혁명을 대상으로 시를 쓰고 있는 자신을 "미친 사람"으로 "매도"하는

데 대하여 크게 절망하였다. "남보다 수十年 뒤쳐진" 사실도 모르고 있는 당시의 지성이 몇 줄의 시를 쓰고 시인이라고 행세하는 세태를 뒤에 두고 이상은 별과 수에 대한 시를 절필할 결심을 한다. "鐵 – 이것은 내 새길의 暗示요 앞으로 제 아모에게도 屈하지않겠지만 호령하여도 에코-가없는 무인지경은 딱하다. 다시는 이런 – 勿論 다시는 무슨 다른方途가 있을 것이고 위선 그만둔다." 그 후 그는 주로 천체와 상관없는 시와 산문을 쓴다. 후기의 시라고 부를 수 있다. 그 심경을 다음과 같이 피력하였다.

> 내게는 별이 天文學의 對象이될수업다. 그러타고 詩想의對象도 아니다. 그것은 다만 香氣도觸感도업는 絕對倦怠의 到達할수업는 永遠한彼岸이다. 별조차가 이러케싱겁다.[2]

이 글은 1935년 12월에 작성되었다. 불과 2년 사이에 별에 대한 태도가 싹 달라졌음을 알 수 있다. 그러나 천체에 대한 서로 다른 이 세 편의 글에서 우리는 몇 가지 암시를 받는다. 첫째, 별에 대한 시를 절필한 이후 별은 천문학의 대상도 아니고 그에게 시상도 주지 못했다. 둘째, 별은 그의 권태를 없애줄 피난처가 되지 못하는 영원의 피안이다. 셋째, 그러나 그 이전에는 별이 "그의 천문학"의 대상이었고 자신은 그것을 시의 대상으로 삼았다. 천체를 대상으로 시를 쓰려면 수학 지식이 없으면 안 된다. 이것이 별과 수가 그에게 시상을 주었다는 이 책의 배경이며 그 증거도 제시할 수 있다.

---

2) 「倦怠」.

이처럼 후일에는 심경이 크게 변했지만, 1931년 현재 별과 수에 대해 시를 썼다는 이상의 암시는 지금도 유효하다. 그는 조선학생이 2명에 불과하다던 경성고등공업학교(서울대학교 공과대학 전신) 건축학과를 수석으로 졸업한 과학도이면서 문재가 뛰어났다. 과학현상을 시로 변용할 만한 소양이 갖추어져 있다. 1931년 천문학과 수학에서 일어난 지식혁명이 직접 간접으로 그의 시상과 시작詩作에 영향을 주었다는 이 책의 "가설은 검정"할 만하다. 그래서 그가 무슨 동기로 1931년 천체현상과 수학혁명을 시로 표현하고자 했는지 그 이유를 밝혀야 한다. 만일 지금도 자신의 시가 올바르게 이해되지 못한다면 1세기 뒤쳐졌다고 이상이 무덤에서 우리를 질타할 것인가. 아니면 이제는 자신에게도 자기의 시가 싱거워져서 관심이 없다고 웃을 것인가. 그에게는 무덤조차 없다.

첫째 단서 : 1931년

이 책은 이상의 초기 시를 해독하는 동시에 그가 초기에 천체와 수에 관한 시를 쓰게 된 동기와 후일 다른 대상에 대하여 쓰게 된 이유를 그가 남긴 단서를 찾아서 해명한다. 이 책을 독파하면 알게 되겠지만 이상의 시작에 영향을 준 1931년에 일어난 몇 가지 대표적인 사건을 열거해 보면 다음과 같다.

1. 수학자 괴델의 「불완전성 정리」 발표
2. 천문학자 허블의 「허블 법칙」 발견
3. 물리학자 아인슈타인의 「우주팽창」 인정

4. 전파학자 잔스키의 「은하계 전파」 발견

5. 물리학자 바데와 즈위키의 「초신성」 명명

6. 화가 달리의 「완고한 기억」 완성

7. 교육철학자 플랙스너의 「프린스턴 고등연구소」 기획

이들 사건 가운데 1번이 수학혁명을 일으킨 사건이고 나머지 모두 천체(과학)에 대한 어떤 사건이다. 이상이 "여기[조선]에서는 더 읽을 책이 없어"라고 말하며[3] 1936년 동경으로 떠난 것으로 보아 이들 사건을 책을 통해 알고 있었음에 틀림없다. 이 책을 읽어보면 알겠지만 증거도 있다. 달리의 그림에도 "미쳤었다고" 한다.[4]

이상은 천체현상과 수학혁명을 시로 표현한 최초의 시인이 된다. 불과 21세의 나이다. 별을 노래한 시인은 부지기수이다. 그러나 그 "현상"을 시로 표현하려는 이상은 이들과 다르다. 이상은 자연현상과 인문현상을 시로써 통합하려고 시도하였다. 자연현상을 설명하는 절대적인 수단인 數. 인문학의 꽃인 詩. 수와 시. 수는 형식의 언어이고 시는 의미의 언어이다. 이 두 언어의 통합이 그의 꿈이었다. 요즈음 말로 바꾸면 통섭의 개척자다. 이상 스스로 통합의 이유를 시 「線에 關한 覺書 6」에서 自書하는 가운데 "나름대로" 수학사를 다음과 같이 요약하였다.

---

3) 문종혁, 「심심산천에 묻어주오」, 『여원』, 1969. 4. 김유중·김주현, 『그리운 그 이름, 이상』, 지식산업사, 2004, 126쪽에서 재인용.

4) 김기림, 「이상의 모습과 예술」『이상선집』, 백양당, 1949. 김유중·김주현 엮음, 『그리운 그 이름, 이상』, 지식산업사, 2004, 32쪽에서 재인용.

1. 숫자를 대수적인 것으로 하는 것에서
2. 숫자를 숫자적인 것으로 하는 것에서
3. 숫자를 숫자인 것으로 하는 것에서
4. 숫자를 숫자인 것으로 하는 것에
   (1234567890의疾患의究明과詩的인情緖의棄却處).

이것이 무슨 의미인지 해독할 것이다. 특히 마지막 4번은 이상이 수와 시의 관계를 묻는 것으로 그것이 무엇을 의미하는지 차츰 밝혀진다. 논란이 일어나겠지만 엄밀성의 결여를 허락하는 문학적 표현 범위에서 이상은 "나름대로" 마음속에 다음과 같이 연결했을 것이다.

1은 유클리드의 수학
2는 러셀의 수학
3은 괴델의 수학
4는 이상의 시와 수

이상은 별과 수를 노래한 수많은 시인을 뛰어넘어 새로운 시의 세계를 개척하여 불멸의 이름을 새겨놓으려 하였다. 그는 시 세계의 유클리드, 러셀, 괴델이 되고자 하였다. 또 이 책에 등장하는 수많은 천문학자가 되고자 하였다. 이들의 업적에 손색없는 작품을 남기기를 바랐다. 그래서 이 책의 제목이 『이상의 시 괴델의 수』이다.

음악사를 보면 「개기일식」을 헨델이, 「달세계」를 하이든이, 「목성」을 모차르트가, 「월광」을 베토벤이 작곡하였다. 미술사에서는 블레이크가 「태고」를 그렸다. 이것은 갈릴레오의 말 "수학은 신이 우주를 창조할 때의 언어이다."를 형상화한 것이다.

그러나 19세기 이래 과학이 발달하면서 시인의 걱정이 깊어갔다. 이에 대하여 노벨물리학상을 수상한 파인만(Richard P. Feynman) 교수는 그의 물리학 강의에서 다음과 같이 말했다.

> 별이 "단지" 가스 덩어리임을 과학이 밝혀내자 시인들은 과학이 별의 아름다움을 빼앗았다고 말한다. 아무것도 "단지"인 것은 없다. 나는 사막에서 별을 보면서 느낀다. 그 이상은 없을까? 하늘의 광대함은 나의 상상력을 잡아끈다. 이 주연에 사로잡힌 수백만 년의 별을 내 눈이 포착한다. 기억할 수 없는 별이 어떤 광대한 형식에 의해 분출한 나와 거기에 남아있는 나머지. 어떤 한 점에서 출발하여 흩어지면서 팔로마 천문대의 거대한 눈으로 달려오는 그들을 본다. 그 형식이란 무엇인가? 그 이유는? 그에 대해 알고자 하는 것은 아무에게 해가 되지 않는다. 진리란 과거의 시인들이 상상했던 것보다 훨씬 더 경이로운 것이기 때문이다. 어째서 요즈음 시인들은 별에 대해 말하지 않는가? 목성이 사람인 것처럼 노래하더니 그것이 암모니아와 메탄으로 가득 찬 엄청난 덩어리의 자전체라고 알려지자 침묵하는 시인이란 도대체 어떤 사람인가?[5] [따옴표는 필자]

이 글은 포우를 겨냥한 것이다. 그의 시 「과학 소네트」는 노골적으로 과학에 대해 불만을 늘어놓고 있다. 그의 나이 20세 때의 시로서 키츠의 시 「라미아」의 영향을 받은 것이다. 자신의 학생이

---

5) Feynman, R. P., *Six Easy Pieces*, Basic Books, 1963, pp.59-60.

수학을 그만두고 시인이 된다는 소식을 들은 수학자 힐버트는 "잘
했어. 그 학생은 수학자가 될 정도의 상상력은 없었으니까."라는
반응을 보였다. 시인 밀레이가 유클리드에게 바치는 시 "유클리드
혼자 미의 알몸을 보았다."라고 읊었을 때[6] 그것은 괜한 표현이 아
니다. 또는 "친구는 또 다른 나인데 그것은 220과 284의 관계와
같다."라는 수학자 피타고라스의 말은 수학이면서 시다. 시인 오든
이 파인만 교수에 동의한다. "나의 아버지는 의사였고 학자였다.
그래서 나는 예술[시]과 과학이 상충된다고 한 번도 생각한 적이 없
다. 우리 집에서는 똑같았다."[7] 그러한 정신의 소유자였으므로 그
는 "과학이 없으면 평등이 없고, 예술[시]이 없으면 자유가 없다."라
고 말할 수 있었다.[8]

이에 화답이라도 하듯 미술계에서는 20세기 중반에 달리가 「뉴
턴에 대한 존경」을 조각하였고 이보다 앞서서 이미 고흐가 「별이
빛나는 밤」을 그렸다. 이상은 "내 눈에는 모든 것이 노랗게만 보여"
라고 말하는 것과 소설 「十二月十二日」 제4회의 삽화가 고흐의 그
림인 점으로 보아 이상은 고흐를 알고 있었다.

20세기에 들어서서도 음악계에서는 홀스트가 태양계의 「행성」
을 작곡하였다. 지구만 빼고 수금화목토천해왕성까지 7행성이 지

---

6) Millay, E. S., "Euclid alone has looked On Beauty bare," *American Poetry 1922*, New York: Harcourt, Brace and Company, 1922.

7) Auden, W.H., "The Art of Poetry (interview)," *Paris Review* 8(1947), pp.1–37. Weissmann, G., *Mortal and Immortal DNA*, New York: Bellevue Literary Press, 2009, p.11에서 재인용.

8) Auden, W. H., *The Dyer's Hand and Other Essays*, New York: Random House, 1962, p.81.

금도 그의 오선지 위에서 운행한다. 금세기 최대 정수론자의 한 사람이었던 하디 교수가 수학이 "밝고 분명한 우주를 묘사하는데" 최대의 아름다움과 통찰을 지녔다고 주장하는 것과 맥을 같이 한다. 수학은 과학과 예술의 종합이다. 소수素數는 신의 시다. 이러한 추세를 보면 아무리 과학이 발달한 세상이라도 시인이 우주를 작시作詩하지 말라는 법은 없다. 과학현상을 배제한 시인이란 도대체 어떤 사람인가? 이를 이해 못하는 평론가란 도대체 무엇하는 사람인가?

이 책을 보면 1931년 이상의 초기 시가 태양계, 은하계, 은하, 성운, 초신성, 유성, 우주를 대상으로 노래하였음을 알 수 있다. 같은 20세 청년의 작품이라도 이상은 포우와 이처럼 달랐다.

이상의 목표는 과학이 밝힌 가스 덩어리의 우주에서 인간 정신의 위치를 묻고 있는 것이다. 파인만 교수에 앞서 동일한 질문을 이상은 묻고 있다. 같은 시대에 서양에서도 동일한 질문이 던져졌다. 과학에게 자리를 내준 인문학은 아인슈타인의 상대성이론 이후 다시 그 위치를 회복하게 되었고 괴델에 의해 인간 이성에 대한 성찰이 촉구하는 계기가 되었다.[9] 수학도 초수학metamathematics을 요구하였다. 이를 개척한 러셀이 "나는 인간의 마음을 알고 싶었다. 왜 별이 빛나는지 알고 싶었다. 유동체를 지배하는 피타고라스의 제곱을 이해하려고 애썼다."[10]라고 말한 것은 인문학의 위치를 천문학과 수학 속에서 나란히 묻고 있는 것이다.

학문의 역사를 돌아보면 인류가 관심을 갖게 된 순서가 인류 자

---

9) Goldstein, R., *Incompleteness*, New York: Norton & Company, 2005, II–III.
10) Hoffman, *The Man Who Loved Only Numbers*, New York: Hyperion, 1998, p.25.

신보다 자신에서 먼 것부터 시작하였음을 알 수 있다.[11] 천문학이
인류학보다 오래되었고 물리학이 심리학보다 앞섰다. 자연과학의
뒤를 사회과학이 따랐다. 자신보다 조물주를 먼저 탐구하였다. 그
렇게 먼 길을 돌아 자신에게 비로소 관심을 갖게 되었다. 뇌과학이
최근에야 시작되었고 자신에게 모든 문제의 해답이 있음을 알게
되었다. 이 순서를 상징하는 것이 있으니 그것이 거울이다. 인류는
거울을 보지 않으면 자신을 볼 수 없다. 이상의 표현대로 "眼球에
아무리 해도 보이지 않는 것은 眼球뿐이다."[12] 그러나 천문학에게
는 오목거울(반사경)이라는 것이 있으므로 육안으로 보이지 않는 천
체현상까지 볼 수 있었다. 자연과학과 인문과학을 시로 통합하려
는 이상의 글 한복판에 거울이 있는 것이 우연일까.

그러나 모든 관심의 원근을 뛰어넘는 것이 있었으니 수학, 문
학, 예술이다. 천문학의 곁에도, 인류학의 곁에도, 물리학, 심리
학, 자연과학, 사회과학, 종교 곁에 항상 수학, 문학, 예술이 있었
다. 방정식은 영원하며 예술이 인생보다 길다. 시대에 따라 수학,
문학, 예술의 부침이 있었으되 수, 시, 음, 화는 어느 시대나 그
위대한 족적을 남겼다.

1931년 인류 정신사의 대사건을 맞이하여 거기에 걸맞은 새로
운 창조성이 문학에 요구되는 것은 당연한 역사이다. 이에 대해 아
무도 관심을 갖지 않는 조선에서 불과 21세의 나이에 홀로 높은 목
표를 설정한 이상은 이미 이 책에서 해독한 그의 시에 나타나듯이

---

11) 이 점은 서울대학교 인류학과 이문웅 명예교수가 일깨워 주었다.
12) 「遺稿1」.

수학, 통계학, 천문학, 화학, 물리학, 고고학, 건축학, 문학, 예술을 이해한 당대 조선의 르네상스 인이었다. 그에게 별과 수를 둘러싼 1931년의 대사건은 예사롭지 않은 것이었고 그것은 고스란히 그의 초기 시에 반영되어 있다. 다만 시적 변용을 위해 교묘하게 숨겨져 있을 뿐이다. 그는 자신의 문학세계를 감히 넘볼 수 없도록 여러 겹의 장식을 보물창고 지키듯 설치해 놓았다. 그 이유는? 자신의 시를 이해하려면 공부해라! "게을러 빠지게 놀고만 지내든 일도 좀 뉘우쳐 보아야 아니하느냐."

하나의 예를 들자면 시 「破片의 景致」에서 ▽은 천체망원경의 프리즘을 의미한다. 프리즘의 중요성은 그것이 일으키는 적색편이 redshift와 청색편이blueshift를 모르면 이상 시의 상당 부분을 해독할 수 없다는 데 있다.

다른 예를 보면 작품 「一九三一年(作品 第一番)」에서 13+1=12라는 계산법을 제시하고 있다. 조판과 교정과 인쇄가 이상의 원래 원고에 충실했다면 (이것을 무슨 수로 알랴!), 이것은 어떠한 수학의 논리에서라도 참이 아니다. 이상은 졸업앨범 표지를 도안했는데 졸업연도 1929년의 29를 92로 거꾸로 표기하였다. 마찬가지로 13을 그가 좋아하는 거울에 투영하여 31로 바꾸면 31+1=12가 되는데 이것은 30진법 하에서 참이다. 왜 三十진법을 사용했는가는 뒤에서 설명하지만 이상은 시의 제목이 가리키는 대로 1931년의 중요성을 이처럼 교묘하게 강조하고 있다. 그러나 이 같은 진법은 루이스 캐럴이 이미 그의 작품 『이상한 나라의 앨리스』에서 사용한 방법이다. 캐럴은 수학자며 그 이름도 이상처럼 필명이다. 이상이 『이상

한 나라의 앨리스』를 알고 있었다는 증거가 있다.[13]

또 다른 예를 들자면 「詩第六號」의 sCANDAL이다. 이것은 朝鮮中央日報에 발표된 인쇄원문인데 이상의 육필원고에는 SCandal이다. 아마 이상이 마지막 교정 단계에서 수정하지 않았나 생각된다. 그러나 앞으로 보겠지만 두 가지 형태 모두 의미가 있다. 신문에 게재된 것은 수학자 괴델이 사용한 방법의 원용이고 육필원고는 수학자 페아노가 사용한 방법의 원용이다. 교정과 수정을 통하여 이상은 괴델과 페아노를 모두 알고 있음을 드러냈다고 볼 수 있다. 이러한 예는 이상의 여러 시에서 발견할 수 있다. 지금까지 무심했던 것뿐이다. 이 모든 것을 이 책이 설명할 것이다.

---

13) 「血書三態」.

전경

둘째 단서 : 천체망원경

불멸이란 나폴레옹의 러시아 침공을 음악으로 표현한 차이코프스키의 교향곡 「1812년」과 같은 것이다. 젊은 이상이 시 「一九三一年」을 썼을 때 1931년은 그에게도 그러한 해였을 것이다. 앞서 본 바 대로 인류 정신사에서도 대단히 중요하였다. 이상은 그 중요성을 세 편의 글로 다시 강조한다. 시 「一九三一年」, 시 「熱河略圖」, 서신 「얼마안되는辨解」가 그것이다. 세 편 모두 1931년에 대한 것이다. 특히 시 「一九三一年」에는 "作品第一番"이라는 부제까지 달았다. 자신의 최초의 작품이 「一九三一年」이라는 점을 강조한 것이다. 서신 「얼마안되는辨解」의 부제는 "혹은一年이라는題目"이다. 이 부제 역시 1931년의 1년을 가리킨다.

흥미로운 점은 첫 작품부터 그 해독이 어렵다는 것이다. 앞서 인용했지만 피타고라스가 읊은 "친구는 또 다른 나인데 220과 284의 관계와 같다."라는 문장도 이해하기 쉽지 않을 것이다. 이 짧은 글을 이해하려면 정수의 성질을 먼저 알아야 한다.[14) 마찬가지다.

우리의 최종 목표 가운데 하나는 이상의 "作品第一番"을 이해하는 것인데 그 목표의 성취는 그의 다른 시들을 먼저 이해하지 않고는 아니 된다. 이상은 자신의 첫 작품을 이해하지 못할까 걱정되어 이에 관련된 시들을 먼저 쏟아 놓는 배려를 잊지 않았다. 이 책의 나중에 등장하는 이 시의 해독이 이 책이 바라보는 전경이며 우리가 바라는 바이다. 이 책이 배열한 해독순서는 이래서 중요하다.

1931년의 중요성이 천문학과 수학에 있었다면 해독순서를 추측할 수 있다. 뉴턴은 미적분을 발견하고, 반사망원경을 제작하였으며, 프리즘으로 분광을 하였다. 이상의 시작詩作도 그의 순서를 따른다고 가정하는 것이다. 이상이 미적분은 학교에서 배웠으니 별 문제가 없으나 천체망원경은 당시 조선에 하나밖에 없었다. 그 천체망원경에 프리즘이 부착되었는지는 확인되지 않는다. 그러므로 천체망원경에 대한 이상의 시를 찾는 것에서 시작해야 한다. 이것이 두 번째 단서다.

1931년의 사건들이 중요한 또 하나의 이유는 그것이 이상의 초기 시를 해독하는데 이 같은 외적 단서를 제공한다는 데에 있다. 이상 시의 로제타스톤이다. 다시 말하면 1931년의 사건들이 이상 시의 해독이라는 것이 내적으로 제대로 된 해독인가를 검정할 수 있는 외적 잣대가 된다는 말이다. 이에 대하여 1931년 이후에 쓴 후기 시는 이러한 혜택을 누릴 수 없다. 로제타스톤이 없다. 이상의 내면에 들어가 보기 전에는 그 해독이 어렵다. 외적 잣대를 찾

---

14) 220의 약수의 합은 1+2+4+5+10+11+20+22+44+55+110=284이고 284의 약수의 합은 1+2+4+71+142=220이다. 이 두 수를 친구수라고 부른다.

기 힘들다. 그렇다고 불가능한 것은 아니라고 본다. 그 이유는 후기 시에 초기 시의 흔적이 조금이라도 남겨졌을 것이라고 가정해 볼 수 있기 때문이다. 이런 점에서 이상의 후기 시를 해독하는데 초기 시의 정확한 해독의 중요성은 엄중하다.

서화序畵

셋째 단서 : 표지 도안

앞서 두 가지 단서를 소개하였다. 셋째 단서를 살필 차례다. 이상이 1931년에 집중적으로 시를 쓰기 전인 1929년. 만 19세의 그가 월간잡지 『朝鮮と建築』의 표지도안 공모에 응모하였다. 두 편인데 1등과 3등으로 당선되었다. 이것이 계기가 되어 그의 초기 시가 이 잡지에 발표될 수 있었다. 시詩와 화畵의 재능을 동시에 드러낼 수 있게 된 행운이었다 할 수 있다. 이 잡지는 전문가에 한정된 독자층을 대상으로 하였으므로 반응이 크지는 않았겠지만 대신 소동이 일어나지 않아서 이상의 주옥같은 글이 보존되는데 큰 역할을 하였다. 이 책을 독파하면 알게 되겠지만 이상의 시에 어울릴 수 있는 당시로서는 거의 유일의 잡지였다.

이상의 시를 해독하는 데 있어서 지금까지 아무도 이 「표지도안」에 주목한 사람은 없었다. 그 가운데 1등 당선작은 1930년의 1년 동안 표지를 장식하였지만 그런 혜택도 받지 못한 3등 작품은 세간의 관심에서 사라졌다. 그러나 이 두 편의 「표지도안」은 그 후 그

의 모든 시들을 강하게 예고한다는 점에서 그의 시를 해독하는 열
쇠가 된다. 이런 점에서 이것은 그의 서시에 해당한다. 윤동주는
「서시」를 남겼지만 이상은 그림으로 서시를 장식하였으니 곧 「서
화」이다. 우리는 이 두 편의 「표지도안」의 도움을 받을 것이다. 이
것이 세 번째 단서다.

KL2. 『朝鮮と建築』 표지도안 1등 작품

KL3. 『朝鮮と建築』 표지도안 3등 작품

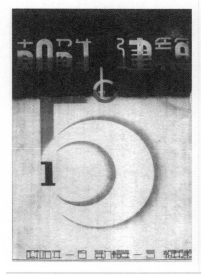
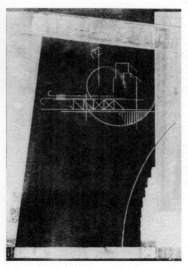

　　두 작품을 비교해보면 1등 당선작이 3등 작품의 추상이라는 것
을 알 수 있다. 1등 당선작은 3등 작품의 크고 작은 3개의 원과 직선
만으로 3등 작품을 추상화하였다. 그를 위해 3등 작품의 우측 상단
의 배경 건축물, 중간의 ⊠⊠⊠ 구조물, 우측 하단에 계단 모양과

만곡선을 생략하였다. 더 자세히 보면 3등 작품에서는 가장 아래 수평선이 큰 원과 두 점에서 만나는데 1등 당선작에서는 수직선이 큰 원과 한 점에서 접하고 있다. 대신 3등 작품에서는 우측 하단의 계단 모양이 끝나는 부분에서 시작하는 수직선이 중간에서 큰 원과 접하는데 1등 작품에서는 수직선이 큰 원 위에서 역逆기역자 모양으로 수평으로 꺾였다. 마지막으로 두 도안 모두 최상단에 화살표가 꽂힌 가장 작은 원이 그려져 있다. 특히 1등 작품의 화살표 꽂힌 원 ⚴은 『朝鮮と建築』의 と 역할을 하고 있음이 눈에 띈다. 모든 사항을 고려할 때 3등 작품이 1등 당선작보다 더 많은 정보를 포함하고 있다. 무슨 비밀이 있을까. 조금 기다려야 한다.

제2장
시와 수

운명

1. KL4. 異常한可逆反應

출처 : 異常한可逆反應　1931. 6. 5.　　　　　　　　　　조선과건축　1931. 7.

任意의半徑의圓(過去分詞의時勢)

圓內의一點과圓外의一點을結付한直線

二種類의存在의時間的影響性

(우리들은이것에관하여무관심하다)

直線은圓을殺害하였는가?

顯微鏡

그밑에있어서는人工도自然과다름없이現象되었다.

×

같은날의午後

勿論太陽이存在하여있지아니하면아니될處所에存在하여있었을뿐만아니라그렇지아니하면아니될步調를美化하는일까지도하지아니하고있었다.

發達하지도아니하고發展하지도아니하고

이것은憤怒이다.
鐵柵밖의白大理石建築物이雄壯하게서있던
眞眞5"의角바아의羅列에서
肉體에對한處分法을센티멘탈리즘하였다.
目的이있지아니하였더니만큼冷靜하였다.
太陽이땀에젖은잔등을내려쪼였을때
그림자는잔등前方에있었다.

사람은말하였다.
「저便秘症患者는富者ㅅ집으로食鹽을얻으려들어가고자希望하
고있는것이다」라고
⋯⋯⋯⋯⋯

[해독] 거듭 강조하지만 이 책은 이상의 시를 해독함에 있어서 그가 숨겨놓은 단서에 의존한다. 이미 세 가지 단서를 언급했다. 이제 그 유용성을 충분히 발휘할 시를 찾아야 한다. 이상이 자신의 시 세계를 구축한 초석이다. 주춧돌이다. '과학도'답게 이상의 시 세계가 이현령비현령식의 기초가 아니라 단단한 반석 위에 건축했음을 보여주어야 한다. 이상의 나머지 시들이 이 반석 위에 하나하나 쌓아올린 벽돌들임도 보여주어야 한다. 이를 위해서 앞서 제기한 세 가지 단서를 모두 만족시키는 첫 번째로 선택한 시가 본문이다. 이상 시의 로제타스톤이다.

본문은 분위기가 서로 다른 두 부분으로 구성된다. 부호 ×를 중심으로 앞부분을 (가)라 하고 "같은 날의 午後"로 시작하는 뒷부분을 (나)라 하자. (가)부분은 독자에게 몇 가지 객관적이고 분명한 지시를 한다. 이현령비현령이 아니고 논리적이라는 점을 강조하기 위함이다.

첫째, 본문의 (가)부분이 지시하는 대로 임의의 크기를 가진 원을 〈그림 2-1〉처럼 그린다. 반지름(半徑)의 길이를 a라고 하자. a의 크기가 정해지지 않으니 지시대로 "任意의 半徑"이 된다. 역시 이상의 지시대로 "圓內의 一點"을 골라 G라고 표기하고 "圓外의 一點"을 선택하여 F라고 표기한다. 두 점을 연결한 FG는 선분이다. 이 선분을 양쪽으로 연장하면 이상이 지시한 대로 "直線"이 된다. 이 직선이 "임의의 직선"이다. 이 임의의 직선이 임의의 원과 만나는 두 점을 각각 X1과 X2라고 표기한다.

〈그림 2-1〉 이상의 임의의 원과 임의의 직선

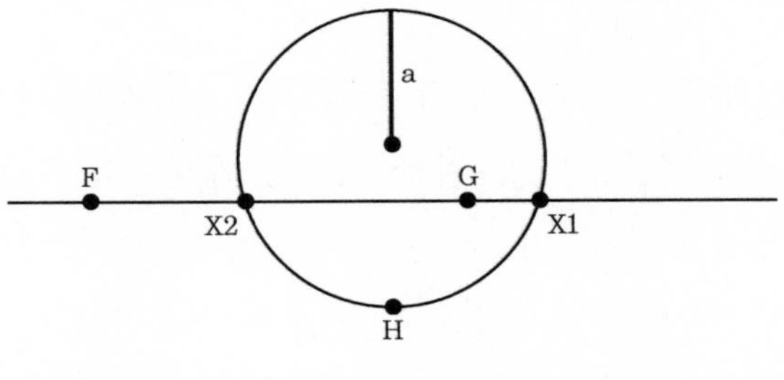

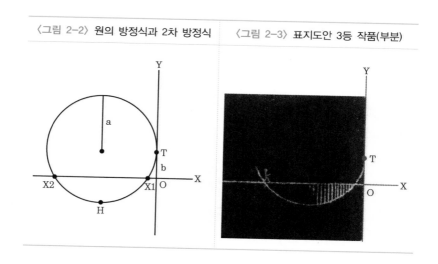

〈그림 2-2〉 원의 방정식과 2차 방정식 　〈그림 2-3〉 표지도안 3등 작품(부분)

둘째, 〈그림 2-1〉에 가로 X축과 세로 Y축을 추가하여 〈그림 2-2〉처럼 만들면 X축과 Y축이 직각을 이루는 점은 원점 O가 되고 원이 Y축과 접하는 점은 T가 된다. 선분 OT의 길이를 b라고 정한다. 선분 OT의 길이도 임의의 길이다. 그러면 다음이 성립한다.

$$a > b$$

셋째, 앞에서 소개한 이상의 〈표지도안 3등 작품〉의 일부분을 지우고 필요한 선만으로 〈그림 2-3〉처럼 재생한다. 그리고 〈그림 2-3〉을 〈그림 2-2〉와 비교하면 두 그림이 일치하는 것을 발견할 수 있다. 이상은 〈표지도안 3등 작품〉을 염두에 두고 이 시를 썼음을 알 수 있다. 그런데 점 X2에 사람 이 서 있다!! 이것의 의미를 캐기 전에 먼저 원의 방정식을 구해 본다.

$$(X+a)^2 + (Y-b)^2 = a^2$$

이 식은 $Y=0$일 때 다음의 2차 방정식이 된다.

$$X^2 + 2aX + b^2 = 0$$

이때 두 개의 풀이는 다음과 같다.

$$X1 = -a + \sqrt{a^2 - b^2} \qquad X2 = -a - \sqrt{a^2 - b^2}$$

이 2차 방정식은 그의 판별식이 $a^2 > b^2$일 때 두 개의 풀이가 존재하는데 이 조건이 바로 〈그림 2-2〉의 $a > b$이다. 원과 직선으로 2차 방정식을 이런 식으로 처음 풀이한 사람은 데카르트이다.[1] 여기까지는 수학이고 다음부터가 이상의 시적 변용이다.

이 두 개의 풀이는 모두 음수陰數인데 이것을 이상은 "두 종류의 존재"라고 불렀다. 우리의 존재는 조상으로부터 받은 선물로서 그에게 빚진 것이다. 이것을 이상은 시 「門閥」에서 "분총에계신백골까지가내게혈청의원가상환을강청하고있다."라고 적고 있다. 당연히 X1과 X2는 음수일 수밖에 없다.

덧붙여 이상은 두 종류의 존재가 "시간의 영향"을 받는다고 기록하였다. 그 이유는 원을 "과거분사의 시세"에 비유했는데 과거에 이미 결정되었다는 뜻이다. 그러면 "두 종류의 존재," 즉 두 개의 풀이

1) 김학은, 『정합경제이론』, 박영사, 2006, 191-192쪽.

X1과 X2를 결정하는 것은 직선의 위치이다. 이 직선이 아래로 내려와 원과 점 H에서 접하면 a=b가 되어 풀이는 하나가 되어 두 존재는 하나로 합쳐진다. 더욱 내려와 원과 만나지 않으면 a〈b가 되어 풀이는 허수로서 이 세상에서 존재하지 않게 된다. 이것을 이상은 "直線은 圓을 殺害하였는가."라고 직선을 시적으로 강조하고 있다.

〈그림 2-4〉는 〈표지도안 1등 당선작〉을 재생한 것이다. 이 도안에서 시간은 수직선으로 표현되었고 큰 원과 한 점 H에서 접하고 있다. 풀이가 하나이어서 "한 종류의 존재"이지만 시간이 화살표를 따라 오른쪽으로 이동하면 "두 종류의 존재"로 분화된다.

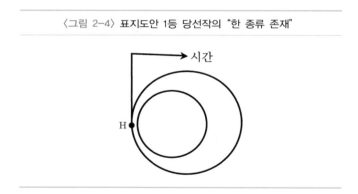

〈그림 2-4〉 표지도안 1등 당선작의 "한 종류 존재"

이 모두를 합쳐서 이상은 "두種類의存在의時間的影響性"이라고 규정한 것은 직선이 곧 시간을 나타내기 때문이다. 우리가 시간직선의 이동을 따라 태어나서 살다가 죽는 유한존재임을 시적으로 표현한 것이다. 이상은 출발부터 수학을 시로 풀이한다.

〈그림 2-2〉에서 시간축인 X축이 원 아래에서 올라와 원과 한

점 H에서 접하는 순간 우리는 태어난다. 그 순간 우리는 모두 동일하다. "모든 사람은 평등하게 태어났다." 그러나 시간축이 서서히 위로 올라오면서 각자의 인생이 다르게 전개된다. "도처에서 불평등하다." 그 결과 점점 다른 양상으로 진행되지만 마지막에는 다시 죽음이라는 한 점에 모이게 되고 시간축이 더욱 올라가서 원을 떠나면 존재는 종말을 맞고 허수의 세계로 사라진다. "직선이 원을 살해" 하여 우리는 허시간 속으로 사라진다. 아인슈타인의 상대성원리에 의하면 허시간도 존재한다. 〈그림 2-4〉에서는 시간축이 왼쪽에서 오른쪽으로 진행한다.

"과거분사의 시세"를 상징하는 원. 이것이 이상 시의 전편에 흐르는 "절망"이다. 그는 이 절망을 시 「作品 第三番」에서 분명하게 전달하고 있다. "나의 希望은 過去分詞가 되어 사라져버린다." 자신도 어떻게 할 수 없는 식민지 청년의 운명이 자신이 태어나기 이전에 이미 결정되었다는 뜻이다. 하필이면 그때에 태어나 "時間的 影響性"에서 벗어나지 못했기 때문이다. 〈그림 2-3〉의 점 X2의 사람이 바로 이상 자신이었던 것이다!! "그는 生物的 二等差級數를 運命당하고 있었다. 腦髓에 피는 꽃 그것은… 그에게 있어서 太陽의 模型처럼 그는 사랑하기 위해서 그는 가지고 있는 것이었다."[2] 뇌수에 아름다운 꽃(시)을 태양처럼 피우지만 이등시민에 불과하였던 것이다. 또 시 「隻脚」의 "終始 제 自身은 地上의 樹木의 다음 가는 것이라고 생각하였다." 라는 구절도 이등시민을 지칭한다. 그

---

2) 「얼마안되는辨解」.

래서 그는 20세 나이에 발표한 「十二月十二日」에서 "불행한 운명
가운데서 난 사람은 끝끝내 불행한 운명 가운데서 울어야만 한다.
그 가운데에 약간의 변화쯤 있다 하더라도 속지 말자. 그것은 다만
그 '불행한 운명'의 굴곡에 지나지 않는 것이다."라고 운명론을 피
력하였다. 앞으로 계속 마주치겠지만 이상은 이 개념으로 그의 모
든 시를 이끌어간다. "절망이 기교를 낳고 기교가 절망을 낳는다."
는 말대로 그의 시는 난해한 기교로 꽉 차있다. 두 표지도안에서
화살표가 꽂힌 두 개의 작은 원의 의미는 후에 해독하겠다.

　지금까지 해독은 이상 시의 원문과 표지도안을 충실히 따른 결과
이다. 이 해독은 이상의 지시 이외에 그 어느 것의 도움도 받지 않았
다. 글자 하나하나를 추적한 결과이다. 이현령비현령이 아니다. 이
러한 해독이 올바른 이유를 또 하나 추가할 수 있다. 〈그림 2-5〉는
〈그림 2-1〉을 재생한 것이나 이번에는 명칭을 부여하였다. 원을
C로, 직선을 L로, 원의 반지름을 R로 표기한다. 모두 영어 Circle,
Line, Radius의 두문자를 빌린 것이다. 다음에는 원과 직선이 만나
는 두 점을 각각 A와 B로 표기한다. 그 표기의 이유는 268쪽에서
정확히 밝혀지지만 여기서는 다만 이상ᒼ이 서 있는 자리에 있음에
만 지적하고 넘어가자. 코난 도일의 셜록 홈즈가 등장하는 소설 『춤
추는 사람의 모험』에서 ᒼ는 F를 의미하는데 이것은 영어의 첫째
First 문자 A라고 해독하는 재미도 준다. 조선문단의 첫째임을 자부
하는 이상에게 어울린다. 마지막으로 원 밖의 점을 E로, 원 안의
점을 M으로 명명한다. 역시 영어 Exterior, Meso(혹은 Middle)의 두문

자를 땄다. M점이 A점과 B점 사이에 있다는 의미이다. 그러면 이들
문자로 만들 수 있는 단어가 CREAM LEBRA이다. 이 책의 뒤에
등장할 시 「一九三一年(作品 第一番)」에서 이상이 던진 수수께끼 같은
말 "R청년 공작에 해후하고 CREAM LEBRA의 비밀을 듣다."의 크림
레브라이다.[3] 비밀의 내용은 뒤에서 공개된다. 알맞은 단어를 만들
고자 지름Diameter보다 반지름Radius을 택한 데에도 이러한 이유가 숨
어 있다. 그러면 "R청년 공작"이란 누구인가? 조금 기다려야 한다.

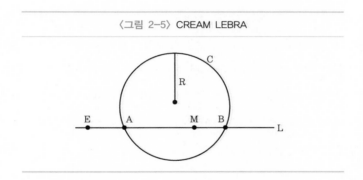

〈그림 2-5〉 CREAM LEBRA

　평면의 자연에서 "두 종류의 존재" 사이에 X1 ⇌ X2의 관계는
가역반응이다. 대표적인 예가 식염 NaCl이 나트륨 Na과 염소 Cl로
분해되고 거꾸로 나트륨과 염소가 식염으로 결합되는 현상이다.
곧 NaCl ⇌ Na+Cl이다. 이상은 인문현상에서도 이러한 가역반응
이 가능하다고 본다. 본문대로 "현미경/그밑에있어서는인공도자
연과다름없이현상되었다." 사람도 현미경 하에서는 "원소" 수준으

---

3) 이 책의 266-268쪽을 참조.

로 해체될 수 있으므로 화학적으로는 맞는 주장이다. 또는 "정충" 수준의 출발점으로 돌아가면 생물학적으로도 수긍할 수 있다. 이 예는 다른 시에서 이상이 열거한 것들인데 앞으로 만나게 될 것이지만 미리 소개할 수 있다. "감정은 어떤 포즈. (그 포즈의 元素만을 지적하는 것이 아닌지 나도 모르겠소)"[4]라든가 "나는 남몰래 精蟲의 一元論을 固執하고 精蟲의 有機質의 分離實驗에 成功하다."[5] 등이다. 이 문장의 해독은 뒤로 미룬다. 여기서 현미경을 강조하지 않을 수 없다. 이상의 시에서 현미경의 등장은 이것이 처음이자 마지막이다. 앞으로 보겠지만 이상 시의 대부분은 망원경과 관계가 깊다. 앞서 둘째 단서가 천체망원경이었음을 상기할 필요가 있다.

이처럼 이상이 보기에 현미경 아래에서는 자연현상이나 인문현상은 동일한데 현실의 망원경 하에서는 인문현상과 자연현상 사이에 가역반응이 "이상한 형태"로 일어난다. 그가 보기에 현실은 현미경 하에 있지 않다. 그래서 시의 제목이 「이상한 가역반응」이다. 어째서 그런가. 인문현상에서도 X1 ⇌ X2가 얼마든지 일어날 수 있는데 "우리들은이것에관하여무관심"하기 때문에 가역반응이 이상하게 일어난다고 이상은 개탄하고 있다. 구체적으로 무엇에 "관심"을 가져야 하는가. 이것을 설명하기 위하여 이상은 주제어를 현미경에서 망원경으로 바꾼다. 망원경이라는 단어를 사용하지 않아 아무도 눈치채지 못한다 뿐이다. 그것이 ×표시 이하의 (나)부분이다. 이런 점에서 (나)부분은 (가)부분과 망원경 대 현미경의 시적 대칭이다.

---

4) 「날개」.
5) 「一九三一年」.

본문의 (나)부분을 해독하기 위해서 우리는 다시 한 번 〈그림 2-6〉처럼 이상의 〈표지도안 3등 작품〉의 도움을 받아야 한다. 다만 〈그림 2-3〉에서 이미 소개한 큰 원과 가장 밑 부분 수평선을 제거하였다. 〈그림 2-7〉은 "파슨스타운의 괴물The Leviathan of Parsonstown" 이라고 부르는 천체망원경이다. 〈그림 2-6〉과 〈그림 2-7〉을 비교해 보면 흡사하다. 이것이 앞서 두 번째 단서의 '천체망원경'이고 세 번째 단서의 '표지도안'이다. 이상은 이 천체망원경을 "책"이나 "잡지"에서 보았음에 틀림없고 이것을 참고로 3등 작품을 도안한 것이다. 그에 대해서 무려 열다섯 가지 단서를 남겼다.

〈그림 2-6〉 표지도안 3등 작품

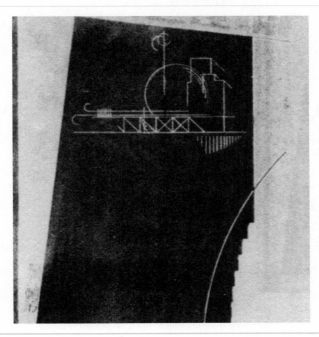

〈그림 2-7〉 파슨스타운의 괴물 = 로시 6피트 망원경 = 굴뚝

출처 : King, H. C., *The History of Telescope*, Sky Publishing, 1955.

첫째, 〈그림 2-7〉의 파슨스천체망원경 앞에 구조물☒☒☒과 〈그림 2-6〉의 원 앞에 구조물☒☒☒의 도안이 동일하다. 오늘날 우리는 아마 이러한 구조물과 비슷한 모양을 고르라면 격자문이 있을 것이다. 여기서는 붙박이 격자문이 어울리는 이름이다. 이것은 "관측 받침대wooden gallery"이다.[참고문헌 영문17 참조]

둘째, "太陽이存在하여있지아니하면아니될處所"란 바로 이 천체망원경이 설치된 파슨스타운을 가리킨다. 현재 아일랜드 오팔리 Offaly County의 버Birr이다. 파슨스타운 천체망원경은 사설 건축물이다. 파슨스(William Parsons 1800-1867)가 개인 천문대를 세운 것이다.

이러한 모든 개인적인 노력을 모범으로 삼아 조선에서도 천체망원경을 건설해야 하는데 그러기는커녕 그 노력을 칭찬하고 "步調를 美化하는일까지도하지아니" 하는데 대하여 이상은 "發達하지도아니하고發展하지도아니하고 이것은憤怒이다."라고 고발하고 있다.

셋째, 앞서 "R청년 공작에 해후하고 CREAM LEBRA의 비밀을 듣다."의 R공작이 누구인가. 파슨스는 세습 귀족인데 그 공식 명칭이 "로시 3세 백작the 3rd Earl of Rosse"이다. 그래서 천체망원경의 정식 이름이 "로시 6피트 망원경The Rosse 6 Feet Telescope"이다. 여기서 "R청년 공작"이 그를 지칭한다. Earl은 일반적으로 백작으로 번역되지만 Earl Marshall이 Norfolk 공작 집안의 세습적 지위이듯이 공작에 해당되기도 한다. 이상이 파슨스를 개인적으로 해후한 것은 아니다. 시적 표현이다.

넷째, 이 천체망원경은 뉴턴식 반사망원경이다. 반사망원경은 〈그림 2-8〉처럼 1차로 主鏡인 오목거울(反射鏡)에 반사된 영상影像(그림자)이 2차로 또 하나의 작은 副鏡인 평면거울(斜鏡)에 비춘 다음 3차로 천체망원경 옆구리에 뚫린 조그만 창문을 통해 접안렌즈에 의해 "육안"으로 들어와 우리가 "감상"한다. 이 창문이 "눈구멍 eyepiece"이다. 이 오목거울의 정면 모습이 본문의 "과거분사"를 상징하는 "임의의 원"이며 동시에 "CREAM LEBRA"의 배경이다. 또한 표지도안 1등 당선작의 모습이다.〈그림 2-4〉 참조

다섯째, 빛이 물체에 비추면 광원-물체-영상(그림자)이 각 위치의 순서다. 그러나 반사망원경에서는 순서가 바뀌어 "태양이" 반사경(오목거울)에 "내려쬐면" 반사경과 태양 사이에 있는 평면경(斜鏡)에

<〈그림 2-8〉 반사망원경의 원리>

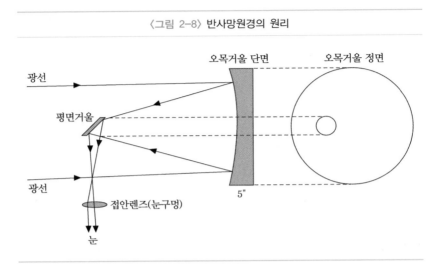

영상影像을 만들어 광원-영상-반사경(물체)의 순서를 만든다. 영상
(그림자)이 태양 방향에 생긴다는 뜻이다. 다시 말하면 그림자가 물
체(오목거울) 후면에 생기지 않고 물체(오목거울) 전면에 있는 평면거울
(斜鏡)에 맺힌다. 이 현상을 이상은 본문에서 "太陽이땀에젖은잔등
을내려쪼였을때그림자는잔등前方에있었다."라고 표현하였다. 잔
등에 "태양이 내려쪼였을 때" 잔등과 반대편인 가슴 앞에 생겨야
정상인 그림자가 잔등 전방에 생긴 이유다.

　여섯째, 왜 "땀에 젖은 잔등"인가? 파슨스망원경이 자리 잡은
곳은 습기가 많은 지역으로 알려졌다. 반사경의 소재는 금속이었
는데 습기로 쉽게 훼손되었고 이 때문에 여러 벌의 반사경을 대기
하였다. 이것을 이상은 땀에 젖은 모습으로 그렸다.

　일곱째, 결정적인 증거가 제시된다. 무게가 3톤인 천체망원경

반사경의 횡단면 두께가 5인치(5″)였다. 그 반사경을 밑받침에 고정시키는 여러 개의 각진 쇠기둥(바아 BAR)이 반사경 둘레에 나열되어 있었는데 반사경을 받치는 두께가 각각 5인치(5″)였다. 이것을 이상은 "眞眞5″의角바아의羅列"이라고 눈으로 본 것처럼 정확하게 보고하고 있다. 그는 사진을 보았던 것이다.

여덟째, 이보다 더 확실한 증거. 〈그림 2-7〉을 보면 망원경의 허리부분 관측 받침대☒에서 모자 쓴 사람(파슨스)이 눈구멍eyepiece을 드려다 보려 한다. 이상이 그린 〈그림 2-6〉의 3등 작품에 왼쪽에서 두 번째 격자무늬☒ 속에도 사람☀이 보인다.〈그림 2-3〉 참조 이 사람이 천체를 눈구멍을 통해 "육안(육체)"으로 "감상(센티멘탈)"하는 현상(처분)을 이상은 "肉體에對한處分法을센티멘탈리즘하였다."라고 표현하였다. "그림자가 잔등전방"에 있는 현상에 놀라지 않고 육안 자체를 위한 인문적 "目的이있지아니하였더니만큼冷靜"하게 자연현상을 받아드릴 수 있었던 것은 그림자(영상)가 과학적으로 물체(거울)의 전방에 있었기 때문이다.

아홉째, 1845년에 건설된 이 망원경의 직경은 1.8미터(6피트)로서 1917년 윌슨 천문대의 2.5미터 굴절망원경이 등장하기 전까지 세계 최대의 망원경이었다. 높이 16미터의 이 무거운 반사망원경을 상하로 움직이기 위하여 〈그림 2-7〉이 보이는 것처럼 양쪽에 12미터 높이의 "백대리석" 지지벽을 만들었다. 그리고 천체망원경과 "관측 받침대 ☒☒☒"를 계단과 백대리석 지지벽의 둥근 만곡선을 따라 끌어올렸다. 파슨스천문대 사진에 백대리석건축물, 계단, 만곡선이 보인다. 본문에 등장하는 "白大理石建築物"이 바로 이것이며 이상이 그린 〈그림 2-6〉의 〈표지도안 3등 작품〉의 우상에 건축물과 우하에 계단과 만곡선의 그림이 보인다. 실물은 흑대리석이다. 햇빛에 반사되어 사진으로는 희게 보인다.

열째, 〈그림 2-7〉을 보면 천체망원경과 백대리석 건축물 전면에 "철책"이 둘러쳐 있다. 〈그림 2-6〉의 "관측 받침대" 밑에 여러 개의 세로줄이 보인다. 이것이 "철책"을 형상화한 것이다. "鐵柵밖의白大理石建築物"의 그 철책이다.

열한째, 〈그림 2-6〉의 "관측 받침대 ☒☒☒"가 받치고 있는 원이 〈그림 2-7〉의 "받침대 ☒☒☒"가 받치고 있는 천체망원경이다. 이상은 원 안에 부분적인 테두리를 몇 개 추가하여 원◎이 천체망원경임을 표시하였다.

열두째, 파슨스 망원경은 남북방향으로만 움직인다. 이상의 〈표지도안 3등 작품〉의 원(망원경)은 지상과 거의 수평이고, 파슨스의 망원경은 거의 직각이다. 〈그림 2-6〉에서 받침대 ☒☒☒를 올리면 원이 〈그림 2-7〉의 망원경처럼 하늘을 향해 입을 벌리게 된다.[참고문헌 영문 17 참조] 일부 구름이 연기처럼 보여 천체망원경이 굴뚝처럼 보인다. 뒤에서 해독할 「▽의 유희」의 "굴뚝"이다.

열셋째, 하늘에 조그만 원이 화살을 발하고 있다. 햇빛 또는 별빛이다. 망원경에 입사하고 있다. 이것이 본문에서 "태양이 땀에 젖은 잔등을 내려쪼였을 때"의 그 햇빛이다.

열넷째, 이상이 여러 개의 호를 사용했는데 그 가운데 하나가 甫山이다. 이것은 보산이라고 읽지만 "포산"이라고도 읽을 수 있다. 파슨스를 차음한 것으로 추정된다.

열다섯째, 1932년에 응모한 『朝鮮と建築』의 표지 도안은 4등이 었는데 그것은 천체망원경의 오목거울을 형상화한 것이다.

한편, 본문의 마지막에 "저便秘症患者는富者ㅅ집으로食鹽을얻 으려들어가고자希望하고있는것이다."의 "변비증환자"란 가난한 사 람을 가리킨다. 변비는 가난하여 먹은 것이 부족하면 걸린다. "무엇 이 찢어지게 가난하다"는 표현은 이래서 생겼다. 다음, 식염salt과 봉급salary은 어원이 같다. 본문의 "식염을 얻다"를 영어로 직역하면 "earn one's salt"이다. 이것은 숙어로써 "간신히 살만큼 벌다"의 뜻이다. 정리하면 "가난한 사람들은 고작 부잣집에서 봉급이나 얻 는 정도의 관심밖에 보이지 않는다."로 읽는다. 여기에는 두 가지 의미가 있다.

첫째, 파슨스가 막대한 자금으로 천체망원경을 제작했던 1845 년부터 아일랜드에 그 악명 높은 감자 대흉년the Great Potato Famine이 3년 연속 들었다. 파슨스는 천문관측을 시작도 해보기 전에 소유영 지의 소작인들을 구휼하였다. 많은 가난한 소작인들은 천문대에 대한 관심보다 식염, 즉 호구수단인 봉급을 얻기를 희망하였다.

둘째, 조선도 사정은 비슷하다. 천문현상에 무관심한 조선의 가난한 사람들 역시 먹을 것을 얻기를 희망한다. "(우리들은이것에 관하여무관심하다.)" 이상은 가난한 어린이들이 변비에 걸려 고생 하는 모습을 빠뜨리지 않고 상세히 기록하는 단서까지 베풀었다. "슬픈 것은 그들 중에 암만 안간 힘을 써도 ×는커녕 궁둥이마저 나오지 않아 쩔쩔 메는 것도 있다."[6] 천체망원경은커녕 먹을 것도 부족한 식민지 조선의 가난한 현실이 슬펐다. 변비의 조선. 이상은 조선의 현실에 더 이상 할 말이 없어 "……"으로 얼버무렸다.

자연현상에서 X1이 X2가 되고 거꾸로도 되는 가역반응은 허다하다. 마찬가지로 조선도 "관심"을 가지면 천체망원경으로 하늘을 볼 수 있다. 다시 말하면 영국의 파슨스가 X1이라면 조선의 이상은 X2이다. 이상에게도 파슨스의 천체망원경이 주어지면 X1 ⇌ X2가 가능하다. 그러나 변비에 걸린 가난한 조선. 고작 "잡지"로만 별을 볼 수 있으니 가역반응이 가능하되 잡지를 통한 반응이니 "이상한 가역반응"이다. 잡지 정도가 아니다. 이보다 더 심한 표현으로 앞서 인용한 대로 "압정"으로 태양을 보고 있다.

> 그는 볕에 가까운 산위에서 태양이 보내는 몇 줄의 볕을 압정으로 꼭 꽂아놓고 그 앞에 앉아 그는 놀고 있었다.[7]

현미경 정도는 조선에도 많이 있다. 그러나 천체망원경은 조선 천지에 한 군데밖에 없다.[8] 이상은 잡지를 뒤지거나 압정으로 꽂아놓고 보는 수밖에 없다. 그로서는 견딜 수 없는 절망감이다. 현미경 대 망원경, 원소 대 천체, 정충 대 사람, 자연과학 대 인문과학, 올바른 가역반응 대 이상한 가역반응. 이것이 이상을 괴롭히는 대비였다. 그래서 이상은 이 시의 문단을 (가)와 (나)로 나누는 표

---

6) 「이 兒孩들에게 장난감을 주라」.
7) 「地圖의 暗室」.
8) 연희전문학교에 있었다.

시를 부호 ×로 선택하였다. 부정적인 것이다. "이상한 가역반응" 에서 연유하는 절망감은 그의 시에 계속 나타난다. 그 절망감은 조선 지성의 과학에 대한 무관심과 인문에 대한 무지이다. 앞으로 보듯이 절망 속에서도 그는 시와 수의 올바른 가역반응을 꿈꾸었다.

이 시의 중요성은 나머지 시들이 모두 여기에서 유래하고 있다는 데 있다. 이제부터 이어지는 이상의 시가 그 난해도를 점점 더 심화시켜 가는데 그 이유가 "절망이 기교를 낳고 기교가 절망을 낳기" 때문일지는 모르되 난해도의 심화와 함께 그의 시어 선택도 예리해져 간다. 해독할 수 있는 길을 열어 놓고 있다. 그럼에도 해독이 아니 될까 염려한 이상은 이러한 "이상한 가역반응"을 독자가 이해할 수 있도록 친절하게 다음 시를 예로서 제시한다.

2. KL5. 二人 … 1

출처 : 鳥瞰圖   1931. 8. 11.   조선과건축 1931. 8.

基督은襤褸한行色하고說敎를시작했다.
아아ㄹ・카아보네는橄欖山을山채로拉撮해갔다.

×

一九三0年以後의일 -.
네온싸인으로裝飾된어느敎會의門깐에서는뚱뚱보카아보네가
볼의傷痕을伸縮시켜가면서入場券을팔고있었다.

[해독] 여기서도 문단을 부호 ×로 나누고 있다. 가역반응에 대해 부정적이다. 기독은 X1이고 카아보네는 X2이다. 기독은 기원전 성자고 카아보네는 20세기 악한이다. 모두 "시간현상"이다. 감람산의 주인공은 기독인데 카아보네가 주인이 되려 한다. 1930년에 와서 기독이 모셔져 있는 교회에 카아보네 X2가 출석해서 기독의 제자 X1이 되려 한다. 실제로 카아보네는 매주 교회에 출석하였다. 교회의 모범생이었다. 그 시절 미국 교회에서는 가난한 사람은 뒤에 앉았다. 그 훨씬 옛날에는 교회가 좌석권pew fee을 팔았다. 1930년에 와서도 그것을 카아보네가 "팔고 있었다." 교회가 시장이 되었다. 이상은 인천의 어떤 성당을 "聖母의 市場"이라고 묘사한 바 있다.[9] 카아보네 X2가 기독인 X1이 되고 교회는 죄인을 회개시키려 X2에 다가가니 X1이 X2가 되어 가역반응이 일어났다. 그러나 그것은 어디까지나 겉치레에 불과하였다. 이상한 가역반응이었다.

3. KL6. 二人 ··· 2

출처 : 鳥瞰圖 1931. 8. 11.   조선과건축 1931. 8.

　아아르 • 카아보네의貨幣는참으로光이나고메달로하여도좋을
만하나基督의貨幣는보기숭할지경으로貧弱하고해서아무튼돈이라
는資格에서는一步도벗어나지못하고있다.

---

9) 「슬픈이야기」.

카아보네가프렛상이래서보내어준프록 • 코오트를基督은最後
까지拒絕하고말았다는것은有名한이야기거니와宜當한일이아니겠
는가.

[해독] 카이저의 것은 카이저의 것이고 하나님의 것은 하나님의
것이다. "광이 나는" 카아보네의 돈은 카아보네의 돈이고 "보기 숭
한" 기독의 돈은 기독의 돈이다. 이상은 산문 「행복」에서 "마호메
트의 돈은 마호메트의 것"이라고 경고한다. 세상에서 가역반응은
일어나지 않았다. "의당한 일이 아니겠는가." 카아보네 X2가 겉치
레로 자선을 하였지만 기독(교회)은 그 속을 알고 받지 않았다. X2는
결코 X1이 되지 못한다. 기독은 입고 있던 옷마저 로마병사들에게
빼앗겼다. 큰제목 「鳥瞰圖」는 골고다의 십자가에 앉아 아래를 내
려다보는 새의 그림을 연상시킨다. 이 예는 기독과 카아보네 사이
의 "이상한 가역반응"이지만 다음 시는 이상 자신에게 일어난 "이
상한 가역반응"이다.

4. KL7. 一九三三, 六, 一

출처 : 無題　　　　　　　　　　　　　　　　가톨닉靑年 1933.7

天秤우에서 三十年동안이나 살아온사람(엇던科學者)
三十萬個나넘는 별을 다헤어놋코만 사람(亦是)
人間七十아니二十四年동안이나, 뻔뻔히사라온 사람(나)

나는 그날 나의自敍傳에 自筆의訃告를 揷入하였다 以後나의肉
身은 그런故鄕에는잇지안앗다 나는 自身나의詩가 差押當하는꼴을
目睹하기는 차마 어려웟기 때문에.

[해독] 이 시는 앞서 부분적으로 설명하듯이 "천칭 위에서 30년
동안이나 살아온 어떤 과학자"란 미국 로웰 천문대의 슬립퍼어(Vesto
Slipher 1875-1969) 박사다. 이 사람이 이상 시에 심심치 않게 등장하여
사람들로 하여금 실내용 덧신slipper으로 오해를 일으킨 주인공이라
함은 앞서 밝혔다. 뒤의 등장하는 여러 시의 해독에서 확인된다.

사재를 들여 이 천문대를 설립한 로웰(Percival Lowell 1855-1916)은
보스턴 명문가의 자손인데 젊은 시절 조선을 여행하다가 미국으로
가는 조선 최초의 보빙사의 수행원이 된 외교관으로서 한국과 인
연이 깊다. 그는 또한 명왕성의 존재를 예언하여 자신의 이름의 두
문자로 Pluto라고 이름까지 지었다. 한때 화성에 문명인이 산다고
믿어 세상에 소동을 일으킨 인물이다. 이상은 이 사실을 놓치지 않
았을 것이다. 슬립퍼어 박사도 젊은 한 때 외교관이었다.

별을 관측하려면 천체망원경에 부착되어 회전하는 커다란 축음
기판 같은 의자(천칭)에 앉아야 한다. 글자 그대로 "하늘의 저울"이
다. 이 천칭은 밤하늘의 별의 움직임을 따라 축음기판처럼 천천히
360도 회전하게 되어 있다. 이상은 그의 다른 시에서 슬립퍼어를
네 번 언급한다. 축음기의 비유는 두 군데에서 발견된다.

역시 앞서 설명했듯이 "30만 개의 별을 조사한 어떤 과학자"란

하버드 대학 천문대의 피커링(Edward Charles Pickering 1846-1919)을 가
리킨다. 그가 연구원을 데리고 1918년에 관측을 시작한 별의 수가
225,300개이다. 그 후 이들의 노력에 기초하여 허블이 그 유명한
「허블의 법칙」을 1931년에 발표하였다. 그 숫자는 1936년까지
272,150개로 증가하였다. 헤아린 별의 숫자를 30만 개라고 구체적
인 숫자까지 제시하는 것은 이상이 이러한 사실을 알고 있었다는
확실한 증거다. 더욱이 이상은 앞서 소개하였던 보산甫山이라는 호
이외에 비구比久라는 호도 사용하는데 甫山이 파슨스를 가리키듯
比久는 피커링을 가리켰다고 추정할 수 있다. 피커링에서 링을 생
략하고 피커 또는 比久만 읽는 것은 일인들이 빌딩에서 딩을 생략
하고 비루ビル라고 읽는 것과 같은 이치이다.

피커링의 연구원 가운데 레비트(Henrietta Leavitt)는 별의 거리를 측
정하는 방법을 고안하여 1920년 천문학의 세기의 대논쟁the Great
Debate을 잠재웠다. 이상은 이 대논쟁에 대하여 시를 몇 편 썼다.
뒤에서 해독할 것이다.

그런데 이상 자신은 한 일 없이 24년을 보냈다고 자책한다. 자
신의 처지가 한심했던 것이다. 변비의 조선. 조선의 변비. 이들과
도저히 경쟁할 수 없는 식민지 청년. 이 정도도 "中古敎育을 받은
우리로는 경이다."[10] 아일랜드의 파슨스, 미국의 슬립퍼어나 피커
링이 될 수 없는 그가 甫山과 比久의 아호의 흉내만으로 주저앉아
「이상한 가역반응」을 외마디로 절규하는 이유를 이해할 수 있다.

---

10) 「早春點描」.

광선

1. KL8. 線에關한覺書 1

출처 : 三次角設計圖   1931. 5. 31. 9. 11.   조선과건축   1931. 10.

	1	2	3	4	5	6	7	8	9	0
1	•	•	•	•	•	•	•	•	•	•
2	•	•	•	•	•	•	•	•	•	•
3	•	•	•	•	•	•	•	•	•	•
4	•	•	•	•	•	•	•	•	•	•
5	•	•	•	•	•	•	•	•	•	•
6	•	•	•	•	•	•	•	•	•	•
7	•	•	•	•	•	•	•	•	•	•
8	•	•	•	•	•	•	•	•	•	•
9	•	•	•	•	•	•	•	•	•	•
0	•	•	•	•	•	•	•	•	•	•

(宇宙는冪에依하는冪에依한다)

(사람은數字를 버리라)

(고요하게나를電子의陽子로하라)

스펙톨

軸X   軸Y   軸Z

速度etc의統制例컨대光線은每秒當三00000키로메—터달아나
는것이確實하다면사람의發明은 每秒當六00000키로메—터달아날
수없다는法은勿論없다. 그것을幾十倍幾百倍幾千倍幾萬倍幾億倍
幾兆倍하면사람은數十年數百年數千年數萬年數億年數兆年의太古
의事實이보여질것이아닌가, 그것을또끊임없이崩壞하는것이라고
하는가, 原子는原子이고原子이고原子이다. 生理作用은變移하는
것인가, 原子는原子가아니고原子가아니고原子가아니다, 放射는
崩壞인가, 사람은永劫인永劫을살수있는것은生命은生도아니고命도
아니고光線인것이라는 것이다.

臭覺의味覺과味覺의臭覺

(立體에의絶望에의한誕生)
(運動에의絶望에의한誕生)
(地球는빈집일경우封建時代는눈물이날이만큼그리워진다)

[해독] 여기에는 문단 나누는 부호가 없다. 우선 7편의 연작시
「선에관한각서」는 모두 광선에 관한 것이다. 그래서 제목을 "광선

에관한각서"라고 표현하면 정확하다. 또 모두 띄어쓰기를 하지 않고 붙여 썼다. 일문으로 썼기 때문이다. 그러나 광선의 연속성을 나타내기도 한다. 문단부호를 대신한다. 삼차각이란 무엇인가.[이 책의 속편을 참조] 수학에 입체각이란 용어는 있다. 3차원은 입체를 의미하므로 시적으로는 입체각=삼차각의 등식을 용인할 수 있다. 이시에서 이상은 입체를 이야기하고 있기 때문이다.

이 시는 3부분으로 구성되어 있다. (가)부분은 "스펙톨"까지이다. (나)부분은 "취각의 미각과 미각의 취각"까지이다. 나머지가 (다)부분이다. 이 시부터 본격적으로 "올바른 가역반응"을 일으키는 현미경은 물러나고 "이상한 가역반응"을 일으키는 망원경이 등장한다.

본문의 (가)부분에서 이상은 우주의 크기를 "멱"이라는 수학의 용어를 이용한다. 우주는 너무 크므로 일반적인 숫자를 사용해서는 그 크기를 감지할 수 없어서 "멱의 멱"이라고 표현했다. 그래서 "숫자를 버리라"고 주문한다. 시적 변용으로 대신하라는 것이다. 숫자로 표현하면 그야말로 입이 딱 벌어질 정도로 감탄하니 시적 변용으로 바꾸어 전자의 음수와 양자의 양수가 상쇄되어 중성이 되듯이 평정을 찾기를 바란다. "고요하게 나를 전자의 양자로 하라." 이것이 이상이 목표로 하는 과학의 시적 변용이다. 숫자는 "1234567890"이면 충분하다는 의미에서 100개의 점 위에 10개의 기본 숫자만 적어놓았다. 숫자를 버리면 남는 것이 무엇인가. 일단 이상은 멱으로 표현하였다. 그러나 그것으로도 충분치 않다.

첫째, 광대한 우주의 모습을 본문처럼 변용된 시로 시각화할 수 있다. 본문에서 그림의 점들은 별이나 은하들을 나타낸다. 사각 하늘을 가득 메운 별들. 이상의 "그림시"이다. 이상이 이 시를 쓰던 1931년에 두 가지 우주이론이 등장하였다. 확장모형과 정상모형이다. 과학자들이 그것을 그림으로 표현한 것이 〈그림 2-9〉이다. 어느 것이든 이상 그림시의 시각화와 일치한다.

〈그림 2-9〉 두 가지 우주모형

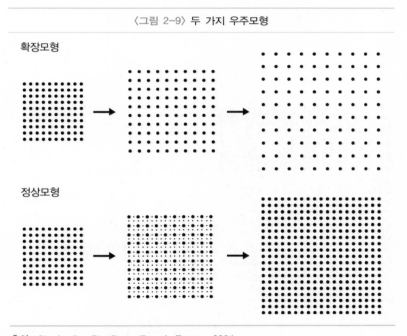

확장모형

정상모형

출처: Singh, S., *Big Bang*, Fourth Estate, 2004.

위의 두 가지 경쟁모형에서 현재 폐기된 것은 정상모형이고 증명으로 채택된 것이 확장모형이다. 확장모형이 현재의 빅뱅모형이다. 이상은 다른 시에서 그가 우주가 확장된다는 것을 이미 알고 있음을 보여준다. "확대하는 우주를 우려하는 자여, 과거에 살으라."[11] 정상모형 추종자에 대한 경종이다. 이보다 먼저 〈표지도안 1등 당선작〉에서 일찌감치 확장모형을 암시하였다. 〈그림 2-10〉은 〈표지도안 1등 당선작〉과 확장모형에 대한 현대 물리학의 해설 그림을 비교하고 있다. 이상은 당시에 대단히 빠른 정보망을 갖고 있었던 셈이다. 그가 관련된 문헌을 읽고 있었다는 증거이고 따라서 자신 있게 시를 쓸 수 있었던 이유다.

〈그림 2-10〉 표지도안 1등 작품과 현대물리학 해설그림

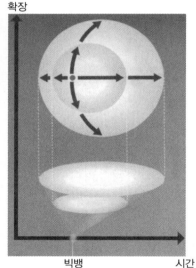

출처 : 『朝鮮と建築』, 1930년 1월호.〈왼쪽 그림: 원본에는 화살표가 없다.〉
　　　 Newton, April, 2013.〈오른쪽 그림〉

---

11) 「線에關한覺書 5」.

　이상은 정식으로 한 번 혼인하였다. 혼인 수개월 만에 이상이 사망하였다. 후일 미망인은 화가 김환기와 재혼하였다. 김환기는 "우리는 어디서 무엇이 되어 다시 만나랴" 제목의 그림을 남겼다. 이 그림에는 무수한 별들이 점으로 박혀있다. 이 그림은 시인 김광섭의 시「저녁에」에서 영감을 얻었다고 알려져 있다. 그럼에도 부인과의 관계를 보았을 때 본문에 이상이 점으로 표현한 "그림시"와 일치하는 것은 우연으로 보기 어려울 것이다. 더욱이 이상과 김환기는 술친구(?)였다.[12] 여기에 더하여 이상은 "너는 어디에 가서 무엇을 하려 하느냐?"라는 말도 남겼다.[13]

　둘째, 숫자를 버리고 스펙트럼 곧 분광을 이용하는 것이다. 이상이 살던 일제 강점기에서는 "스펙톨"이라고 불렀다. 지금도 일본에서는 스펙톨이라고 부른다. 이런 점에서 본문에서 이상이 지나가듯이 남긴 세 글자 "스펙톨"에 우리는 유의해야 한다.

　우주에는 빛을 발하는 별이 무수하다. 이 빛을 프리즘에 통과시키면 빨주노초파남보의 7색으로 분산된다. 〈그림 2-11〉이 그것이다. 이것이 스펙트럼이다. 곧 스펙톨이다. 이상은 먼저 점으로 별들을 보여주고 그것이 발하는 "스펙톨"을 말하고 싶은 것이다. 백색 광선이 프리즘을 통해 7색으로 분광된다는 것을 처음 보여준 사람이 뉴턴이다. 1671년의 일이다. 그는 분광의 띠를 스펙트럼이

---

12) 조용만, 「이상 시대, 젊은 예술가들의 초상」, 『문학사상』, 1987년 4/6월. 김유중·김주현, 『그리운 그 이름, 이상』, 지식산업사, 2004년, 321쪽에서 재인용.

13) 你上那兒去 而宜 做甚麼.「地圖의 暗室」.

라고 불렀다. 유령이라는 말에서 유래하였다.

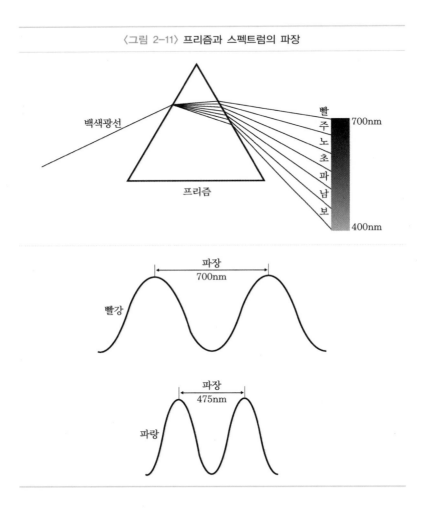

〈그림 2-11〉 프리즘과 스펙트럼의 파장

〈그림 2-11〉의 위 그림처럼 스펙트럼은 빨주노초파남보 7색의
띠를 이룬다. 각각의 색은 파장Wave로 그 정체를 드러낸다. 예를

들어 〈그림 2-11〉의 아래 그림처럼 빨강의 파장은 700nm으로 길고 파랑의 파장은 475nm으로 짧다. 〈그림 2-12〉처럼 파장W이 길수록 에너지E가 낮다. 반대 관계이다. 파랑 불꽃이 빨강 불꽃보다 열이 높다. 이상은 이 사실을 정확하게 알고 여러 시에 표현하였다.

〈그림 2-12〉 스펙트럼의 파장과 에너지

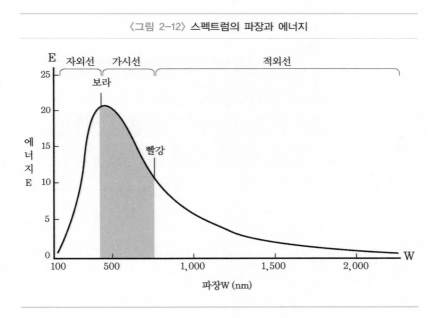

〈그림 2-13〉은 〈그림 2-11〉의 빨주노초파남보 7색을 수평으로 누인 띠인데 원소마다 다른 분광을 보인다. 띠가 다르다. 분광은 원소의 지문이다. 뿐만 아니라 각각의 별 역시 고유의 분광을 갖고 있다. 별마다 원소의 구성이 다르기 때문이다. 흰 수직선은 방출선 emission line이다. 보기에 따라서 "수염" 같기도 하고 세워 놓은 "칼"

같기도 하다. "흑단의 사아벨" 곧 허리에 차는 칼에도 비유하였다. "바늘"을 꼽아 놓은 모습이기도 하다. "독바늘"이라는 표현도 썼다. 이상은 이 모두를 그의 작품에서 자유롭게 비유한다. 그밖에 "철교"나 "계단"에도 비유하였다.

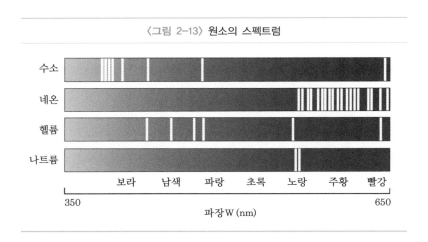

〈그림 2-13〉 원소의 스펙트럼

한편 〈그림 2-14〉처럼 검은 선도 나타난다. 이것은 흡수선 absorption line이다. 그런데 분광의 흡수선에는 흥미로운 비밀이 숨어 있다. 호수에 조그만 배를 띄우면 파장이 사방으로 고르게 퍼져간다. 그러나 그 배가 물결을 가르고 동쪽으로 움직이면 뱃머리에 생기는 동쪽 물결은 그 사이가 촘촘한데 뒤에 생기는 서쪽 물결은 사이가 넓다. 소리도 파장이기에 이와 마찬가지이다. 기차가 나에게로 달려올 때 기적소리는 파장이 짧아서 크게 울리지만 나를 지나자마자 기적소리는 파장이 길어져서 별안간 낮아진다. 소리는 공기를 가르기 때문이다. 도플러효과Doppler Effect이다.

　빛에도 도플러효과가 생긴다. 지구로 다가오는 빛은 파장이 짧아 파란색을 띄게 되고 반대로 지구에서 멀어지는 빛은 파장이 길어 빨간색을 띄게 된다. 전자의 경우가 청색편이blueshift이고 후자의 경우가 적색편이redshift이다. 〈그림 2-14〉의 첫째(a)는 편이가 없는 경우다. 둘째(b)가 적색편이인데 물결이 이동한 것처럼 흡수선이 빨강 쪽으로 이동하였다. 이 적색편이를 숫자로 표시하면 지구에서 멀어지는 어떤 천체 사이의 거리z를 측정할 수 있다. 어마어마한 숫자가 4자리 이하로 줄어든다. 가장 큰 숫자가 z=1089인데 우주의 끝을 가리킨다. 그러나 이것은 천체물리학에서 사용하는 숫자이고 이상은 이 숫자마저 버리라고 주문한다. 그리고 자신처럼 시로 표현하길 바란다. 그에게는 수가 곧 시다.

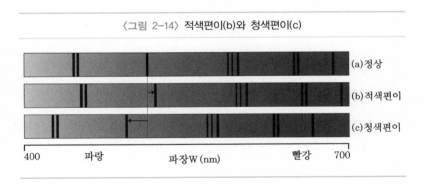

〈그림 2-14〉 적색편이(b)와 청색편이(c)

　여기에는 이상 나름대로 이유가 있다. 청색편이와 적색편이는 이상의 나머지 시들을 해독하는 데 대단히 중요한데 이 적색편이를 발견한 사람이 바로 앞서 소개한 미국 로웰 천문대의 "슬립퍼어"(Vesto Slipher 1875-1969) 박사다. 그러나 앞서 〈그림 2-1〉에서 보았듯이 이상의 원은 "과거분사의 시세"로 이미 결정되었다. 세계 최초를 꿈꾸는 "천재." 천체망원경이 주어지지 않은 이상이 할 일이라 택한 것이 세계 최초로 천체현상을 시로 표현하는 것이다. 천재답게 "그[이상]에게는 단테의 신곡도 다빈치의 모나리자도 아무것도 그의 마음대로 나올 것만 같았다."[14]는 자신감이 넘친다. 이상은 이들에게 지지 않으려고 2천 편의 시를 썼다. "우리들은 이대로 썩어서는 안 된다. 당당히 이들과 列하여 똑똑하게 살아야 하지 않겠느냐."[15] 그러나 주변이 너무 무지했기에 돌아온 반응은 미친 사람이라는 험담뿐이었다. "호령하여도 에코-가 없는 무인지경은 딱하다."[16] 지성의 사막. 참담한 절망.

좋아하는 천체 연구도 첨단으로 할 수 없고 시로 표현하여도 무반응. 미친 사람 취급하는 환경. 「날개」에서는 "박제된 천재를 아시나요."라는 자조와 함께 "그는 지구에서 내리고 싶었다."「一九三三, 六, 一」에서 표현한 대로 "그런 고향에는 있지 않았다." 자신의 시마저 "차압당하는 꼴"을 볼 수 없었기 때문이다. 마침내 이상은 "나도 내가 싫다."고 극언까지 하게 된다.[17] 영국의 파슨스도 될 수 없고, 미국의 슬립퍼어도 될 수 없는 그가 「이상한 가

---

14) 「病床以後」.

15) 「妹像」. 이 글은 1936년 시집가는 여동생에게 보내는 편지 형식으로 작성된 것으로 올림픽경기를 말하고 있다. 그해 손기정이 우승했다.

16) 「烏瞰圖作者의 말」.

17) 「恐怖의記錄」.

역반응」을 하늘에다 주먹질하듯 외마디로 절규하는 이유를 이해
할 수 있다.

그럼에도 그는 시를 버릴 수 없었다. 그의 서신 「얼마안되는辨
解」에 잘 나타나 있다. 그에게 있어서 "시 이외의 무엇에서도 있을
수 없다." 어째서? 이상은 자신과 같은 나이인 "23세 때 죽어간,
지난날의 여러 사람들의 일을 생각"하였다. 그리고 "무의미한 1년
이 한심스럽게도 그에게서 시까지도 추방하였다. 그는 「죽어도 떨
어지고 싶지 않은」 그 무엇을 찾으려고 죽자 하고 애를 썼다." 그래
서 찾은 것이 시였고 뒤떨어지지 않으려고 2천 편의 시를 썼다. 그
가운데 30편을 골랐으나 고작 15편밖에 실어 주지 않았다. 대부분
의 그의 시가 산일한 것도 이와 무관하지 않는다.

음악가 바흐가 1,120여 곡, 모차르트가 626곡을 작곡하고, 수학
자 에어디쉬가 1,450편 논문을 쓴 것과 비교하면 대단하다 아니 할
수 없다. 더욱이 이들의 경우 평생의 업적이다. 이상의 경우 신문
연재가 1934년이었으니 불과 24세까지 2천 편을 작시했다는 데에
그의 재능을 가늠케 한다. "그것은 수로 세어지는 것이 아니라 무
게로 달아진다."라는 말이 어울린다.[18]

셋째, 그러나 부득이 숫자를 버릴 수 없다면 본문 그림처럼
1234567890이면 족하다. 어째서 십진법의 0123456789의 순서가
아닌가? 우주는 시간과 더불어 확장한다. 시간을 측정하는 연도를

---

18) Hoffman, P., *The Man Who Loved Only Numbers*, New York: Hyperion, 1998,
   p.6.

보면 20세기는 1901년에서 시작하여 2000년까지였다. 거슬러 올라가면 서력기원 최초의 10년은 1234567890의 순서였다. 그 후는 동일한 시간 셈법의 반복이다. 이상은 본문에서 우주가 시간과 더불어 팽창하고 있음을 시간 셈법 1234567890으로 보여준 것이다. 다시 말하면 본문의 그림은 확장하는 우주를 시간과 공간으로 표현함으로써 확장모형을 지지하고 있다.

이제 본문의 (나)부분을 해독할 차례이다. 빛이 1초에 3십만 킬로미터를 달리는데 사람의 생각은 이보다 더 빠르게 달릴 수 있다고 이상은 주장한다. 주장이라기보다 희망이다. 그리되면 과거를 볼 수 있다. 태고도 볼 수 있다. 나 이상은 슬립퍼어도, 파스스도 될 수 있다. 단테도, 다빈치도 될 수 있다. 아인슈타인의 상대성원리를 과장해서 표현한 것이다. 이에 대하여는 뒤에서 따로 설명할 것이다.[이 책의 속편도 참조]

자연세계에서 원자는 서서히 붕괴한다. 그러나 생리작용의 인문세계에서 "원자는 원자가 아니다." 광선을 이용하면 사람은 붕괴되지 않고 "영겁도 살 수 있다." 사람이 광선이 된다. 곧 광선이 사람이다. 이상은 자신의 시적 변용을 활용하여 자연세계와 인문세계를 통합하려고 애쓰고 있다.

시각으로 설명한 자연현상을 확대하여 취각과 미각에게도 파장이 있다면 마찬가지일 것이다. 자연현상을 인문현상으로 변용한 것이다. 그래서 "臭覺의味覺과味覺의臭覺"에 대한 흥미를 나타냈다.

본문의 (다)부분으로 넘어간다. 이러한 모든 것은 "축X 축Y 축

Z"에서 일어나는 3차원의 입체현상인데 여기에 시간을 더하면 아인슈타인의 4차원의 운동이 설명된다. "운동"에 관한 시는 뒤에서 소개된다.

앞서도 소개했지만 이러한 모든 과학적 성과는 그에게 절망의 탄생만 가져다줄 뿐이다. 입체 "(立體에의絶望에의한誕生)"의 원리, 운동 "(運動에의絶望에의한誕生)"의 원리는 모두 다른 사람들이 발견한 것이고 이상이 할 수 있는 일이라고는 시적 변용밖에 없다. 이것이 이상에게 "절망의 탄생"이다. 결국 이러한 모든 것이 발견되기 전인 "(地球는빈집일경우封建時代는눈물이날이만큼그리워진다)"가 그가 소망하는 전부였다. 이상 스스로 말하기를 "완전히 二十世紀 사람이 되기에는 내 血管에는 너무도 많은 十九世紀의 嚴肅한 道德性의 피가 威脅하듯이 흐르고 있소."[19] 그는 이 같은 모든 가능성이 잠재되었던 19세기 "봉건시대"에 어울리는 사람이다. 이러한 "절망은 기교와 함께" 다음 시에서 더욱 노골적으로 나타난다.

2. KL9. ▽의遊戲−

출처 : 異常한可逆反應　1931. 6. 5.　　　　　　　　조선과건축 1931. 7.

　　　　　△은나의AMOUREUSE이다

　종이로만든배암을종이로만든배암이라고하면

---

19) 「私信 7」.

▽은배암이다

▽은춤을추었다

▽의웃음은웃는것은破格이어서우스웠다

슬립퍼어가땅에서떨어지지아니하는것은너무나소름끼치는일
이다

▽의눈은冬眠이다

▽은電燈을三等太陽인줄안다

×

▽은어디로갔느냐

여기는굴뚝꼭대기냐

나의呼吸은平常的이다

그러한데탕그스텐은무엇이냐

(그무엇도아니다)

屈曲한直線

그것은白金과反射係數가相互同等하다

▽은테이블밑에숨었느냐

×

1

2

3

3은公倍數의征伐로向하였다

電報는아직오지아니하였다

[해독] 본문 말미의 1,2,3은 이상의 육필 일어원고에는 없지만 상관없다. 근대과학은 뉴턴에 의해 열렸다. 그의 수학은 미적분으로 확대되었고 그의 과학은 천체망원경을 중심에 올려놓았으며 빛에 대한 연구는 프리즘이 주도하였다. 시인 포프는 "하나님 가라사대 뉴턴이 있으라함에 모든 것이 빛이더라!"라고 읊었고 시인 워즈워스는 "뉴턴이 서 있는 곳. 조용한 얼굴에 프리즘. 생각의 낯 서른 바다를 홀로 여행하는 마음의 이정표."라고 읊었다. 앞에서 이미 확인했듯이 이상 시의 순서도 천체망원경에서 시작하였다. 그 다음 순서가 빛과 프리즘, 그리고 스펙톨로 이어짐이 예사롭지 않으니 여기서 △과 ▽은 프리즘을 가리키기 때문이다.〈그림 2-11〉 참조

이 시의 문단도 부호 ×로 나뉜다. 읽어보면 역시 절망적이다. "종이로 만든 배암을 배암"이라고 하면 나무로 만든 배암도 배암이고 쇠로 만든 배암도 배암이다. 유리로 만든 배암도 배암이다. 그렇다면 프리즘 △이 형성하는 스펙트럼으로 만든 배암도 배암이다. 실제 〈그림 2-15〉을 보면 스펙트럼이 '배암'처럼 보인다. 다른 시

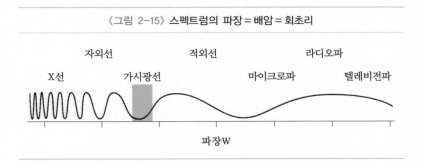

〈그림 2-15〉 스펙트럼의 파장 = 배암 = 회초리

에서는 '회초리'라고 표현한다.[147쪽 참조] 이 분광은 앞서 〈그림 2-11〉의 7색 가시광선에 추가하여 눈에 보이지 않는 자외선, X선, 적외선, 마이크로파, 라디오파, 텔레비전파까지 포함한 것이다. 물론 가시광선 안에서도 '배암'처럼 춤추는 모습이다.〈그림 2-11〉참조

프리즘을 통과한 빛의 파장이 뱀이 "춤을 추는 것"처럼 보인다. 또 가시광선 안에서 파장W는 흡사 웃음 띤 입술과도 같다. 반대로 에너지E는 두 눈이 "웃는" 모습이다. (E와 W는 반대관계다.) 앞서 소개했지만 이 모습을 수학자/철학자 러셀은 다음과 같이 읊었다.

나는 왜 별이 빛나는지 알고 싶었다. 유동체를 지배하고 있는 피타고라스의 제곱을 이해하려고 애썼다.

별빛을 알려면 프리즘이 필요한데 그의 스펙트럼은 춤추는 유동체이며 그의 모양은 직각삼각형의 합성체이다. 직각삼각형은 피타고라스 법칙을 따른다. 이상의 시와 비교했을 때 어느 글이 더 이해하기 쉬운가. 어느 글이 더 기교적인가.

프리즘의 스펙트럼을 이용하여 적색편이를 발견한 "슬립퍼 Slipher가 땅에서 떨어지지 아니하면 안 된다." 앞서 소개하였다. 그는 땅과 떨어져서 30년 동안 망원경의 회전의자에 앉아 있었던 그대로 있어야 한다. 그렇지 않으면 프리즘이 만드는 「▽의 유희」는 끝이다. 그것은 "소름끼치는 일이다."

산정의 천문대는 밤이 되면 춥다. 슬립퍼의 눈의 물기도 얼 정도이다. 허블의 천문대 일기에 이 고생이 고스란히 드러나 있다.

프리즘에도 성에가 끼고 그것을 조정하는 기계 틈새의 윤활유의
작동도 원활하지 않게 된다. 그래서 "冬眠"이다. 1등성, 2등성, 3등
성 밝기의 별을 보던 프리즘이 이렇게 얼어붙은 상태에서 "전등을
3등성"인 줄 착각하면 어떡하나.

이상은 이러한 걱정을 할 형편이 못 된다. 그의 주변에는 프리
즘조차 없다. 망원경 꼭대기에 있어야 할 프리즘이 "굴뚝 꼭대기"
에 붙어있나. 행방이 묘연하다. 묘연한 정도가 아니라 아예 없다.
그에게는 "잡지"나 "압정"만 있을 따름이다. 〈그림 2-7〉의 파슨스
망원경을 보라. 일부 구름이 연기처럼 보이니 그것은 설명 없이 보
면 굴뚝으로 오해할 것이다. 사실 첨성대도 역사를 모르는 이방인
에게는 사라진 왕궁의 굴뚝으로 착각할 수 있다. 그러나 파슨스의
괴물은 당시에는 엄연히 최대의 천체망원경이었다. 문제는 이상에
게는 작은 굴뚝의 망원경도 없다는 점이다.

체념한 이상의 상태는 "電子의 陰數와 陽子의 陽數가 一致하듯
이" 평상적이다. 그만큼 그의 "호흡의 파장은 정상"이다. 그러나 껌
뻑이는 주제에 눈치도 없이 전등 필라멘트의 텅스텐만이 짧은 파장
을 만든다. 나를 프리즘으로 분광해 달라고 말이다. 텅스텐이 발광
하는 백색광선이 그 증거이다. 당시에는 좋지 않은 전력사정으로
전등이 껌뻑거렸다. 그러나 프리즘이 없는 상태에서 그것은 소용없
는 일이니 "아무것도 아니다." 다만 빛을 "굴곡한 직선"이 만든 그의
스펙트럼이 백금의 반사계수와 같을 뿐이니 백금이나 텅스텐이나
마찬가지다. 프리즘은 "테이블 밑에도 없고" 아무 곳에도 없다.

이상은 애가 탄다. 슬립퍼어 박사가 발견한 적색편이의 자료를

이용하여 윌슨 천문대의 허블(Edwin Hubble 1889-1953)이 드디어 별들이 지구에서 멀어져 간다는 우주 팽창 사실을 발견하였다. 적색편이가 클수록 더 멀다. 이것이 1931년의 「허블의 법칙」이다. 우주는 팽창하고 있는 것이다. 우주가 처음 탄생했을 때 날아간 "전파는 1보, 2보, 3보." 공배수로 날아갔다. "공배수"란 허블상수를 가리킨다. 모두 돌아올 생각을 하지 않는다. "電報는 아직 오지 않고 있다."

　　그러나 같은 해(1931년)에 잔스키(Karl Guthe Jansky 1905-1950)가 은하계의 중심부에서 날아오는 전파를 포착하였다. 이상이 1년 후 쓴 시는 다음과 같이 시작한다. "役員이 가지고 오는 제4보. ─ 암만해도 이것만은 이상해요. 역시 있었습니다."[20] 왜 시작부터 별안간 "4보"이겠는가. 이 시에 대한 연속임을 드러내며 잔스키의 업적을 알고 있었다는 증거다. 잔스키가 발견한 은하계의 전파는 인류가 인식한 최초의 외계 전파였다. 이 업적으로 후일 노벨상 후보자가 되었으나 그 전에 요절하였다. 이상은 이것도 속이 상하는 일이었다. 세계는 나날이 "발달하고 발전하고" 있지 않은가. 그래서 이상은 "발달하지아니하고발전하지도아니하고/이것은분노이다."라고 탄식하고 있다.

　　이상은 분노할 만한 자격이 있다. 그는 잔스키가 최초로 발견한 외계전파를 누구보다 먼저 알고 있었던 것이다. 그의 시 「내과」가 또 하나의 증거다. "유다야사람의임금님"의 답신을 묘사하고 있는 이 시는 "찌-따찌-따따찌-찌-(1) 찌-따찌-따따찌-찌-(2) 찌-

---

따찌-따따찌-찌-(3).”라고 본문의 전파 3보를 받은 하나님의 답
신도 3보임을 말하고 있다. 하늘의 무선전신이다. 이상은 부지런
히 관계문헌을 읽고 있었다는 증거다. 서로 독립된 시를 일관되게
연결하고 있다.

이상이 얼마나 천체망원경과 프리즘을 원했으면 “△은 나의 애
인AMOUREUSE”이라고 표현할 정도였다. 상반신(어깨)이 넓은 프리
즘 ▽은 남자, 하반신(골반)이 넓은 프리즘 △은 여자를 나타낸다. 그
래서 우리가 뒤에서 해독할 시 「AU MAGASIN DE NOUVEAUTES」
에서 이상은 이 둘이 껴안은 모습 ▽+△=□을 “사각이 난 케-스가
걷기 시작한다.”라고 표현하였다. 사각 □은 상자箱子를 뜻하니 곧
이상의 이름이다. 뒤에서 보게 될 시 「선에관한각서 7」에서 “□은
나의 이름”이라고 선언하고 있다. 프리즘이 없는 그의 절망은 같은
날(1931. 6. 5)에 쓴 다음 시에서 절정에 이른다. 시의 기교도 상승한다.

3. KL10. 破片의景致

출처 : 異常한可逆反應 1931. 6. 5.   조선과건축 1931. 7.

　　　　△은나의AMOUREUSE이다
나는하는수없이울었다
電燈이담배를피웠다
▽은 1/W이다
　　　　×
▽이여!나는괴롭다

나는遊戲한다
▽의슬립퍼어는菓子와같지아니하다
어떠하게나는울어야할것인가
                    ×
쓸쓸한들판을생각하고
쓸쓸한눈나리는날을생각하고
나의皮膚를생각하지아니한다
記憶에대하여나는剛體이다
정말로
「같이노래부르세요」
하면서나의무릎을때렸을터인일에對하여
▽은나의꿈이다
스티크!자네는쓸쓸하며有名하다
어찌할것인가
                    ×
마침내▽을埋葬한雪景이었다

[해독] 이 시의 문단도 부호 ×로 나뉘었다. 절망적이다. 제목도
"파편의 경치"이다. 프리즘이 만들어낸 분광은 "7색의 파편"이다.
프리즘의 어원 $\pi\rho\iota\zeta\epsilon\iota\nu$은 고대그리스어로 "톱으로 자른 파편"이다.
그러나 여기서는 이상의 절망으로 꿈이 산산이 부서진 파편이기도
하다. 김소월은 산산이 부서진 이름을 불렀지만 이상에게 그 이름

은 프리즘이다.

이상은 절망으로 "울었다." 전등은 "담배 피우듯이" 껌뻑거리며 밝기가 신통치 않다. 당시 전기 사정이 좋지 않았음을 나타낸다. 70년대에 와서도 이연실은 시 「목로주점」에서 "삼십촉 백열등이 그네를 탄다."라고 표현하였다. 이상에게는 천체망원경의 프리즘 도 없고 광원의 빛도 신통치 않다. 이것이 이상의 주변 풍경이다. "프리즘은 1/W" 곧 파장W의 역수로서 에너지E이다. 그런데 전등 의 에너지가 신통치 않다. 그래서 이상은 "괴롭다." 차라리 프리즘 이 7색으로 현란하게 유희할 수 없을 바에야 이상 자신이 미친 듯 이 춤이라도 추는 것이 나을지 모른다. 그렇게 한들 무슨 소용이 있겠는가. "과자"라도 볼 수 있는 프리즘이 없는 것을. 여기서 "과 자"는 〈그림 2-16〉에서 우주처럼 생겼다. 이 그림은 「선에 관한 각서 3」에도 등장한다.[230쪽 참조]

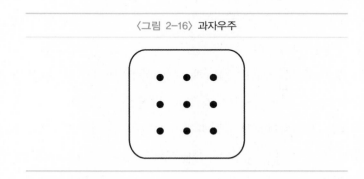

〈그림 2-16〉 과자우주

뚫린 구멍 사각과자가 영락없이 〈그림 2-9〉의 우주 모습이다. 그러나 슬립퍼어 박사의 우주는 이상의 과자가 아니다. "▽의 슬립퍼어는 과자와 같지 아니하다." 과자는 팽창하지 않기 때문이다.
그러니 무슨 수로 슬립퍼어의 우주를 볼 수 있겠는가. 이상은 도대
체 "어떻게 울어야 하나." "쓸쓸한 들판도 생각해 보고" 6월임에도
"쓸쓸한 눈 나리는 날도 생각"하느라고 얼어붙는 "피부" 따위를 생
각할 틈이 없다. 이상은 자칭 천재다. "기억에 대하여 나는 강체"라
고 자신한다. 슬립퍼어나 허블에 조금도 뒤쳐지지 않음에도 불구
하고 자신의 처지가 원망스럽다. "과거분사의 시세"로 결정된 원에
서 벗어나지 못한다. 이상은 선언한다. "▽은나의꿈이다." 그러나
이상의 꿈은 스스로 이러한 발견의 위업을 성취한 후 「같이 노래
부르세요」하면서 신나게 "무릎치기"를 기대했는데 그 꿈이 "파편"
이 되어 사라진 것이다.

"연필같이 수척하여지는 이 몸."[21] 비록 외모는 바싹 말라서 "지
팡이stick" 같지만 이상은 잡지 도안에 1등과 3등으로 휩쓸었고 선
전에도 입선하여 "유명"하다. 그러나 그것은 성에 차지 않아 "쓸쓸"
하기 그지없다. 어찌할 것인가. "마침내 ▽의 꿈을 매장하기"로 하
였다. 때는 6월이로되 눈 내리는 "설경"에 다름이 아니다. 여자가
한을 품으면 오뉴월에도 서리가 내린다 했나? 이상의 한은 눈을
내리게 한다. 꿈이 "파편의 경치"로 사라졌다.

이상은 자연세계에서 슬립퍼어와 동일할 수 있었지만 인문세계
의 주변의 "무관심"으로 결코 슬립퍼어가 될 수 없었다. 파슨스가
될 수 없었던 이상은 슬립퍼어도 될 수 없는 "이상한 가역반응"이

---

21) 「失花」.

되었다. 그러나 슬립퍼어만 부러워할 일이 아니다. 1912년 슬립퍼
어의 적색편이 발견 이후 우주를 둘러싼 대논쟁이 1920년에 일어
난 것이다. 이에 대한 이상의 시가 탄생하였다. 비교할 수 없는 시
의 기교가 사람의 혼을 빼앗는다.

4. KL11. BOITEUX · BOITEUSE

출처 : 異常한可逆反應　1931. 6. 5.　　　　　　　　조선과건축 1931. 7.

긴것
짧은것
열十字

　　　　×

그러나 CROSS에는기름이묻어있었다
墜落
不得已한平行
物理的으로아팠었다

　　　　(以上平面幾何學)

　　　　×

오렌지
大砲
匍匐

　　　　×

萬若자네가重傷을입었다할지라도피를흘리었다고한다면멋적

은일이다
　오-
沈黙을打撲하여주면좋겠다
沈黙을如何히打撲하여나는洪水와같이騷亂할것인가
沈黙은沈黙이냐
메쓰를갖지아니하였다하여醫師일수없는것일까
天體를잡아찢는다면소리쯤은나겠지
나의步調는繼續된다
언제까지도나는屍體이고자하면서屍體이지아니할것인가

[해독] 여기서도 부호 ×로 문단 구분을 하였다. 역시 절망을 암시한다. 이상은 이 시도 위의 두 시와 함께 같은 날(1931년 6월 5일)에 썼다. 말하자면 같은 날의 연작이다.

　이 시는 네 부분으로 구성되어 있다. 세 개의 × 표시를 중심 삼아 (가), (나), (다), (라)로 가른다. (가)와 (다)는 대구對句이므로 함께 본다. (가)부분의 "긴것"은 스펙트럼에서 빨강, 주황, 노랑처럼 파장이 긴 것을, "짧은것"은 파랑, 남색, 보라처럼 파장이 짧은 것을 의미한다. 헝가리 출신 정수론자 에어디쉬(Paul Erdos 1913-1996)는 빨갱이 공산주의자들을 "긴 파장의 사람들"이라고 불렀고 파시스트는 "짧은 파장의 사람들"이라고 불렀다.[22] 당시 공산주의나 파

---

22) Hoffman. P., *The Man Who Loved Only Numbers*, New York: Hyperion, 1998, p.72.

시즘이라고 소곤거리는 것도 위험하였다. 은어의 세월은 조선에서 이상도 피해가지 못했다. (다)부분의 "오렌지"가 바로 파장이 긴 주황이고 "대포"의 주성분인 텅스텐의 파장은 짧은 파랑이다. (가)와 (다)의 위아래 시적 대조가 충실하다. (다)부분의 "포복"은 (가)부분의 "열십자"와 대조인데 이 해독은 조금 기다려야 한다.

다음은 제목. 프리즘△의 스펙트럼은 왼쪽 다리(보남파초)는 파장이 짧고 오른쪽 다리(빨주노초)는 파장이 긴 장애인이다. 이것을 상징하여 다리의 길이가 같지 않은 남녀 장애인 부아퇴·부아퇴즈 BOITEUX·BOITEUSE를 제목으로 뽑았다. 다시 말하면 ▽=BOITEUX이고 △=BOITEUSE이다. ▽의 색의 순서는 빨주노초파남보이고 △의 색의 순서는 보남파초노주빨이다. 따라서 남자 ▽는 오른쪽 다리가 짧고 여자 △는 왼쪽 다리가 짧다. 앞서 이상이 스스로를 프리즘이라고 자칭하였다. 곧 이상=프리즘=장애인이다. 이상 스스로도 말했다. "20세기를 생활하는데 19세기의 도덕성 밖에는 없으니 나는 영원한 절음발이로다."[23] 당연하다. 19세기 조선을 20세기 일본이 병탄하였기 때문이다. 이상이 그의 작품 곳곳에서 자신을 장애인이라 부르는 이유다. 식민지 조선에서 멀쩡한 정신으로 살아갈 수 없음을 프리즘을 빗대어 은유하고 있다.

(나)부분의 "CROSS." 에어디쉬는 기독교 대학에는 덧셈 기호가 많다는 표현을 하였다.[24] 이처럼 "CROSS"는 보통 수학의 덧셈 표

---

23) 「失花」.

24) Hoffman. P., *The Man Who Loved Only Numbers*, New York: Hyperion, 1998, p.127.

시이다. 따라서 긴 파장의 원소와 짧은 파장의 원소를 합친다는 뜻
이다. (가)부분의 "열십자"가 그것을 말한다. 〈그림 2-17〉이 파장
이 짧은 헬륨과 파장이 긴 나트륨이 화학결합 하여 어떤 가스가 됨
을 보여주고 있으니 곧 | + || = |||의 "평면기하학"이다.

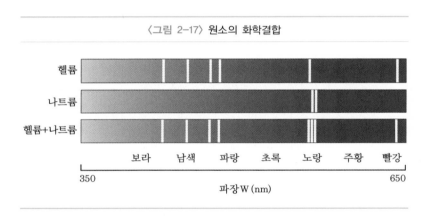

〈그림 2-17〉 원소의 화학결합

헬륨
나트륨
헬륨+나트륨

보라   남색   파랑   초록   노랑   주황   빨강
350   650
파장W (nm)

"기름." 두 원소를 화학적으로 합칠 때 경우에 따라서 그 화학결
합을 촉진시키려고 촉매를 집어넣는다. 그것을 이상은 "기름"이라
고 표현하였다. 기름의 특성은 촉매처럼 그 과정을 부드럽게 하는
것이다.

"추락." 두 원소가 화학결합을 하면 〈그림 2-17〉처럼 방출선이
합쳐져 | + || = |||으로 서로 평행이 된다. 이것을 기름에 미끄러
진 열십자가 "추락"하여 "부득이한평행"이라고 보았다. 평면기하학
이다.

"물리적으로아팠었다"는 것은 화학결합에 따르는 부산물을 가

리킨다. 간단한 예를 들면 탄소와 산소가 결합하여 일산화탄소가 될 때 에너지가 발생한다.

$$O + C = CO + 에너지$$

에너지는 열이다. 우리 몸에 열이 나면 "물리적으로 아프다." 이것은 그 아래의 "증상"과 대구가 된다. 이것 역시 말 그대로 덧셈의 "평면기하학"이고 이상이 늘 바라던 정상적인 가역반응이다.

본문 (다)의 "오렌지"와 "대포." 스펙트럼에서 주황의 영어 표기는 ORANGE이다. 앞서 말한 대로 긴 파장의 "오렌지"는 평화의 상징이다. 이에 반해 짧은 파장의 텅스텐 "대포"는 전쟁을 의미한다. 여기서는 하나 더 의미를 추가하여 천체망원경을 상징한다. 〈그림 2-18〉은 그림(사진)으로 전해오는 최초의 천체망원경이다. 허셸 (Friedrich Wilhelm Herschel 1738-1822)[25]이 건립하였고 1781년 이 망원경으로 천왕성을 발견하였다. 누가 이것을 망원경이라고 하겠는가. 차라리 대포처럼 보인다. 이렇듯 초기 망원경은 대포처럼 보인다. 천체망원경이 입주할 둥근 지붕의 천문대 건물이 없었던 탓이다.

"포복." 천체망원경으로 별을 관측하려면 당시에는 두 가지 방법이 있었다. 그 하나가 누워서 망원경을 보는 것이다. 〈그림 2-19〉에서 천문학자 브래들리(James Bradley 1693-1762)의 망원경으로 현대의 천문학자가 시범을 보이고 있다. 이상은 이 자세를 "포복"이라고 표현하였다. 의자만 치우면 영락없이 망원경 밑에서 기는

---

25) 영국으로 귀화한 후 William Herschel.

낮은 포복자세이다. 소총을 가슴에 가로로 안고 철망 밑을 등으로 포복하는 군인의 모습을 위에서 내려다보면 "열십자"로 보이니 본문 (가)의 "열십자"와 시적 대구도 성립된다. 이상은 경성고공 재학 시절 군사훈련을 받았다.[26]

〈그림 2-18〉 허셀 망원경 = 대포	〈그림 2-19〉 브래들리 망원경 = 포복

출처: Institute of Astronomy, Cambridge University. 〈그림 2-18〉
　　　Royal Museums Greenwich, National Maritime Museum. 〈그림 2-19〉

　(라)부분에서 이상은 돌연 시의 분위기를 바꾼다. 대포가 등장하는 전쟁의 모습이다. 실제로 세계 천문학계에서 전쟁이 벌어졌다.

26) 『2010 李箱의 房 -육필원고 사진展-』, 73쪽.

천체망원경을 대포로 삼아 대논쟁the Great Debate이 일어난 것이다. 이 대논쟁은 천문학과 물리학의 방향을 크게 바꾸는 계기가 되었다. 소우주론과 대우주론 사이의 세기의 "대논쟁"이 일어난 것은 1920년이다. 미국 국립과학원the National Academy of Sciences이 주최한 이 자리에 소우주론을 대표한 월슨 천문대의 샤플리(Harlow Shapley)와 대우주론을 대표한 리크 천문대의 커티스(Herber Curtis) 사이에 일어난 대논쟁이다. 샤플리는 성단Nebula이 은하계에 속한다고 주장하였고 커티스는 성단이 은하계를 벗어나서 또 하나의 은하galaxy라고 주장하였다. 이 시의 제목이 상징하는 바처럼 ▽=BOITEUX와 △=BOITEUSE의 프리즘이 만드는 스펙트럼의 적색편이를 해석하는 두 학설 사이에 자웅(△와 ▽)을 다투는 대논쟁을 이상은 제목으로 정하였다. 오늘날의 관점에서 보면 커티스의 주장이 옳았다. 그것을 판가름한 것이 1931년 허블이 발견한 「허블의 법칙」이다. 허블의 발견 이후에도 소우주론은 정상우주론이 계승하였고 대우주론은 팽창우주론으로 발전하여 여러 차례 대논쟁이 재연되었다.

　커티스는 성격이 위협적이고 자신만만하였다. 샤플리는 소심하고 커티스의 위협적 성격을 감당하지 못했다. 그들이 회의에 참석하기 위해 탑승한 기차가 하필이면 같았다. 중간에 사고로 열차가 지연되었을 때 샤플리는 커티스와 마주치지 않으려고 기차에서 내려 개미를 관찰할 정도였다. 회의에서도 샤플리는 안절부절 하였다고 한다. 이상이 시 「선에관한각서5」에서 "확대하는 우주를 우려하는 자여, 과거에 살으라."라고 했듯이 샤플리는 커티스를 두려워하였다. 샤플리의 아들이 2012년 노벨경제학상을 수상하였다.

　　이상은 이 소식을 듣고 패자를 다독거린다. 샤플리는 빈한한 가
정에서 태어나 어렵게 공부한 인물이다. 더욱이 샤플리는 소의 젖
을 짜는 일을 하면서 시인을 꿈꾸었다. 그가 대학에 입학하게 된
것도 시 암송 덕분이었다. 어찌 보면 비슷한 처지인 이상과 연민의
정을 나눌 만하다. 이 대논쟁에서 패배하여 "만약 자네[샤플리]가 중
상을 입었다 할지라도 피를 흘리었다고 한다면 멋쩍은 일이다." 왜
냐. 샤플리 박사의 주장이 모두 틀린 것은 아니었다. 일부는 현대
에서도 인정한다. 그래서 서로 다른 원소가 합칠 때에도 일어나는
열로 "몸이 아프거늘" 하물며 서로 다른 주장이 부딪힐 때 일어나
는 논쟁으로 "중상을 입지 않으면" 오히려 이상한 법이다. 그러나
중상은 입었을지 몰라도 피까지 흘릴 정도는 아니니 괜찮다고 위
로한다. 샤플리의 업적은 코페르니쿠스의 그것과 비교된다. 코페
르니쿠스가 지구가 태양계의 중심이 아니라는 사실을 발견하였고
샤플리는 태양계가 은하계의 중심이 아닌 사실을 발견하였다. 이
상도 그의 업적을 알고 있었기에 「斷想」에서 "태양은 드디어 은하
깊숙이 빠져버렸다."고 적을 수 있었다.

　　그러니 샤플리여! 침묵하지 말고 목소리를 내라. 그리고 조선에
있는 나 이상의 침묵도 꾸짖어 달라. "침묵을타박하여주시면좋겠
다." 왜냐? "침묵을여하히타박하여" 주시면 나 이상도 언젠가 "홍
수와 같이 소란할 것인가." 과연 이상, 내가 지키고 있는 "침묵은침
묵이냐." "메쓰를갖지아니하였다하여의사일수없는것일까." 내가
천체망원경이 없다고 천문학자일 수가 없는 것일까. 나도 계속 "보
조"를 맞추면 시인으로서 "천체를잡아찢는다면소리쯤은나겠지."

이상의 시가 천체를 노래한다는 고백이다. 그러나 "언제까지도나는시체이고자하면서시체이지아니할것인가." 왜 시체인가. 인정받지 못하고 소외된 사람은 시체이다. 이상의 절망은 계속된다.

5. KL12. 神經質的으로肥滿한三角形

출처: 鳥瞰圖 1931. 6. 1.   조선과건축 1931. 8.

▽은 나의 AMOUREUSE이다.

▽이여 씨름에서이겨본經驗은몇번이나되느냐

▽이여보아하니外套속에파묻힌둥덜미밖엔없고나

▽이여나는그呼吸에부서진樂器로다

　　나에게如何한孤獨은찾아올지라도나는××하지아니할것이다

　　오직그러함으로써만나의生涯는原色과같아여豊富하도다

그런데나는캐라반이라고

그런데나는캐라반이라고

[해독] 여기서 ▽은, 앞의 시 「파편의경치」에서 "▽의슬립퍼어는과자와같지아니하다."라고 암시했듯이 슬립퍼어 박사의 ▽를 의미한다. 이상 자신에게 주어지지 않은 "거대한 프리즘"이다. 앞에서 대논쟁의 패자를 다독거린 이상은 태도를 바꾼다. 승자에게 결정적인 발견을 제공한 슬립퍼어 박사의 커다란 프리즘을 "비만한 삼각형"이라고 "신경질적"으로 불렀다. 외롭고 절망적인 그에게 샘

이 난 것이다. 앞에서 ×부호가 절망의 표시라고 말했다. 이것을 다시 확인시키는 것이 본문 중간의 ××이다. 심한 절망 다시 말하면 자살을 의미한다.

그 절망의 심술이 시비를 건다. 당신(슬립퍼어)은 "씨름(논쟁)에서 이겨본 적이 있느냐." 그 세기의 대논쟁에 대표자도 못 되지 않았느냐. 내가 보기에는 공연히 죽음기판 같은 천체망원경 의자에 밤 새도록 앉아 추위에 "외투 속에 파묻힌 등덜미밖"에 보이지 않는다. 실제로 천왕성을 발견한 허셀의 초상화를 보면 두터운 외투를 입고 있다.〈그림 2-20〉 참조

나는 폐결핵으로 "호흡기가 부서져 가고 있다." 내가 내는 소리는 격렬한 기침소리. "부서진 악기"에서 울리는 소리로다. 그러나

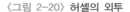

〈그림 2-20〉 허셀의 외투

출처: Royal Astronomy Society.

나는 결코 ××하지 않으리. 여기서 ××는 앞서 말한 대로 자살이 유력하다. 이상의 산문들을 읽어보면 그 생애 마지막 5년 동안 자살을 생각하지 않은 날이 없었다. 그럼에도 시 때문에 죽지 못하였다. "오직그러함으로써만나의생애는원색과같아여풍부하도다." 나에게 "비만한" 프리즘커녕 말라빠진 프리즘조차 주어지지 않은 것은 오히려 분광되지 않고 "원색" 그대로 간직하라는 깊은 뜻이다. 그럼으로써 그 속에 감추어진 스펙트럼은 누구 못지않게 "풍부하도다." 그 풍부함이 나의 시의 원천이다.

왜냐? 슬립퍼어여! "나는 캐라반이다." 캐라반은 사막을 횡단하는 상인과 낙타의 기다란 띠다. 긴 띠를 이루며 강한 햇살과 거친 바람을 이겨내는 모습. 띠는 스펙트럼이다.〈그림 2–13〉참조 햇빛에 노출된 스펙트럼. 캐라반은 사막의 띠다. 슬립퍼어여! 나야말로 스펙트럼이다. "조선이라는 사막"의 스펙트럼이다. 너는 별을 보고 논문은 쓸 수 있지만 그것을 나처럼 시로 옮길 능력은 없지 않은가. 이렇게 외치고 있지만 이상은 죽고 싶은 심정이었을 것이다.

추기 : 사견으로 이 시가 있을 자리는 「조감도」의 연작이 아니다. 이 시는 프리즘에 관한 다른 시들처럼 「이상한 가역반응」의 연작에 속하는 편이 더 어울린다. 그렇게 되면 「이상한 가역반응」의 연작은 6편에서 7편이 되고 「조감도」의 연작은 8편에서 7편으로 된다. 「삼차각설계도」의 연작도 7편이다. 「건축무한육면각체」의 연작도 7편이다. 이상은 매우 지능적으로 프리즘의 7색을 여기 저기 뿌리고 있다.

6. KL13. 運動

출처 : 鳥瞰圖 1931. 8. 11.   조선과건축 1931. 8.

一層우에있는二層우에있는三層우에있는屋上庭園에올라서南
쪽을보아도아무것도없고北쪽을보아도아무것도없고해서屋上庭園
밑에있는三層밑에있는二層밑에있는一層으로내려간즉東쪽에서솟
아오른太陽이西쪽에떨어지고東쪽에서솟아올라西쪽에떨어지고東
쪽에서솟아올라西쪽에떨어지고東쪽에서솟아올라하늘한복판에와
있기때문에時計를꺼내본즉서기는했으나時間은맞는것이지만時計
는나보담도젊지않느냐하는것보담은나는時計보다는늙지아니하였
다고아무리해도믿어지는것은필시그럴것임에틀림없는고로나는時
計를내동댕이쳐버리고말았다.

[해독] 시간대는 남북으로 일치한다. 한국, 시베리아, 동티모르
가 동일한 시간대를 사용하는 이치이다. 그러나 동서는 다르다. 한
국, 미국, 영국의 시간대는 사뭇 다르다. 이상은 방위로 시간의 차
이를 교묘하게 시적으로 표현하였다. 이 시의 전반부는 남북으로
시간의 차이가 없지만 동서로는 태양의 뜨고 짐을 내세워 시간의
차이를 묘사하고 있다. 시의 후반은 높이에 따른 시간의 차이를 말
하고 있다. 둘 다 운동하는 물체가 지배받는 아인슈타인의 상대성
원리를 시로 표현한 것이다.

빛의 속도를 서로 다른 방위에서 측정한 역사적인 실험이 있다.
미국의 마이켈슨(Albert Michelson)과 몰리(Edward Morley)는 직각을 이루

는 서로 다른 방위, 가령 남북의 광속과 동서의 광속을 측정하였다. 그들은 차이가 없음을 발견하였다. 그것은 지구가 동서로 자전하고 태양을 공전하는 데에도 불구하고 빛이 방위와 상관없이 불변의 속도로 움직인다는 의미이다. 음속의 경우와 다르다. 이 실험으로 마이켈슨은 노벨상을 수상하였다.

음속은 바람이 어느 방향에서 부느냐에 따라 동서남북 측정의 방위에 따라 다르다. 이와 달리 빛의 속도C가 불변Constant이라는 사실에 기초하여 아인슈타인은 상대성원리를 완성하였다. 아인슈타인은 어릴 때 의문을 품었다. 빛의 속도로 달려 빛을 본다면 빛은 멈춘 것처럼 보일까? 달리는 자동차와 같은 속도V로 달리면 자동차는 멈춘 것처럼 보인다. 곧 $V-V=0$이다. 그러나 상대성원리에 의하면 빛의 속도는 지구에서 측정하여도 3십만 킬로미터이고 지구를 떠나 빛의 속도로 움직이는 우주선에서 측정하여도 3십만 킬로미터로 움직인다. 여기에 $C-C=C$ 또는 $C+C=C$라는 놀라운 수학이 성립한다. 광속이 방위와 상관없다면 운동하는 물체의 길이가 줄어들고 시간이 늘어날 수밖에 없다.[이 책의 속편 참조] 광속보다 더 빠르게 운동하는 비행체에 탑승한다면 과거로 돌아갈 수 있다. 어느 과학자는 상대성원리를 다음의 시로써 읊었다.

빛나다는 이름의 여자
달리기에 빛보다 훨씬 빠르다.
어느 날 집을 떠났다.
아인슈타인의 방식대로

귀가했더니 어제 저녁이었다네.[27]

이 시와 달리 광속보다 더 빠른 물체는 없으므로 어제로 돌아갈 수 없다. 그러나 수학자 괴델은 상대성원리의 방정식을 이용하여 만일 우주 전체가 회전한다면 어제로 돌아갈 수 있다는 수학적 결과를 얻었다. 이처럼 시간을 거슬러서 "어제 저녁"으로 돌아가 이상에게도 여건이 주어지면 슬립퍼어가 문제가 아니다. 이상은 경성고등공업학교(오늘의 서울대학교 공과대학) 건축학과 재학 내내 수석을 유지한 "천재"가 아닌가. 세계적으로 볼 때 영국과 미국에서 컴퓨터의 발상이 시작되는 무렵 그는 총독부 기사였다. 이때 자신만의 계산방법을 고안했다고 알려진 인물이다. 鮮展에서도 입선했던 재원이다. 그에게는 다른 이들이 할 수 없는 천체현상의 시적 변용 능력이 있다.

이 시의 제목은 「運動」이다. 운동하는 물체의 시간 차이를 이상은 다른 시에도 남겼다. "북쪽을 향하고 남쪽으로 걷는 바람 속에 멈춰 선 부인/ 영원의 처녀/ 지구는 그녀와 서로 맞닿을 듯이 자전한다."[28] 예를 들어 대양은 북쪽을 향해 남쪽으로 흐를 수 있다. 남으로 계속 가도 북에 도달한다. 그것은 시간이 멈춰선 행위와 마찬가지이듯이 멈춰선 여인은 영원의 처녀라는 것이다. 남과 북 사이에 시간의 차이가 없다는 사실을 시적으로 상징한 것이다.

시간은 방위뿐만 아니라 높이에 따라서도 다르다. 마이켈슨과 몰리는 지하실, 지상, 산정, 기구 등에서도 실험을 하였는데 언제

---

27) Gamow, G., *One, Two, Three ··· Infinity*, New York: Viking Press, 1947.
28) 「習作쇼윈도우數點」.

나 빛의 속도는 일정하였다. 그렇다면 높이에 따라 시간은 달라야 한다. 에베레스트 산정에서 흐르는 시간과 해면에서 흐르는 시간 또한 다르다. 중력이 다르기 때문이다. 실제 서울 남산 탑의 시간은 해면의 시간보다 100조 분의 7 정도 빠르다. 본문에서 얘기하듯이 3층의 시간과 1층의 시간이 다른 이유이다. 시간이 다르면 다른 시간대에 속한 사람의 일생도 다르다. 지구의 늙은 동생과 광속 로켓트의 젊은 형처럼 쌍둥이 형제의 일화는 가능한 얘기다. 이상은 "시계가 나보다 젊게 되었다."고 시계를 내동댕이쳐버렸다.

이상이 이 시를 쓰던 1931년. 스페인에서 무명의 젊은 화가 달리(Salvador Dali 1904-1989)가 아인슈타인의 상대성원리를 소재로 그림 「완고한 기억the persistence of memory」을 완성하였다. 달리는 이 그림 하나로 일약 유명해졌다. 그는 시계를 내동댕이치는 대신 녹아내리는 시간의 변형으로 표현하였다. 앞서 말했지만 이상은 달리 그림에 "미쳤었다." 그는 이 그림을 알고 있었음에 틀림없다. 아마도 이 그림에서 영감을 받아 시계를 녹아내리도록 내버려두는 대신 아예 부셔버렸다.

세계가 이처럼 새로운 사조에 열광하는데 조선은 잠자고 있었다. "능금한알이墜落하였다. 地球는부서질程度로傷"했는데도 조선은 그 부서질 듯한 굉음도 듣지 못하는 귀머거리. 마이동풍. 그래서 어떻다는 말인가. "最後. 이미如何한精神도發芽하지아니한다." 이상은 시 「最後」에서 이렇게 부르짖는 것으로 보아 미칠 노릇이었을 것이다. 그의 운명은 "과거분사의 시세"였던 것이다. 그럼에도 시간의 상대성원리는 다음 시로 이어진다. 도전적이다.

7. KL14. 詩第八號 解剖

출처 : 烏瞰圖　　　　　　　　　　　　　　　　조선중앙일보 1934. 8. 3.

第一試驗	手術臺	一
	水銀塗抹平面鏡	一
	氣壓	二倍의平均氣壓
	溫度	皆無

爲先痲醉된正面으로부터立體와立體를위한立體가具備된全部를平面鏡에映像시킴. 平面鏡에水銀을現在와反對側面에塗抹移轉함. (光線侵入에防止注意하야)徐徐히痲醉를害毒함. 一軸鐵筆과一張白紙를支給함. (試驗擔任人은被試驗人과抱擁함을絶對忌避할것) 順次手術室로부터被試驗人을解放함. 翌日. 平面鏡의縱軸을通過하여平面鏡을二片에切斷함. 水銀塗抹二回.

ETC 아즉그滿足한結果를收得치못하얏슴.

第二部試驗	直立한平面鏡	一
	助手	數名

野外의眞空을選擇함. 爲先痲醉된上肢의尖端을鏡面에附着식힘. 平面鏡의水銀을剝落함. 平面鏡을後退식힘. (이때映像된上肢는반듯이硝子를無事通過하겟다는것으로假說함) 上肢의終端까지. 다음水銀塗抹. (在來面에)이瞬間公轉과自轉으로부터그眞空을降車식힘. 完全히二個의上肢를接受하기까지. 翌日. 硝子를前進식힘. 連하야水銀柱를在來面에塗抹함 (上肢의處分) (或은滅形) 其他. 水銀

塗抹面의變更과前進後退의重複等.

ETC 以下未詳

[해독] 이 시는 마이켈슨-몰리의 실험을 시로 형상화한 것이다. 제목은 광속 측정방법의 "해부"이다. 앞서 소개한 이 실험의 내용에서 이상은 수술대를 연상했는지도 모른다. 단서는 수술에는 마취제 에테르ether가 필요한데 마이켈슨-몰리 당시 물리학자들은 우주에 빛을 전달해 주는 물체가 있다고 가정하여 그 이름을 에테르라고 불렀다는 점이다.

마이켈슨은 처음에는 단독으로 광속을 측정하였다. 결과의 오차가 심하여 인정받지 못하였다. 몰리를 만나 공동으로 광속을 측정하였는데 이때 실험이 크게 향상되었다. 그 후에도 여러 번 실험을 하였는데 그때마다 향상되었다. 그래서 이상의 시는 두 번의 시험을 얘기하고 마지막에 여운을 남겼다.

당시 물리학의 숙제는 광속의 정확한 측정이었다. 소리는 공기를 매체로 1초에 330미터로 전달되는데 풍속의 저항으로 측정하는 방향에 따라 음속이 다르다. 과학자들은 소리처럼 빛도 전달 매체가 있다고 생각했다. 이 전달물체를 에테르ether라고 불렀다. 지구상의 공기처럼 에테르도 바람을 일으킨다고 가정해서 우주에서 불어오는 에테르 바람에 편승하면 빛도 빨라지고 그렇지 않고 역행하면 느려진다고 믿었다. 실험으로 입증해야만 하였다. 지구가 태양과 함께 에테르 바람을 등에 업었을 때 햇빛이 지구에 도달하는 시간과 태양은 에테르 바람을 업지만 지구가 에테르 바람을 안을 때 햇빛이 지구에 도달하는 시간이 다르다는 가설을 입증하는 것이 이 실험의 목적이다. 실험을 하려면 지구의 공전과 자전뿐만 아니라 태양과 다른 별들의 운동의 영향을 배제해야만 했다. 전차의 진동 등 주변의 미세한 움직임과 실험실 벽돌의 철분도 배제해야 하였다. 물론 기압과 온도도 통제해야 했다.

마이켈슨과 몰리는 〈그림 2-21〉처럼 실험 장치를 수은이 가득 찬 커다란 통 위에 설치하였다. 수은 위에 떠 있어 언제나 평형을 유지하고 지구자전의 영향을 받지 않기 때문이다. 에테르 바람이 관찰자 왼쪽에서 오른쪽으로 불어온다고 가정한다.

〈그림 2-21〉 마이켈슨-몰리의 광속 측정 실험

출처: Gamow, G., *One, Two, Three ··· Infinity*, Viking Press, 1947.

광원 A를 출발한 빛이 중앙에 있는 거울 B에 도달한다. 이 특수

거울은 앞뒤로 얇게 50퍼센트만 수은으로 도포되었다. 일부의 빛은 그대로 통과하고 일부의 빛은 직각으로 꺾이도록 설계되어 있다. 중앙 거울 B를 직진으로 통과한 하나의 빛은 광원과 일직선이 되는 곳에 자리한 두 번째 거울 C를 반사하고 다시 중앙거울 B로 돌아온다. 이 빛은 중앙거울 B에서 꺾이어 최종관찰자에게 도달한다. 이것이 첫 번째 "팔arm"이다. 이상이 본문에서 표현한 "上肢"이다. 한편, 중앙거울 B에서 90도로 꺾인 빛은 세 번째 거울 D로 달린다. 이것이 두 번째 "팔arm"이다. 거울 D에 반사한 빛은 직진하여 중앙 거울 B를 그대로 통과하여 반대편에 위치한 관찰자에게 도달한다. 두 빛의 여행 방향은 다르다. 에테르 바람이 존재한다면 그 영향으로 두 빛의 속도가 다르리라고 예상하였다.

〈그림 2-22〉는 동일한 이치로 에테르 대신 시냇물에서 동일한 왕복거리를 수영으로 실험한 것이다. 그러나 수영에서는 차이가 생기지만 빛의 경우에는 차이가 없었다.[이 책의 속편 참조]

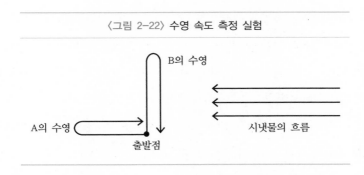

〈그림 2-22〉 수영 속도 측정 실험

이러한 배경을 갖고 본문에서 먼저 "만족하지 못한" 제1부 시험부터 본다. 이상은 〈그림 2-21〉의 실험 장치를 "수술대"라고 불렀다. 수술에는 마취제가 필요하다. 당시 보편적인 마취제는 에테르ether였다. 물리학자들이 우주에 가득 차있다고 믿었던 에테르 (a)ether와 이름이 동일하다.

중앙거울은 "平面鏡"인데 "水銀"이 양면에 "塗抹"되어야 한다. 빛이 통과하는 빛과 굴절하는 빛으로 나누어야 하는 역할을 맡아하므로 수은의 양이 매우 중요하다. 지하실에서 행한 실험이니 기압이 다르다. 이것을 "二倍의平均氣壓"이라고 과장하였다. 실제로 마이켈슨과 몰리는 지하실에서 실험을 하였다. 온도는 중요하지 않다고 생각했는지 영향이 "皆無". 그리고 나면 통제된, 즉 에테르 바람에 마주하여 광원을 놓았다. 광원이 "에테르에 마취"된 모습이다. 이것을 이상은 "痲醉된正面"이라고 표현하였다. 이렇게 "痲醉된" 광원을 "正面에서 平面鏡에 映像시킨다." 그것은 "立體"의 지하실에서 그 "立體를 위한 一切의 實驗裝備" 위에서 일어나는 행위이다.

이제 평면경 양측에 수은을 "塗抹"해야 한다. "平面鏡에水銀을 現在와反對側面에塗抹移轉함." 한쪽은 굴절하는 빛의 반사를 위한 것이고 다른 쪽은 이것을 뚫고 직진했던 빛이 되돌아 반사해야 하기 때문이다. 이 기술이 매우 중요하다. 이때 두 광선 사이에 교란이 일어나는 현상도 차단해야 하므로 "光線侵入에注意"가 필요하다. 서서히 광원의 빛을 조절하며 에테르의 영향을 조절한다. "徐徐히痲醉를害毒"하여 에테르의 효과를 측정해야 하기 때문이다. 펜과 종이를 준비시킨다. 이상은 이 실험을 수술시험이라고 풍자하였으므로 당연히 "試驗擔任人은被試驗人과 抱擁함을絶對忌

避"하고 "順次手術室로부터被試驗人을解放"한다. 다음날. "平面鏡 의縱軸을通過하여平面鏡을二便에切斷함." 분리된 평면경의 두 가 지 역할의 결과를 살펴본다. 실패. 다시 "水銀塗抹二回." 여러 가지 "ETC" 궁리를 해보았으나 "아직그滿足한結果를收得치못하였음."

다시 도전. "第二部實驗"이다. "助手"를 보충한다. 이번에는 지 하실에서 나와 "野外의眞空을選擇함." 이것도 실제실험을 반영한 것임. 소리는 진공에서 전달매체가 없으므로 전해지지 않는다. 따 라서 빛의 경우에도 진공실험은 필수. 결과는 진공임에도 소리와 달리 빛은 전달됨이 확인되었다. 궁리 끝에 에테르가 진공에도 존 재한다는 가설은 이래서 유지되었다. 우선 한쪽 "팔의 끝"(上肢의 尖段)을 "鏡面"에 도달시킴. 평면경의 수은이 너무 두터워 약간 긁 어냄. 평면경 위치를 조절함. "이때映像된上肢는그끝까지" 반드시 중간거울인 "硝子를無事히通過하여야할程度로" 수은을 박리해야 함. 그리고는 직진한 빛이 되돌아 올 때 만드는 또 하나의 "팔"에 대비하여 원래의 경면에 "水銀塗抹."

이 순간 "公轉과自轉"의 영향으로부터 그 진공 실험실을 차단 함. 두 팔의 빛이 도달하기까지. "完全히二個의上肢를接受하기까 지." 다음 날. 초자의 위치를 조절함. 실험을 반복함. "水銀柱를在 來面에塗抹함." 실제로 마이켈슨과 몰리는 실험을 반복하면서 실 험 장치를 개선하였다. 빛의 속도가 너무 빨라 3개의 거울만으로는 측정이 불가능하므로 수많은 거울을 도입하였다. 그래서 최초의 팔을 치움(상지의처분) (혹은멸형). 기타. "水銀塗抹面의變更과前 進後退의重複等."

　　그래도 결과는 "以下未詳." 그 이유는 마이켈슨과 몰리는 예상
과 달리 방위에 상관없이 광속이 일정하다는 결과를 놓고 실험이
실패했다고 실망하였다. 이것이 유명한 "대실패"이다. 그래서 "이
하미상"이다. 그러나 이 실험으로 "광속은 방위에 상관없이 불변"
이라는 중요한 사실이 발견되었다. 이 사실을 이론적으로 규명한
인물이 아인슈타인이다. 그 후 우주에 대한 인류의 인식이 혁명적
으로 달라졌다. 이상은 마이켈슨―몰리의 실험을 소상히 알고 있
었던 것이다. 왜 이상이 이로부터 파생된 천문학에 그토록 관심을
갖고 1931년을 주제로 시를 쓰게 되었는지 그 배경을 이해할 수 있
다. 이 시는 내용에 비해 기교는 없다. 다음 시가 기교적이며 도전
적이다.

8. KL15. 空腹 ―

출처 : 異常한可逆反應 1931. 6. 5.　　　　　　　　조선과건축 1931. 7.

　　바른손에菓子封紙가없다고해서
　　왼손에쥐어져있는菓子封紙를찾으려只今막온길을五里나되돌
아갔다
　　　　　　×
　　이손은化石하였다
　　이손은이제는이미아무것도所有하고싶지도않다所有된物件의所
有된것을느끼기조차하지아니한다
　　　　　　×

只今떨어지고있는것이눈(雪)이라고한다면只今떨어진내눈물은
눈(雪)이어야할것이다.
　나의內面과外面과
　이件의系統인모든中間들은지독히춥다
　左　　右
　이兩側의손들이相對方의義理를저바리고두번다시握手하는일
은없이
　困難한勞動만이가로놓여있는이整頓하여가지아니하면아니될
길에있어서獨立을固執하는것이기는하나
　추우리로다
　추우리로다
　　　　　×
　누구는나를가리켜孤獨하다고하느냐
　이群雄割據를보라
　이戰爭을보라
　　　　　×
　나는그들의軋轢의發熱의한복판에서昏睡한다
　심심한歲月이흐르고나는눈을떠본즉
　屍體도蒸發한다음의고요한月夜를나는想像한다
　天眞한村落의畜犬들아짖지말게나
　내體溫은適當스럽거니와
　내希望은甘美로움다

[해독] 이 시의 문단구분도 ×부호이다. 부정적이다. 앞서 시「파편의 경치」에서 보았듯이 과자가 우주모형이었다.〈그림 2-16〉참조 여러 우주모형이 들어있는 것이 과자봉지이다. 이미 알고 있는 우주모형들을 "손에 쥐어 주어도" 그 손이 "左右" 어느 손인지도 모를 정도로 무지한 조선은 받아드리기는커녕 "五里나되돌아가는" 뒷걸음치고 있다. 생각이 굳고 "두 손이 化石되어" 더 이상 어떻게 해볼 도리가 없다. 지식을 "所有하지도않고所有한知識마저알지못한다." 소유하고 싶지도 않다. 6월임에도 이 황량한 지성의 겨울. "지금떨어지는것이눈이라면내눈물이눈이어야한다." "나의內面과外面과이件의系統인모든中間들." 우주모형을 둘러싼 모든 대논쟁에 관해서 나는 이 염천 하에서도 추위에 떤다.

이상은 걱정이다. 대우주론과 소우주론. 팽창론과 정상론. 좌와 우. 타협할 수 없는 의리. "곤란한 노동만이 가로 놓여" 있다. 앞으로 가로 놓인 어려운 연구(곤란한 노동)로 정돈하지 않으면 안 되지만 서로 자신의 주장을 고집하니 "추우리로다." 더 이상 설득시키려는 노력은 없으리로다. "화석이 된" "이兩側의손들이相對方의義理를저바리고두번다시握手하는일은없"기 때문이다. 그렇다고 "整頓하지 아니하면 아니 되니" 나는 지식에 목이 마르고 배가 고프다. "空腹"이다. 사실상 두 주장의 싸움은 다가올 수십 년 동안 치열하였다.

사람들은 나를 가리켜 "孤獨하다고" 하나 그건 아무것도 아니다. 이 대논쟁의 천문학자들의 "群雄割據"를 보라. 이 지성의 "戰爭"을 보라. 나는 그 "軋轢의 發熱의 한복판에서" 정신을 잃는다.

세월이 무심히 흘러 내가 죽은 다음을 상상해 보았다. 아무것도 모르는 이 바보들, "村落의 畜犬들아. 나보고 짖지 말게나." 내 비록 험한 고생을 할지라도 내게는 아직 "甘味"로운 希望은 있다. 그것은 세계 최초로 이 모든 현상을 시로 변용시키는 것이리라. 이것이야말로 내 "屍體"를 디디고 서서 후세에 남으리라. 이상은 "찬밥 한술 냉수 한 모금을 먹고도 넉넉히 일세를 위압할 만한 苦言을 지적할 수 있는 그런 지혜의 실력을 가졌다."[29]고 자부하며 "천하 눈 있는 선비들의 간담을 서늘하게 해 놓기를 애틋이 바라는 일념" 하에 피를 토하는 「종생기」를 남긴 인물이다.

그러나 이상만 인정받지 못하는 것이 아니다. 그가 "감미로운 희망"을 갖는 이유를 자신의 처지를 비교할 다른 식민지 인도에서 찾았다. 일본의 식민지 조선. 영국의 식민지 인도. 그것이 다음 시이다. 기교가 극성이다.

9. KL16. 且8氏의出發

출처 : 建築無限六面角形　　　　　　　　　　조선과건축 1931. 7.

龜裂이생긴莊稼泥濘의地에한대의棍棒을꽂음.
한대는한대대로커짐.
樹木이盛함
　　以上꽂는것과盛하는것과의圓滿한融合을가르침

29) 「終生記」.

沙漠에盛한한대의珊瑚나무곁에서돝과같은사람이산葬을當하
는일을當하는일은없고심심하게산葬하는것에依하여自殺한다.

滿月은飛行機보다新鮮하게空氣속을推進하는것의新鮮이란珊瑚
나무의陰鬱한性質을더以上으로增大하는것의以前의것이다.

輪不轉地   展開된地球儀를앞에두고서의設問一題

棍棒은사람에게地面을떠나는아크로바티를가르치는데사람은解
得하는것은不可能인가.

地球를掘鑿하라

同時에

生理作用이가져오는常識을抛棄하라

熱心으로疾走하고 또 熱心으로疾走하고 또 熱心으로疾走하고
또 熱心으로疾走하는 사람 은 熱心으로疾走하는 일들을停止한다.

沙漠보다도靜謐한絶望은사람을불러세우는無表情한表情의無智
한한대의珊瑚나무의사람의 脖頸의背方인前方에相對하는自發的
인恐懼로부터이지만사람의絶望은靜謐한것을維持하는性格이다.

地球를掘鑿하라

同時에

사람의宿命的發狂은棍棒을내어미는것이어라*

　　　　　　　　*事實且8氏는自發的으로發狂하였다. 그리하
　　　　　　　　여어느듯且8氏의溫室에는隱花植物의꽃을피
　　　　　　　　워가지고있었다. 눈물에젖은感光紙가太陽에
　　　　　　　　마주쳐서는희스무레하게光을내었다.

[해독] 이 시는 문단을 가르지 않았다. 희망적이다. 큰 제목 "건축무한육면각형"의 의미는 뒤로 미룬다. 여기는 그 의미를 해독할 장소가 아니다. 먼저 한자 且는 세 가지로 읽는다. 또 차, 공경스러울 저, 도마 조. 여기서는 "또 차"로 읽어야 한다. 다섯 가지 이유다.

첫째, 7줄 무늬의 스펙트럼을 시적으로 약칭하여 2줄의 흡수선으로 표현한 한자에 목目 자가 어울린다. 세워 놓은 스펙트럼이며 빛의 파편이다. 그러나 눈은 스펙트럼을 보는 인체의 창구이지 스펙트럼 자체가 아니다. 또 눈은 스펙트럼의 가시광선밖에 볼 수 없다. 그래서 차선책으로 이와 비슷한 "또(且)" 하나의 상징성을 가진 한자가 "차且" 자이다.

둘째, 스펙트럼의 가시광선은 7색에 불과하다. 그 밖을 넘어 자외선과 적외선 등 제8의 영역은 인간의 눈에 보이지 않는다. 적외선이 허셜에 의해 발견된 것은 1800년이고 자외선이 리터(Johann Wilhelm Ritter 1776-1810)에 의해 발견된 것은 1801년이다. 지금까지 이상의 시는 7색의 가시광선만 다루었다. 프리즘을 애인으로 삼았다. 그러나 이제 그를 넘어 제8의 보이지 않는 넓은 세계를 얘기하고 싶은 것이다. 다시 말하면 7색 너머에 "또(且) 다른" 제8의 세계가 있다는 것을 보여주고 싶은 것이다. 그 세계가 "且8"이다. 이 세계는 1번 보라의 왼쪽과 7번 빨강의 오른쪽을 차지한 무한대∞의 영역이다. 무한대∞를 바로 세우면 숫자 8이 된다. 이상은 수필 「山村餘情」에서 "활동사진? 세기의 총아 - 온갖 예술 위에 군림하는 제8예술의 승리"라고 격찬한다. 당시 활동사진은 광학의 꽃이다. 이상이 이 글을 쓰던 당시 천연색 영화는 없었다. 그러나 그는

광학의 "승리"를 점치고 있다. 그렇다 하여도 다른 숫자도 아닌 하
필이면 제8예술이어야 하는 이유는 무엇인가?

셋째, 또(且) 다른 제8의 영역은 프리즘만으로 포착할 수 없다.
이 영역을 발견하는 수단을 개발한 사람이 있다. 이 사람에게 이상
은 "씨"를 붙였다. 인도의 전파과학자 아차르야 보스(Acharya Jagadish
Chandra Bose 1858-1937) 박사를 가리킨다. 인도에서 존경받는 스승은
이름 앞에 "아차르야"를 붙여준다. 이것의 약칭이 "아차"인데 그의
어근을 "차"라고 부른다. 게다가 공교롭게도 한자에서 "아"는 "아Q
정전"처럼 "씨"에 해당한다. 곧 阿=MR.이다. 따라서 "아차"는 "차
씨"로 번안할 수 있다. 스펙트럼의 7색의 가시광선을 뛰어넘어 사
람의 눈에는 보이지 않지만 엄연히 존재하는 라디오파 즉 무선을
발견한 인물이 이탈리아의 마르코니와 인도의 차다.[라디오파의 영역은
〈그림 2-15〉를 참조] 마르코니는 상업적 관심이 많았지만 차는 그것은
외면하고 학문적으로 일관한 학자다. 그를 기념하여 그의 이름으
로 명명한 대학도 있다. 이상은 7색을 뛰어넘어 눈에 보이지 않는
무한대∞의 "또 다른 8영역"의 파장을 "차8"이라고 표현하였다. 여
기에 씨를 붙이니 "차8씨"가 되었다. 드디어 이상은 스펙트럼을 7
색을 넘은 8영역의 무한대∞ 경지까지 "파편의 경치"로 모조리 분
해하기로 결심한 것이다. 이래서 이 시의 제목이 "차8씨의 출발"이
다. 어떠한 출발인지 본다.

넷째, 차가 개발한 최초의 안테나는 생김새가 호른 모양으로 호
른안테나horn antenna라고 불렀다. 인도 곤봉과 유사하다. 곤봉은 영
어로 Indian club이다. 인도에서 유래하였다. 인도 곤봉은 보통 곤

봉의 끝부분을 자른 모습으로 앞뒤 볼록이 없이 민짜 통이다. 〈그림 2-23〉은 인도 곤봉과 호른안테나를 비교해 보이고 있다. 차 박사는 자신이 최초로 개발한 안테나의 모양을 자신의 조국의 인도 곤봉으로 형상화하였던 것이다. 곧 호른안테나 = 인도 곤봉안테나이다. 지금도 호른안테나가 쓰인다. 대표적으로 대폭발Big Bang에서 탄생하여 우주 끝에 아직도 남아있는 전파를 포착한 안테나도 거대한 호른안테나이다.

다섯째, 이 시는 「건축무한육면각형」에 속한다. 뒤에 건축무한육면각형의 의미가 밝혀지는데 그에 의하면 여기에 속하는 시들은 모두 천문현상에 관한 것이다.〈그림 2-31〉 참조 따라서 이 시도 차 박사의 업적을 빌려 천문현상을 읊은 것이다.

〈그림 2-23〉 인도 곤봉과 호른안테나

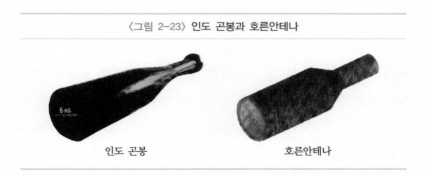

인도 곤봉   호른안테나

조선의 이상은 일제 식민지의 유민이다. 인도의 "차8씨"는 영국 식민지의 유민이다. 동병상련이다. 차는 일찍이 영국을 유학하고 고국으로 돌아왔으나 차별을 당하였다. 대학은 실험실도 제공하지 않았다. 그럼에도 그는 이에 굴하지 않고 홀로 연구를 계속하여 라디오파의 아버지가 되었다. 이것은 국제전기전자공학협회Institute of Electrical and Electronics Engineering가 인정한 것이다.

　본문의 "莊稼泥濘의地"는 농작물이 자라는 습지나 진창을 가리킨다. 그런데 "균열"이 생겼으니 비가 오지 않았다는 뜻이다. 척박한 땅이 되었다. 차 박사가 태어난 뱅골 지방은 매년 수해로 유명한 곳으로 글자 그대로 물이 풍부한 "莊稼泥濘의地"다. 그러나 식민지 땅에서 과학은 척박하였다. 여기에 첫 번째 호른안테나horn antenna를 세운 것이다. 즉 곤봉안테나를 설치한 것이다. 이것을 본문에서 "龜裂이생긴莊稼泥濘의地에한대의棍棒을꽂음"이라고 표현하였다. 곤봉 안테나를 설치하려면 먼저 커다란(大=한) 장대(대)를 꽂아야 한다. 곧 "한대"이다. 그리고 그 꼭대기에 하나(한대)의 호른안테나를 부착한다. 이것이 "한대는한대대로커짐"이다.
　차 박사의 첫 연구대상이었던 마이크로파는 당시 획기적인 것이었다. 눈에 보이지 않는 파장이기 때문이다. 척박한 과학의 땅에 장대의 곤봉 안테나를 심으니 그 분야의 연구가 수목처럼 왕성해지리라. 이상은 그것을 "한대는한대대로커짐."이라고 보고 또 "樹木이盛함"이라고 반복한다. 그것은 차 박사가 식물과 라디오파 사이의 관계(융합)에 대하여도 선구적인 연구를 개척하였음을 알리는 것이다. 이 학문이 자라 오늘날 식물성장측정학crescograph plant science이 되었다. 글자 그대로 "수목이 왕성해졌다." 여기까지는 그런 대로 "꽂는것과盛하는것과의圓滿한融合"을 이룬다.
　이상도 주변에서 알아주는 사람 없어 "시체"같다고 절망하는데,

차 박사 역시 마찬가지라서 "沙漠에盛한한대의珊瑚나무곁에서돌
과같은사람이산葬을當하는일을當하는일은없고심심하게산葬하는
것에依하여自殺한다." 산호나무는 붉다. 가시광선의 7번째 파장이
다. 그 "곁의 돌 같은 사람"이란 7번 곁의 8영역의 라디오파를 잡아
내는 안테나를 심는 "돌" 곧 돼지豕 같은 사람을 가리키는데 보이지
않는 것을 포착하려고 하니 미친 사람 취급 받기 알맞다. 인도에서
돼지는 모욕이다. 대학에서도 연구실조차 마련해주지 않았다. 아
마 산장당할 지도 모르는 일이다. 그런 일은 다행히 없었지만 "사
막" 같은 주변으로 아무도 알아주지 않으니 절망 끝에 죽을지 모르
는 일이다. 지금 이상의 심정이 그렇다. 이상도 "죽는 한이 있더라
도 이 산호 채찍일랑 꽉 쥐고 죽으리라."고 「終生記」에 썼다. 그가
산호에서 한 발자국 나아가지 못했음이 유감이다.

　차 박사가 곤봉안테나로 무선을 연구하기 전에는 천체망원경의
반사경이 "신선"한 것이었다. "滿月"은 반사경을 상징한다.〈그림 2-8〉
참조 그 반사경으로 "공기" 속의 7색을 조사 추진하였다. 그러나 이
제 "滿月은飛行機보다新鮮하게空氣속을推進하는것의以前의" 퇴
물이 되고 말았다. 그것은 7번째 빨강(음울한 산호)을 넘어 그 이상 8
영역(라디오파)으로 추진하기 이전의 "낡은 신선함"에 불과하였다. 이
제 보이지 않는 8영역(라디오파)을 탐색하는 곤봉안테나의 새로운
"신선"한 시대가 된 것이다. 이것이 "차8씨의 출발"이다. 새 시대를
알리는 출발이다. 반사망원경 시대는 가고 전파망원경의 시대가
도래한 것이다.

　"輪不轉地"란 수레바퀴는 땅을 밟지 않는다는 뜻으로 망원경은

땅을 밟지 않고 철로 위를 회전한다. "展開된地球儀를앞에두고" 360
도 돌아가는 것은 지구가 아니라 안테나이다. 이상은 이것을 숙제로
내어 놓았다. "設問一題." 그 해답은 허셸의 망원경이 쥐고 있었다.
〈그림 2-18〉을 보면 망원경이 둥근 철로 위에서 회전하게 되어 있
다. 후일 미국의 잔스키(Karl Jansky 1905-1950)도 같은 輪不轉地의 장치
를 고안하였다. 그는 1930년 거대한 축음기판 같은 원형의 철로를
만들고 그 위에 포드사의 자동차 모델 T의 바퀴를 개조하여 올려놓았
다.〈그림 2-24〉 참조 이 바퀴는 1시간에 3회전하였다. 그 위에 앉아 있는
안테나는 사방에서 날아오는 전파를 포착하였다. 수많은 전파 가운
데 그는 세계 최초로 우주에서 날아오는 전파를 발견한 것이다. 그의
업적으로 후일 다른 과학자에 의해 라디오망원경radio telescope이 개
발되었다.

〈그림 2-24〉 잔스키의 안테나 = 輪不轉地

출처 : Lucent Technologies Ins/Bell Labs.

앞서 인용한 이연실의 시는 "삼십촉 백열등이 그네를 탄다."라
고 읊고 있다. 안테나도 곡예사 "아크로바트"의 그네처럼 가시광선
왼쪽에서 오른쪽으로 왕래하며 우리의 눈에 보이지 않는 8번의 X
선, 자외선, 적외선, 라디오, 마이크로선도 포착하여 해독하는데
사람을 해독하는 안테나는 불가능한 것일까. 둘 다 눈에 보이지 않
는 것은 마찬가지가 아닌가. 그런데 하나는 포착되고 다른 하나는
포착되지 않다니! 인문세계의 가역반응이란 불가능한가. "사람은
解得하는것은不可能인가."

그럼에도 안테나를 세우기 위해 "地球를掘鑿하라." "동시에 생
리작용이가져오는상식을포기하라." 주변의 외면을 마다하고 생리
적인 고독을 견디어라. 그것을 못 견디는 사람은 "열심히질주하고
또열심으로질주하고또열심으로질주하고또열심으로질주하는사람
은열심으로질주하는일들을정지"할 수밖에 없게 된다.

脖頸은 배꼽과 목이니 사람의 앞면을 가리킨다. "사막보다도정
밀한절망은사람을불러세우는무표정한표정"과 스펙트럼의 7번 색
인 "빨강(산호나무)"의 앞면(脖頸)의 전방에 있는 8영역을 "상대"하므로
인해 자초하는 "두려움"이지만 "사람의 절망은 고요함을 유지하는
품성이다." 고요함 = 두려움.

곤봉안테나를 세우기 위하여 "地球를掘鑿하라." 그렇게 세운 곤
봉안테나를 하늘 높이 내어 올려라. "사람의宿命的發狂은棍棒을내
어미는것이어라." 차 박사는 누구의 도움도 받지 않고 심지어는 인
종차별에 대한 항의로 월급도 반납한 채 스스로 안테나 실험에 미
쳐 글자 그대로 "발광"하였다. 그 결과 그의 온실에는 마침내 "隱花

植物의꽃을피워가지고있었다. 눈물에젖은感光紙가太陽에마주쳐
서는희스무레하게光을내었다."그가 식물성장측정학의 개척자였
다는 사실까지 이상은 알고 있었던 것이다. 고생으로 흘린 "눈물에
젖은" 사진감광지가 태양에 부딪혀 "현상되었다."

10. KL17. 詩第十號 나비

출처 : 烏瞰圖   조선중앙일보 1934. 8. 3.

　찌저진壁紙에죽어가는나비를본다. 그것은幽界에絡繹되는秘密
한通話口다. 어느날거울가운데의鬚髥에죽어가는나비를본다. 날개
축처어진나비는입김에어리는가난한이슬을먹는다. 通話口를손바
닥으로꼭막으면서내가죽으면안젓다이러서듯키나비도날러가리
라. 이런말이 決코밧그로새어나가지는안케한다.

　[해독] 프리즘과 스펙트럼을 주제로 절망적인 자신의 처지를 시
로 표현한 이상은 빛의 고향인 태양을 지나칠 수 없다. 태양은 그
거죽을 "찢으면서" 불꽃flare을 만든다. 그때 화염의 끝자락에 〈그림
2-25〉처럼 "나비"가 앉는다. 흑점을 장기간 관찰한 마운더(Edaward
Walter Maunder 1851-1928)는 흑점에서 유명한 "나비분포"를 발견하고
기록으로 남겼다. 그는 이 업적으로 영국천문협회의 창립자가 되
었다.
　"찢어진 壁紙." 곧 태양표면에서 벽지가 찢어지듯이 화염(나비)이

〈그림 2-25〉 태양의 불꽃 나비와 흑점의 나비분포

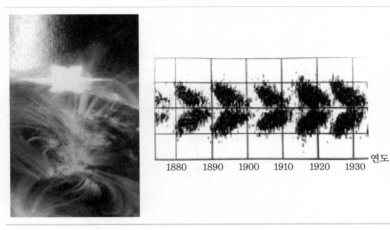

출처: *Newton*, Aug., 2013. 〈왼쪽 그림〉
en.wikipedia.org/wiki/Edward_Walter_Maunder 〈오른쪽 그림〉

끓어오른 다음 온도가 주변보다 낮아져 흑점(幽界)을 통해 사라진
다. 흑점은 "幽界"와 왕래되는 "秘密通路"이다. 벽지 끝에서 마지막
으로 하얗게 앉아서 죽어가던 나비는 벽지가 모두 소진한 뒤 죽어
검은 색이 되었다. 불길이 "수염"처럼 보인다.

　이 현상이 "반사거울에 수염"으로 걸렸다. "어느날거울가운데
의수염에죽어가는나비를본다." 때마침 수성이 지구와 태양 사이를
지나간다. 수성은 태양에 비하면 작아서 작은 물방울에 지나지 않
는다. 수성이 그 궤도를 따라 태양에 막 들어서서 가장자리에 걸렸
을 때 이상한 현상이 포착된다.〈그림 2-26〉 참조 18세기부터 알려진 이
현상을 천문학자들은 "눈물방울"이라고 불렀다. 이상은 이것을 나
비가 애음하는 "이슬"이라고 시적으로 표현하였다. "나비"가 흑점

으로 사라지기 직전 마지막으로 시음하는 "이슬."

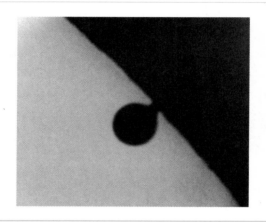

〈그림 2-26〉 태양의 눈물방울

출처: 沼澤茂美·脇屋奈奈代, 『天体ショー』, 成美堂出版, 2013.

천체망원경의 빛의 입구는 우주와 지상이 대화하는 "통화구"이
다. 이것을 손바닥으로 막으면 나비는 거울에서 화염에 타지 않고
사라질 뿐 반사거울에서 날아가 다시 소생하리라. 다음 흑점에 다
시 나타나지 않겠는가. 그것은 나도 소망하는 부활이다. 그러나
"사람들이 알게 되면 안 된다." 부활은 예수에게만 일어나는 현상
이니까. 이상은 처절한 심정이다.

11. KL18. 수염

출처 : 異常한可逆反應　1931. 6. 5.　　　　　　　　조선과건축　1931. 7.

(鬚 · 鬚 · 그밖에수염일수있는것들 · 모두를이름)

1

눈이存在하여있지아니하면아니될處所는森林인웃음이存在하
여있었다

2

홍당무

3

아메리카의幽靈은水族館이지만大端히流麗하다

그것은陰鬱하기도한 것이다

4

溪流에서 –

乾燥한植物이다

가을

5

一小隊의軍人이東西의方向으로前進하였다고하는것은

無意味한일이아니면아니된다

運動場이破裂하고龜裂할따름이니까

6

三心圓

7

조(粟)를그득넣은밀가루布袋

簡單한須臾의月夜이었다

8

언제나도둑질할것만計劃하고있었다

그렇지는아니하였다고한다면적어도求乞이기는하였다

9

疎한것은隱密한것의相對이며또한

平凡한것은非凡한것의相對이었다

나의神經은娼女보다도더욱貞淑한處女를願하고있었다

10

말(馬) ─

땀(汗) ─

×

余, 事務로써散步라하여도無妨하도다

余, 하늘의푸르름에지쳤노라이같이閉鎖主義로다

[해독] 이 시는 번호로 1에서 10까지 문단을 구분하였다. 그리고 마지막을 ×로 갈랐다. 이것이 이상이 함부로 부호를 사용하지 않았다는 대표적인 증거이다. 한편 홍당무의 빨강부터 헤아려보면 스펙트럼의 7계단을 오르는 형상이다. 이 시도 1931년 6월 5일에 썼다. 대단한 연작이다. 지금까지 이상은 7색 가시광선에서 8영역의 넓은 무한대의 세계로 우리를 안내하였다. 그리고 태양까지 보여주었다. 이제 그는 우리를 태양에서 은하수로 데려가려고 한다.

번호 6의 "삼심원"은 건축용어인데 운동경기장 건설의 단심원, 이심원, 삼심원 가운데 한 형태로서 번호 5의 "운동장"을 이어받는다. 그것은 타원과 사각의 중간 형태인데 사각에 가깝다. 앞서 소개했던 사각 하늘을 가리킨다. 번호 7의 "밀가루布袋"가 삼심원을 가리킨다. 그 속에 "그득넣은 조(粟)"는 6월의 삼심원 하늘에 뿌려진 7월 7석의 은하수를 가리킨다. 이상은 다방 "낙랑"에서 문인들을 모아서 "낙랑제"를 열었다. 그곳에서 문인들이 남긴 글들이 온통 7월 7석에 대한 낙서이다.[30] "도둑질할계획"은 견우의 행동이다.

본문의 시작. "눈이 머물 곳"이란 스펙트럼이다. 그곳에는 가시광선의 파장이 "입술"처럼 웃음을 띠고〈그림 2-15〉 참조 흡수선이 "수염"처럼 나있다.〈그림 2-27〉 참조 이상은 사람들이 시를 몰라 볼까봐 걱정이 되어 단서를 남겼다. "그밖에鬚髯일수있는것들·모두를이름." 그것은 무성하여 "삼림"이 되었다. 네온의 흡수선이 무성한 "삼림" 같다.

그 다음 단어가 일어 원문으로는 인삼人參인데 당근이나 "홍당무"를 지칭한다. 이것은 긴 파장의 빨강이다. 〈그림 2-27〉의 네온 neon의 파장과 같다. 네온사인이 붉은 이유다. 네온의 흡수선이 웃음을 띤 입술 위의 수염 같다. "그밖에鬚髯일수있는것들·모두를이름"의 그 수염이다.

---

30) 『2010 李箱의 房 —육필원고 사진展—』, 36쪽.

〈그림 2-27〉 네온의 스펙트럼 = 수염

앞서 말한 대로 스펙트럼의 어원은 "유령"이다. 현재도 영어의 specter는 유령이다. 수족관은 빛을 굴절시킨다는 점에서 일종의 스펙트럼이다. "아메리카의 스펙트럼(유령)은 대형 수족관이다." 그러나 유령처럼 음울하기도 하다. 이에 비하여 "홍당무"나 당근은 건조한 땅에서 자라는 식물이다. 그 땅이 비록 물이 많은 "계류"일지라도. 앞에서 뱅골 지방도 수해가 많은 곳이지만 과학의 척박한 사막인 것처럼. 그럼에도 그곳에서 "홍당무"는 자랐으니 그가 차박사다. 이상도 홍당무를 자신에게 비유한다. 물이 많은 금수강산 조선이지만 과학의 사막에서 사는 이상. 홍당무가 아니고 무엇이랴. 이상은 스펙트럼조차 없는 자신의 처지와 현란한 미국의 스펙트럼을 비교하고 있다. 그의 마음은 "가을"바람처럼 쓸쓸하기 그지없다.

"소대병력"은 대체로 7명이다. 군인soldier의 어원은 식염salt와 동일하다. 로마시대에 군인에게 식염으로 봉급을 주었던 유래다. 그래서 sodium, soldier, salt, salary는 모두 어원이 같다. 이상은 학교에서 군사훈련을 받았다. 본문의 "1소대의 군인"이라 하면 sodium의 7색 스펙트럼을 가리킨다. 이 모습을 이상은 "1소대의 군인이동서의방향으로전진했다는것은무의미한일이아니면아니된다."라고 말하고 있다. 왜 그런가. "운동장이파열하고균열할따름이니까." 다시 말하면 앞에서 소개한 시처럼 스펙트럼이 파열하고 균열한 "파편의 경치"를 탐구해야 하는 이유이다. 자신에게 망원경은 없지만 그래도 누군가는 sodium을 분석해야 한다. "東西로 前進하는" 이유는 은하수가 동서로 흐르기 때문이다. 이상은 드디어 sodium의 스펙트럼으로 은하수의 스펙트럼을 개봉할 심산이다.

하늘의 모습은 "三心圓"을 닮았다. 앞서 말한 대로 삼심원은 타원과 사각의 중간 형태에서 사각에 가까운 운동경기장 모습인데 밀가루 포대에 어울린다. 앞의 "운동장"의 대구이기도 하다. 거기에 "조를그득넣은밀가루포대"를 늘어놓았다. "밀가루 포대"는 은하수이고 "조"는 그 속의 별이다. 삼심원의 밀가루 포대와 그 속을 채운 조. 앞서 사각우주 속의 별들의 축소판이다. 이상은 조에 대한 아름다운 추억이 있다. "가을이 올 터인데 와도 좋으냐고 소곤소곤하지 않습니까. 조이삭이 초례청 신부가 절할 때 나는 소리같이 부수수 구깁니다. 노회한 바람이 조 잎새에게 난숙을 최촉하는 것입니다. 그러나 조의 마음은 초초하고 어립니다."[31] 칠석의 조밭 정경이다.

가을이 올 터인데 와도 좋으냐고? 당연하지. 은하수를 몰고 오니까. 칠월칠석. 견우는 직녀의 날개옷을 "도적질할 計劃만" 하고 있다. 도적이 아니라면 하늘로 돌아가지 말라고 직녀에게 "求乞"하는 거지라도 되리라.

은하수처럼 별(조)이 촘촘한 "隱密"은 주변의 드문드문 "疎"한 여

---

31) 「山村餘情」.

백에 "돋보이고," 견우의 "非凡"은 칠석을 두고 1년을 기다리는 직녀의 "貞淑"에 가히 짝이 된다.

　보라와 파랑의 "閉鎖主義" 울타리를 떠나 "말"이 좋아하는 홍당무의 빨강에서 "땀"이 뿜어내는 sodium의 주황에 이르기까지 스펙트럼의 7계단을 밟으며 우리 "散步"라도 할까. 빨강과 주황의 네온처럼 멋진 수염이 있는 곳으로. 마음뿐이다. 홍당무가 보라와 파랑의 계류에 갇혀서 지쳤다. 그래서 마지막 문단을 ×로 갈랐다. 다음 시도 도전적이며 기교의 극치다.

12. KL19. 狂女의告白

출처 : 鳥瞰圖　1931. 8. 17.　　　　　　　　　　　　　　　조선과건축　1931. 8.

　　　　　　　여자인S玉孃한테는참으로未安하오. 그리고B君자
　　　　　　　네한테感謝하지아니하면아니될것이오. 우리들은
　　　　　　　S玉孃의앞길에다시光明이있기를빌어야하오.

蒼白한여자

얼굴은여자의履歷書이다.　여자의입(口)은작기때문에여자는溺死하지아니하면아니되지만여자는물과같이때때로미쳐서騷亂해지는수가있다.　온갖밝음의太陽들아래여자는참으로맑은물과같이떠돌고있었는데참으로고요하고매끄러운表面은조약돌을삼켰는지아니삼켰는지항상소용돌이를갖는褪色한純白色이다.

　　　등쳐먹으려고하길래내가먼첨한대먹여놓았죠.

잔내비와같이웃는여자의얼굴에는하룻밤사이에참아름답고빠
드르르한赤褐色쵸콜레이트가無數히열매맺혀버렸기때문에여자는
마구대고쵸콜레이트를放射하였다. 쵸코레이트는黑檀의사아벨을
질질끌면서照明사이사이에擊劍을하기만하여도웃는다. 웃는다. 어
느것이나모다웃는다. 웃음이마침내엿과같이걸쭉걸쭉하게찐더거
려서쵸콜레이트를다삼켜버리고彈力剛氣에찬온갖標的은모다無用
이되고웃음은散散히부서지고도웃는다. 웃는다. 파랗게웃는다. 바
늘의鐵橋와같이웃는다. 여자는羅漢을밴(孕)것인줄다들알고여자
도안다. 羅漢은肥大하고여자의子宮은雲母와같이부풀고여자는돌
과같이딱딱한쵸콜레이트가먹고싶었던것이다. 여자가올라가는層
階는한층한층이더욱새로운焦熱氷結地獄이었기때문에여자는즐거
운쵸콜레이트가먹고싶다고생각하지아니하는것은困難하기는하지
만慈善家로서의여자는한몫보아준心算이지만그러면서도여자는못
견디리만큼답답함을느꼈는데이다지도新鮮하지아니한慈善事業이
또있을까요하고여자는밤새도록苦悶苦悶하였지만여자는全身이갖
는若干個의습기를띤穿孔(例컨대눈其他)近處의먼지는떨어버릴수
없는것이었다.

　여자는물론모든것을抛棄하였다. 여자의姓名도, 여자의皮膚에
있는오랜歲月중에간신히생겨진때(垢)의薄膜도甚至於는여자의唾
線까지도, 여자의머리는소금으로닦은것이나다름없는것이다. 그리
하여溫度를갖지아니하는엷은바람이참康衢煙月과같이불고있다.
여자는혼자望遠鏡으로SOS를듣는다. 그리곤덱크를달린다. 여자는
푸른불꽃彈丸이벌거숭이인채달리고있는것을본다. 여자는오오로

라를본다. 덱크의勾欄은北極星의甘味로움을본다. 巨大한바닷개(海
狗)잔등을무사히달린다는것이여자로서果然可能할수있을까, 여자
는發狂하는波濤를본다. 發狂하는波濤는여자에게白紙의花瓣을준
다. 여자의皮膚는벗기이고벗기인皮膚는仙女의옷자락과같이비람
에나부끼고있는참서늘한風景이라는점을깨닫고다들은고무와같은
두손을들어입을拍手하게하는 것이다.

이내몸은돌아온길손, 잘래야잘곳이없어요.

여자는마침내落胎한 것이다. 트렁크속에는千갈래萬갈래로찢어
진POUDRE VERTUEUSE가複製된것과함께가득채워져있다. 死胎
도있다. 여자는古風스러운地圖위를毒毛를撒布하면서불나비와같
이날은다. 여자는이제는이미五百羅漢의불쌍한홀아비들에게는없
을래야없을수없는唯一한안해인것이다. 여자는콧노래와같은
ADIEU를地圖의에레베슌에다告하고NO.1-500의어느寺刹인지向
하여걸음을재촉하는것이다.

[해독] 이 시는 내용을 문단 구분할 새 없이 빠르게 진행된다.
초신성이 폭발하는 속도이다. 스펙트럼의 고향을 여행하는 이상은
태양을 거쳐 은하수를 살펴본 다음 우리를 초신성으로 초대한다.
우선 "B군에게 감사"해야 한다고 했는데 B군이란 1931년 처음으로
초신성이라고 명명한 두 사람 가운데 하나인 바데(Walter Baade 1893-
1960) 박사를 가리킨다.

반면 S옥양은 여성을 지칭한다. 그러나 한글 번역에는 방점을 찍었고 일어 원문에서 다른 것은 히라가나인 데 비해 이것은 가타가나로 표기하였다. 사람이 아니라 무엇을 지칭한다. 흘려 쓴 육필 원고의 하나는 "S玉樣" 또 하나는 "S子樣"으로 읽을 수 있다. 본문의 우리말 번역도 전자를 따라 "S玉孃"이다. 이것은 일어로 "S다마"라고 읽는다. 아직도 일부 인사는 전구를 "전기다마"라고 습관적으로 말한다. 그렇다면 "S옥"은 무언가 빛을 발하는 "S다마". 일본인들은 빅뱅의 엄청난 밝기를 화의 다마火の玉라고 칭한다. "S옥" 역시 엄청난 밝기의 "수퍼다마," 곧 수퍼노바Supernova이다. 초신성이다.

이에 대해 이상은 산문 「실화」에 단서를 내놓았다. "NOVA에 가십시다. 마담은 루파시카. 노봐는 에스페란트. 헌팅을 얹은 놈의 심장을 아까부터 벌레가 연해 파먹어 들어간다."라고 말한다. 동경 한복판 신주쿠新宿다. 그는 Nova가 에스페란토어라고 안다. 마담 루피시카는 루브시카Lubshka인데 러시아 상의를 가리킨다. 이것은 원래 사냥꾼의 옷이다. 이상은 이런 것을 알고 있었기에 그 다음 "헌팅을 얹은 놈"이라는 표현을 쓴다. 산스크리트어의 사냥꾼은 "루브다카Lubdhaka"이고 한때 초신성이었던 시리우스Sirius를 가리킨다. 그 가운데 시리우스B는 백색왜성인데 어떤 백성왜성은 주변 별을 "벌레가 파먹어 들어가듯" 흡수(사냥)하면 밝은 빛을 발하며 노바가 된다.

이상은 초신성을 알고 있었고 이런 식으로 여기 저기 암호를 숨겨놓았다. 그런데 이상은 S옥양에게 미안하다고 하며 "우리들은 S

옥양의앞길에다시광명이있기를빌어야" 한다고 여운을 남겼다. 무슨 뜻인가. 이것을 알려면 초신성을 이해해야 한다.

우선 이상은 초신성을 "광녀"로 명명하였다. 참으로 알맞은 이름이다. 태양보다 질량이 무거운 별은 내부의 수소를 모두 태우면서 크기가 커져 마침내 폭발한다. "미친 여자"가 된 것이다. 수퍼노바는 우주에서 가장 밝은 빛을 사방으로 뿌린다. 이때 그 별의 외피는 벗겨져 모든 원소를 우주로 날려 보낸다. 그 별은 죽지만 그 원소로 새로운 별이 탄생한다. 제 몸을 폭발시킨 "S옥양의 앞길에 다시" 새로운 별로 탄생하여 "광명"이 있기를 빈다.

초신성은 강한 흰빛으로 "창백하다." 초신성이 폭발하면 과거가 유감없이 드러난다. "이력서"이다. 초신성 중심(입)의 부피는 작다. 하늘을 오가는 배를 비행선이라고 부르고 그것이 기착하는 장소를 공항이라고 부른다. 항구다. 우주선은 우주를 항해하는 배다. 우주는 바다다. 부피(입)가 작은 초신성이 최후를 맞이하는 모습을 우주바다에서 "익사"했다고 표현하였다. 그 여파로 우주바다가 소란스러워진다. 원래 이 별은 우주의 온갖 밝기의 태양 아래 조용히 있었는데 그 바다에 누가 "조약돌"을 던졌는지 "소용돌이"를 일으키는 초신성이 된 것이다. 그것은 새하얀 밝기의 "순백색"이다.

우주에서는 늘 하나의 별이 다른 별을 삼키는 일(사냥)이 일어난다. 그래서 "내가 먼저 한 방 먹었다." 그리고 "무수한 쵸콜레이트" 색의 잔해를 우주에 뿌렸다. 쵸콜레이트는 적갈색이다. 파장이 빨강에 가깝다. 스펙트럼의 적갈색 부근에 검정 흡수선이 형성된다. 이것을 이상은 "흑단의 사아벨" 즉 허리에 차는 "검정 칼"로 표현하였다.〈그림 2-14〉참조 이 검정 칼(흡수선)이 색과 색 사이, 즉 "조명 사이"
에 검투(격검)하듯이 꽂혀져 있다. 그래도 쵸콜레이트가 만드는 스
펙트럼의 파장은 가시광선 안에서 웃는다.〈그림 2-15〉참조

"파랗게 웃는다." 초신성의 빛이 지구로 날아오면서 도플러 효
과로 스펙트럼 내부에 청색편이가 일어나서 본래의 엄격한 색 구
분이 없어지니 "강기에 찬 온갖 표적은 모두 무용이 되고" "엿"처럼
흘러 다른 색의 영역까지 침범하는 청색편이가 일어난 것이다. 그
래서 본래의 웃음은 "산산이 부서지고도 웃지만" 그 웃음은 청색편
이로 "파랗다고" 이상은 시적으로 표현한다. 그리고 그곳에 형성된
흡수선들의 형상이 〈그림 2-14〉가 보이는 바대로 흡사 "바늘로 만
든 철교"처럼 보인다.

"나한." 마지막 문단에는 "5백나한"이다. 그 색은 적갈색이고 그
수가 "5백"이다. "적갈색 5백 나한"은 청색편이로 파장이 600nm에
서 500nm로 밀려난 적갈색 쵸콜레이트의 파장이라고 이상은 시
적으로 형상화한다. 파장의 단위 nm을 번안하여 na man=羅漢으
로 해독됨이 추가적인 재미이다. 모두 알고 있다. 초신성 그녀도
알고 있다. 500nm 파장으로 청색편이한 적갈색 쵸콜레이트 500
나한들이 초신성의 자손인 것을.

이상은 초신성이 그 잔해를 우주에 뿌리는 현상을 "자선"에 비
유하였다. 자신의 몸을 폭발시키고 죽으면서 새로운 별을 만드는
데 아낌없이 주기 때문이다. 그래서 초신성 그녀도 쵸콜레이트가
먹고 싶은데 "자선가"로서 참고 그 작아진 몸으로 만족하는 것이
다. 더욱이 뜨거운 청색에서 차가운 적색으로 지옥(초열빙결지옥 焦熱氷

結地獄)의 스펙트럼 "층계"를 한 단계씩 올라간 대가로 얼마든지 자격이 있지만 "신선함"을 느끼지 못한다. 유일한 위안은 마지막 먼지는 조금 남겨두어 그것으로 그녀가 작은 별(이상이 이 시를 쓰던 무렵 중성자별의 가설이 등장하였다.)로 변신한다는 점이다. 그 다이어트의 변신을 위해서 그녀는 먹고 싶은 쵸코레이트도 사양한다.

모든 것을 포기하고 작은 별로 쪼그라들면 여자에게는 "초신성의 이름도, 초신성의 외피도, 심지어 이웃별을 삼키는 타선"까지도 사라진다. 모든 별에 있는 "나트륨"만은 확실하게 남는다. "여자의 머리는 소금으로 닦은 것"이다. 작은 별의 온도는 내려가서 "강구연월" 찬바람이 불어댄다.

여기서 초신성이 되는 별 가운데 백색왜성도 있다. 시리우스B는 백색왜성이다. 이것은 큰개자리에 속해 있는데 연성連星 또는 쌍성雙星 곧 시리우스A와 시리우스B의 두 별 가운데 하나다. 시리우스는 지구와 점점 가까워진다. 그래서 청색편이를 일으킨다. 이상은 이 부분에서 오해를 일으켜 본문에서도 그렇게 표현하였다.

이제 초신성일 때 낳은 자식들은 청색편이를 일으키며 지구로 "푸른 탄환 불꽃이 벌거숭이인 채" 날아와 그 가운데 지구에 도달한 것이 북극에 푸르고 흰 "오로라"가 되었다고 이상은 보았다.(이상의 오해일 수도 아닐 수도 있다.)

여자는 홀로 되어 시리우스A와 시리우스B의 "쌍안경"으로 자식들을 살피니 다급한 "SOS"가 도착했다. 오로라가 푸르고 흰 "빛을 뿜는 파도"로 요동치는 것이다. 여자는 이웃의 고물자리Puppis 위를 달린다. 파피스는 그리스 신화의 황금 양털을 찾으러 떠난 제이슨

선장의 배 아르고너트의 "덱크(고물)"이다. 정반대 방향에 있는 "감미로운 북극성"은 미동도 하지 않는다. 여자는 자신이 속한 거대한 큰개자리에 올라탄다. 그것이 하늘 바다에서 "바다개"가 되었지만 미끄러워 무사할까. 빛을 뿜는 파도는 북극에 동그랗게 "하얀 화환"의 오로라를 만들어 환영한다. 장관이다. 사람들은 "고무와 같은" 두 손으로 벌린 입을 가리지 못한다. 천문학자 허긴스는 말했다. "천문학자는 만능 관절과 인도고무의 손이 필요하다." 망원경에 기어올라 허구한 날 밤하늘을 관측하는 육체적 어려움을 호소하고 있다. 벌린 입을 가리는 데에도 "고무" 같은 유연한 손이 필요하다는 사실까지 이상은 알고 있었다.

작은 별로 쪼그라든 여자는 이제 그 많던 프리즘의 파장을 버리기로 하였다.(落胎). 더 이상 화려한 초신성이 아니기 때문이다. 우주를 날아온 여행객의 트렁크. 그 속은 후덕한 자선가로서 다 나누어 주고 마지막으로 남은 천 갈래 만 갈래 먼지가루의 "덕스러운 잔해 POUDRE VERTUEUSE" 곧 쪼그라든 자신의 몸으로 채워져 있다. 이상은 시 「흥행물천사」에서 "여자의 트렁크가 축음기"이고 "축음기는 홍도깨비 청도깨비를 불러 드린다."고 했다. 축음기는 천문대 망원경의 의자이다. 회전한다. 홍도깨비와 청도깨비는 작은 별이 뿜는 빛의 스펙트럼을 말한다. 그 속에는 물론 죽은 파장(死胎)도 있지만, 남은 파장의 흡수선을 "독바늘"처럼 빛으로 뿌리고, 적색 파장 500nm(오백 나한)만은 간직한다. 그것만 해도 여자는 자선가로서 할 일을 다 하여 콧노래를 부르며 한 때 찬란했던 빛으로 석권했던 우주 지도에 아듀하고 5백 나한만의 연약한 빛을 발하는 것이다.

13. KL20. 詩第五號

출처:烏瞰圖　　　　　　　　　　　　　　　　　조선중앙일보 1934. 7.

其后左右를除하는唯一의痕迹에잇서서

翼殷不逝 目大不覩

胖矮小形의神의眼前에我前落傷한故事를有함

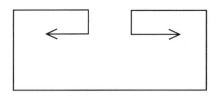

臟腑라는것은浸水된畜舍와區別될수잇슬는가.

[해독] 이 시의 육필원고는 두 본이다. 하나는 본문이고 다른 본의 제목은「二十二年」이다. 본문 첫 줄의 其后左右가 다른 본에서는 前后左右로 표현되어 있다. 해독에는 상관없다. 이것은 시리우스A의 짝별. 곧 伴星인 시리우스B의 이야기다. 시리우스B는 백색왜성이다. 본문(시제5호)의 육필원고에는 이상이 伴을 지운 흔적이 있다. 그는 伴을 胖으로 바꾸어놓았는데 뚱뚱함을 강조함이다. 시리우스B가 왜소하지만 질량이 무겁기 때문이다. 즉 뚱뚱하다. "前后左右" 혹은 "其后左右를 除하는"대폭발로 중간 이하의 질량을 지닌 항성은 전후좌우의 외피를 제거하고 수축된 "唯一의痕迹"으로 내핵만 남기고 백색왜성으로 쪼그라든 것이다. "前后左右"는 글자 그대로 앞뒤양옆이 모두 제거되어 왜성이 되었다는 뜻이고, "其

后左右"는 폭발 직후 양옆이 모두 제거되어 왜성이 되었다는 뜻이
므로 두 가지 표현 모두 내용을 풍부하게 만든다.

　이 모습을 그림으로 표현한 것이 본문의 그림이다. 화살표가 구
부러져 안으로 향하는 모습은 항성이 수소를 모두 태우고 외피는
떨어져 나간 채 내부 압력으로 안으로 수축되어 쪼그라져 가는 왜
성의 모습이다. 결국 〈그림 2-28〉처럼 "胖矮小形[백색왜성=시리우스B]
의 神[주성=시리우스A]"의 눈앞에서 뚝 떨어진 먼 옛날 1억2천만 년 전
의 "古事를 有함."

　그 다음 본문의 "我前落傷"은 다른 본에서는 "我는落傷"이다.
〈그림 2-29〉를 보면 분광으로나 등급으로나 시리우스B는 다른 별
들의 위치에서 홀로 뚝 떨어진 "落傷"이다. 그러나 주성인 시리우
스A의 중력에 붙잡혀 날 수 없는 "翼殷不逝"의 신세. 크기는 이렇
게 대조적이로되 서로 공전하기 때문이다. 지구에서 볼 때 시리우
스A는 밤하늘에 가장 빛나는 별이지만 시리우스B는 너무 작아 육
안으로 보이지 않는다. 분광은 청색이지만 등급이 낮기 때문이다.
너무 작아 보이지도 않는 "目大不覩"의 짝별.

　유일의 흔적인 백색왜성으로 쪼그라들면서 폭발할 때 터져 나
온 온갖 전후좌우의 외피 잔해(오장육부)들을 "침수된 축사"에 비유하
였다. 시리우스는 큰개자리에 속하니 그 주변에 짐승의 이름을 딴
별자리를 포함하여 이 비유는 적절하다. 무엇보다 초신성 대폭발
의 사진을 본 적이 있는 사람이라면 "침수된 축사"라는 표현이 무
슨 의미인지 실감하게 된다.

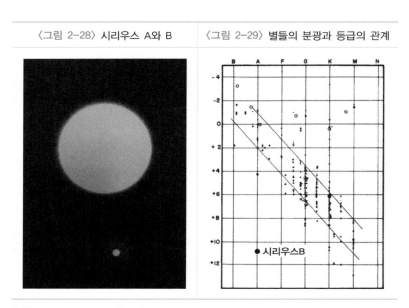

〈그림 2-28〉 시리우스 A와 B	〈그림 2-29〉 별들의 분광과 등급의 관계

출처 : en.wikipedia.org/wiki/sirius 〈그림 2-28〉
Hoskin, M., *The Cambridge Illustrated History of Astronomy*, Cambridge
University Press, 1997. 〈그림 2-29〉

추기 : 이 시의 제목은 원래「二十二年」으로서「건축무한육면각
체」의 연작 가운데 하나이다. 이 시는 1931년에 써졌는데 그때 이
상의 나이 22세였다. 당시에는 만 나이를 사용하지 않았다. 시리우
스는 쌍둥이 별이듯이 二十二라는 숫자도 쌍둥이 숫자이며 거울에
비추어 좌우가 바뀌어도 二十二이다. 좌우로 읽어도 동일한 회문回
文 palindrome의 예이다.

본문은 시리우스B 백색왜성을 가리키지만 자신의 나이와 동일
시하여 스스로를 가리킨다. "나는落傷"이라고 했기 때문이다. 그
럴 수밖에 없는 것이 이상은 8월 개띠이며 시리우스는 큰개자리에

서 가장 빛나는 별로서 여름에 왕성하다. 서양에서는 여름날을 개
의 날dog days이라고 부르고 동양에서도 복날이라고 부른다.

시리우스B처럼 날 수 없고 "翼殷不逝" 보이지도 않아 "目大不
覩" 알아주는 사람 없이 "落傷"한 자신. 이상에게 「날개」가 필요한
이유다. 또 「恐怖의記錄」에서도 "幻想속에 떠올으는내자신은언제
든지 光彩나는 「루파슈카」를입엇고 頹廢的으로보인다."라고 밝혔
듯이 이상 자신이 루파슈카인데 앞서 말했듯이 이것은 산스크리트
어로 시리우스를 칭한다. 「休業과 事情」은 더 확실하게 표현하고
있다. "보산[이상]의그림자는보산을닮지안이하고 대단히키가적고
뚱뚱하다는이보다도 뚱뚱한것이 거의 SS를닮앗구나." 보산[이상]은
시리우스A인데 그 그림자는 보산을 닮지 않고 대단히 키가 작고
뚱뚱하다니 시리우스B이다. 이상이 실제로는 시리우스 A인데 알
아보는 사람이 없으니 시리우스 B라는 의미이다. 이 시의 제목 「二
十二年」의 부제는 「이상」이다.

은하수의 우리말은 미리내이다. 곧 냇물이다. 〈그림 2-29〉의
대각선을 이루는 별무리도 냇물처럼 생겼다. 그로부터 떨어져 있
는 시리우스B의 모습을 이상은 자신의 또 하나의 호로 삼은 듯하
다. 하융河戎이 바로 그것이다.

14. KL21. 興行物天使 – 어떤後日譚으로 –

출처 : 鳥瞰圖 1931. 8. 18.   조선과건축 1931. 8.

整形外科는여자의눈을찢어버리고形便없이늙어빠진曲藝象의

눈으로만들고만것이다. 여자는싫것웃어도또한웃지아니하여도웃
는것이다.

여자의눈은北極에서邂逅하였다. 北極은초겨울이다. 여자의눈
에는白夜가나타났다. 여자의눈은바닷개(海狗)잔등과같이얼음판
위에미끄러져떨어지고만 것이다.

世界의寒流를낳는바람이여자의눈을불었다. 여자의눈은거칠어
졌지만여자의눈은무서운氷山에싸여있어서波濤를일으키는것은不
可能하다.

여자는大膽하게NU가되었다. 汗孔은汗孔만큼의荊棘이되었다.
여자는노래부른다는것이찢어지는소리로울었다. 北極은鐘소리에
戰慄하였던 것이다.

거리의 音樂士는따스한봄을마구뿌린乞人과같은天使. 天使는
참새와같이瘦瘠한天使를데리고다닌다.

天使의배암과같은회초리로天使를때린다.

天使는웃는다, 天使는고무風船과같이부풀어진다.

天使의興行은사람들의눈을끈다.

사람들은天使의貞操의모습을지닌다고하는原色寫眞版그림엽
서를산다.

天使는신발을떨어뜨리고逃亡한다.

天使는한꺼번에열個以上의덫을내어던진다.

日曆은쵸콜레이트를늘인(增)다.

여자는쵸콜레이트로化粧하는것이다.

여자는트렁크속에흙투성이가된즈로오스와함께엎드러져운다.
여자는트렁크를運搬한다.

여자의트렁크는蓄音機다.

蓄音機는喇叭과같이紅도깨비靑도깨비를불러들였다.

紅도깨비靑도깨비는펜긴이다. 사루마다밖에입지않은펜긴은水
腫이다.

여자는코끼리의눈과頭蓋骨크기만큼한水晶눈을縱橫으로굴리
어秋波를濫發하였다.

여자는滿月을잘게썰어서饗宴을베푼다. 사람들은그것을먹고돼
지같이肥滿하는쵸콜레이트냄새를放散하는것이다.

[해독] 이 시는 이상이 파슨스타운의 로시 6피트 천체망원경 위
에 쌍무지개가 뜬 사진을 보고 쓴 시다. 로시 3세는 앞서 "R청년공
작"으로 소개된 인물이다. 이상의 육필 일어원문은 이 시의 문단을
두 개의 부호 ◇ ◇로 구분하였다. 쌍무지개는 두 개이기 때문이다.

첫 번째 문단 부호 앞은 밤이고 뒤는 낮이다. 낮에는 쌍무지개
를 보고 밤에는 나선성운螺旋星雲 M51을 본다. 천문학에서 그 유명
한 사냥개자리에 속한다. 이상은 개띠이다. 이 시의 부제인 "어떤
후일담"은 다름 아닌 "로시 3세의 M51 관측에 대한 이상의 후일담"
이다. 〈그림 2-30〉은 로시 3세가 관측한 나선성운 M51의 그림이

고 그 옆은 현대의 망원경이 찍은 동일한 성운이다. 고흐는 이 "나
선성운 M51"을 보고 〈별이 빛나는 밤〉을 그렸고[32] 이상은 고흐의
그림을 알고 있었다. 그래서 이것을 관측한 로시 3세와 파슨스타운
의 괴물에 일찍부터 흥미를 가졌나보다.

〈그림 2-30〉 나선성운 M51 = 코끼리 = 곡예상

출처: Julia Muir, Glasgow University.

이상은 로시 3세가 그린 M51을 잡지에서 보고 코끼리로 묘사하
였다. 현대의 사진이 코끼리 형상임을 재확인해 준다. 눈 수술은
성형외과가 한다. 정형외과가 했으니 잘못된 눈 수술이다. 그래서
미인이 못되고 곡마단의 코끼리, 곧 "曲藝象"이 되었다.

---

32) Singh, S., *Big Bang*, New York: Fourth Estate, 2004.

나선성운 M51에서 지구로 날아온 빛이 북극에서 "백야"로 나타 났다고 묘사한다. 북극의 "얼음판에 미끄러졌기" 때문이라고 시적 으로 말한다. 나선성운은 초신성만큼 강렬하지 못해 오로라를 일 으키기에 충분하지 못하다. 여자가 창백한 "누드"로 온몸을 던져도 그것은 불가능하다. 밤은 M51 코끼리. 낮은 쌍무지개. 시적 대조 다. 밤하늘이 백야의 조명 아래 곡마단이다. 곡마단 코끼리의 노래 소리를 들어본 적이 있는가. 그것은 "울부짖는 소리"이고 목에 매 달은 "종소리"만 합창할 뿐이다. 여기까지가 로시 3세의 관측이다.

별안간 이상은 시의 분위기를 일신한다. 파슨스가 본 하늘 곡마 단에서 우리를 지상으로 끌어낸다. 이것이 그 "후일담"이다. 그곳 엔 "천사" 같은 쌍무지개가 떴다. 무지개는 7색이고 음악의 기본도 7음이다. 빨주노초파남보의 무지개는 도레미파솔라시의 "음악사" 다. 겨울이 끝나고 날이 따뜻해지면 제일 먼저 나타나는 이가 "걸 인"이다. 음악사=걸인=천사=무지개라고 이상은 연관 짓는다.

호수에 조약돌을 비스듬히 던지면 한 번 튕기고 두 번도 튕긴 다. 그러나 두 번째 튕김은 첫 번째 튕김보다 크기가 작다. 쌍무지 개도 마찬가지다. 첫 번째 무지개가 두 번째 무지개보다 크다. 그 래서 한 천사는 "뚱뚱한" 무지개이고 또 하나의 천사는 "참새처럼 수척한" 무지개다. 뚱뚱한 첫 번째 무지개에서 한 번 굴절한 빛이 두 번째 수척한 무지개를 때린다. 이것을 이상은 "배암과 같은 회 초리로 천사를 때린다."고 표현하였다. 조약돌이 호수의 물결을 때 리고 튕기는 것과 같다. "배암 같은 회초리"란 물방울에서 일어나 는 프리즘의 배암 같은 파장현상이다. 〈그림 2-15〉의 프리즘이 만

드는 스펙트럼 파장을 다시 보면 회초리처럼 보이기도 한다. 이것
이 쌍무지개의 원리이다.

무지개의 둥근 모습이 웃는다. 첫째 무지개는 뚱뚱하게 부풀어
진다. 곡마단 밖에서 사람들은 쌍무지개의 사진을 산다. 쌍무지개
가 흥행물천사이다. 그러나 무지개는 햇빛과 함께 사라진다. 자정
이 되어 허겁지겁 퇴장하는 신데렐라처럼 햇빛의 등장과 함께 "신
발을 떨어뜨린다." 신발은 색깔이 다양한 스펙트럼표 꽃신이다. 천
사는 한꺼번에 7색을 넘어 10색 이상을 내어던진다. 쌍무지개에서
두 번째 마른 무지개는 7색이 모두 제대로 보이지 않기 때문이다.

해가 지고 밤이 되자 이상의 안내로 다시 쳐다본 밤하늘에서 "日
曆은쵸콜레이트를늘인(增)다." 매일 쵸콜레이트의 적색편이가 증
가한다. 나선성운 M51이 매일 지구와 멀어져 감을 뜻한다. 여자는
자신의 모든 것을 트렁크에 넣고 지구에서 멀리 이사한다. 그녀는
그것이 슬퍼 운다. 북극의 백야와 해후할 수 없기 때문이다.

여자의 트렁크에는 "청도깨비에서 홍도깨비까지" 스펙트럼이 어
지럽다. 이상은 산문 「황소와 오뚜기」에서 도깨비가 "오뚜기"라고
말한다. 오뚜기는 "펜긴"을 닮았다. 펜귄의 부리와 앞덜미와 뒷머리
는 주황이다. "종기"의 색깔도 주황이다. 앞의 시에서 "여자의 트렁
크는 축음기"라고 말했다. "축음기 앞에서 고개를 갸웃거리는 북극
펭귄 새들이나 무엇이 다르겠습니까."[33] 이처럼 여자의 트렁크에는
모든 색깔이 기웃거려 스펙트럼을 이룬다. 그리고 그것은 적색편이

---

33) 「山村餘情」.

를 일으키며 지구와 멀어져 간다. 매일 멀어져 가는 여자는 선물로 달을 반사거울 삼아 달빛을 스펙트럼으로 만들어 밤하늘을 아름답게 만들었다. 사람들도 매일 비만해져 가는 적색편이를 관찰한다.

15. KL22. LE URINE

출처 : 鳥瞰圖(일문) 1931. 6. 18.　　　　　　　　　　　조선과건축 1931. 8.

불길과같은바람이불었건만불었건만얼음과같은水晶體는있다. 憂愁는DICTIONAIRE와같이純白하다. 綠色風景은網膜에다無表情을가져오고그리하여무엇인건모두灰色의明朗한色調로다.

들쥐(野鼠)와같은險峻한地球등성이를匍匐하는짓은대체누가始作하였는가를瘦瘠하고矮小한ORGANE을愛撫하면서歷史册비인페이지를넘기는마음은平和로운文弱이다. 그러는동안에도埋葬되어가는考古學은과연性慾을느끼게함은없는바가장無味하고神聖한微笑와더불어小規模하나마移動되어가는실(絲)과같은童話가아니면아니되는것이아니면무엇이었는가.

진綠色납죽한蛇類는無害롭게도水泳하는琉璃의流動體는無害롭게도半島도아닌어느無名의山岳을島嶼와같이流動하게하는것이며그럼으로써驚異와神秘와또한不安까지를함께뱉어놓는바透明한空氣는北國과같이차기는하나陽光을보라. 까마귀는恰似孔雀과같이飛翔하여비늘을秩序없이번득이는半個의天體에金剛石과秋毫도다름없이平民的輪廓을日沒前에빗보이며驕慢함은없이所有하고있는 것이다.

이러구려數字의COMBINATION을忘却하였던若干小量의腦髓
에는雪糖과같이淸廉한異國情調로하여假睡狀態를입술우에꽃피워
가지고있을즈음繁華로운꽃들은모다어데로사라지고이것을木刻의
작은羊이두다리를잃고가만히무엇엔가귀기울이고있는가.

水分이없는蒸氣하여온갖고리짝은마르고말라도시원치않은午後
의海水浴場近處에있는休業日의潮湯은芭蕉扇과같이悲哀에分裂하
는圓形音樂과休止符, 오오춤추려무나, 日曜日의뷔너스여, 목쉰소리
나마노래부르려무나日曜日의뷔너스여.

그平和로운食堂또어에는白色透明한MENSTRUATION이라門牌
가붙어서限定없는電話를疲勞하여LIT위에놓고다시白色呂宋煙을
그냥물고있는데.

마리아여, 마리아여, 皮膚는새까만마리아여, 어디로갔느냐, 浴
室水道콕크에선熱湯이서서히흘러나오고있는데가서얼른어젯밤을
막으럼, 나는밥이먹고싶지아니하니슬립퍼어를蓄音機위에얹어놓
아주려무나.

無數한비가無數한추녀끝을두드린다두드리는것이다. 분명上膊
과下膊과의共同疲勞임에틀림없는식어빠진點心을먹어볼까 – 먹어
본다. 만도린은제스스로包裝하고지팽이잡은손에들고자그마한삽
짝門을나설라치면언제어느때香線과같은黃昏은벌써왔다는소식이
냐, 숫닭아, 되도록이면 巡査가오기前에고개숙으린채微微한한대
로울어다오. 太陽은理由도없이사보타아지를恣行하고있다는것은
全然事件以外의일이아니면아니된다.

[해독] 이상이 인천 월미도의 "潮湯" 해수욕장에 가서 무지개를 보고 쓴 시다. 당시 전국에 조탕 해수욕장이 있는 곳은 인천 월미도뿐이었다. "矮小한 ORGANE을 愛撫"한다는 표현이 조탕에서 몸을 씻는다는 뜻이다. 시 제목 LE URINE는 글자 그대로 오줌인데 흰색의 물을 마시면 노란색의 오줌이 생산된다. 우리 몸의 콩팥이 프리즘이다. 그래서 이 시는 무지개를 의미하는 프리즘의 삼각형 △으로 문단구분을 하지 않았다. 조탕은 소금물이다. 소금에 가열하면 주황색 연기가 생긴다. 그래서 sodium의 스펙트럼은 주황이다. 그러나 여기서 오줌의 노랑과 소금의 주황은 평화를 상징한다. 그가 월미도에서 평화를 찾으려는 것일까? 성공할까?

여름 더위임에도 눈의 "수정체"는 얼음처럼 차갑다. "나의 우수"가 "DICTIONARIE 대로" 즉 글자 그대로 "순백"한 탓이고 그를 분광시킬 프리즘이 없는 탓이다. 그래서 주변은 여름의 녹색이지만 "나의 망막에는 무표정이고 회색이다." 이상은 인천에 여러 번 갔다. 친구에게 그는 "인천가 있다가 어제 왔소. 해변에도 우울밖에 없소. 어딜 가나 이 영혼은 즐거워 할 줄을 모르니 딱하구려! 전원도 우리들의 병원이 아니라고 형은 그랬지만 바다가 또한 우리들의 약국이 아닙니다."라고 「私信 2」에서 적고 있다. 평화를 찾지 못하고 있다.

"들쥐처럼 험준한 지구 등성이를 포복하는 짓"을 하는 분야는 고고학과 군사학이다. 여기서는 아래에서 보듯이 일제의 전쟁준비를 가리킨다. "나의 몸은 수척하고 왜소하여 문약에 어울린다." 평화주의자이다. 이상은 "몸"을 프랑스어로 ORGANE라고 표기하였다. 그냥 "몸"이라고 해도 될 것을 그렇게까지 프랑스어로 못박아 둔 것은 이 단어에서 한 글자만 옮기면 ORGANE→ORANGE가 된 다. 오렌지는 일찍이 시 「BOITEUX·BOITEUSE」에 등장하였듯이 대포와 반대로 파장이 길고 평화를 의미하며 오렌지는 sodium의 스펙트럼이다. 여기서 평화는 만주사변(전쟁) 직전의 평화이다.

이상은 "DICTIONARIE"의 프랑스어 철자를 고의로 틀리게 썼 다. 그것은 강요당한 일본 문자를 뜻한다. 그래서 슬프다. "역사 책 비인 페이지"는 말살된 역사이다. "매장되어 가는 고고학"은 조 작된 유물이다. 일제는 조선말과 조선글 사용을 금하고 조선의 역 사에서 봉건제도가 없었다고 거짓 축소하여 일본사에 편입시켰으 며 조선의 유물을 엉터리로 해석하여 임나일본부설을 조작하였다. 그럼에도 "신성한 미소와 더불어 소규모하나마 이동되어가는 실과 같은 동화"라도 이어가지 않으면 안 된다고 절규한다. 그래서 우울 하다. "憂愁는 DICTIONAIRE와 같이 순백하다."

"진綠色납죽한蛇類"는 프리즘 스펙트럼의 녹색 파장이 춤추는 뱀(배암)이 되어 "無害롭게 수영한다."〈그림 2-15〉참조 그처럼 "유리(프리 즘)의 유동체(스펙트럼)는 무해롭다." 이 글을 러셀의 "나는 인간의 마 음을 알고 싶어 했다. 왜 별이 빛나는지 알고 싶었다. 유동체를 지 배하고 있는 피타고라스의 제곱을 이해하려고 애썼다."와 비교했 을 때 어느 글이 이해하기 쉬운가?

당시 월미도는 지금과 달리 인천과 다리 하나로 연결되어 있어 서 그것은 "半島도 아닌 어느 無名의 山岳을 島嶼와 같다." 이 반 도도 아니고 도서도 아닌 월미도에 스펙트럼이 "유동하며 그럼으

로써 경이와 신비와 또 불안까지 함께 뱉어놓는 바," 비 지나간 후
"투명한 공기는 북국과 같이 차기는 하다." 그래서 "양광을 보라."
해가 났던 것이다.

그 결과 "까마귀" 같이 시커멓던 비구름 방울들이 "금강석과 추
호도 다름없이" 빛을 반사하여 "흡사 공작과 같이 비상하여 비늘을
질서 없이 번득이는 半個의 천체"를 들어올려 "일몰 전에 빗보이
며" "자태를 교만함이 없이" 보이니(소유하니) 가히 "평민적인 윤곽
이다." "금강석" 다이아몬드는 프리즘 두 개를 합친 모습으로 무지
개를 상징하며 앞의 시의 문단을 가르는 데 사용하였다. "半個의
天體." 무지개다. 공작이 날개를 활짝 펴니 그 무늬가 얼마나 아름
다운가. "평민적 윤곽." 서양에서는 귀족의 피를 파란피blue blood라
고 불렀다. 무지개는 귀족의 파랑뿐만 아니라 7색의 모든 빛을 평
등하게 골고루 발하니 "평민적"이다.

무지개에 넋이 나가 숫자의 조합 세계를 잃어가고 세속의 수다
로 이야기꽃을 피우고 있다가 문득 정신을 차려보니 "두 다리를 구
부린 목각 羊"의 가만히 있는 모습이 무언가 귀를 기울이고 있는
듯하다. 이 글을 쓰던 1931년은 신미년 곧 양의 해이다. 그것은 평
화였다. 만주사변이 일어나기 전이다.

"수분이 없는 증기." 무지개다. 무지개는 근사하지만 조탕은 휴
업이다. 남국에 있어야 할 파초선의 비애. 그에 동조하여 분열하
여야 할 음의 원형음악처럼 날도 마르고 말라야 시원치 않을 일요
일 오후. 축음기의 음악이 원형음악이다. 원형음악의 휴지부. 음
악마저 휴업이다. 모든 것이 휴업이니 일요일의 무지개여, 일요일

의 비너스여, 너라도 춤을 추어라. 프리즘을 통해 스펙트럼으로 배암처럼 요동치거라. 그 다음 문장에 등장하는 '슬립퍼어'가 할 일이 있단다.

그 평화로운 식당도 휴업이다. 조탕의 건물은 검다. 그래서 검정 바탕에 백색으로 MENSTRUATION이라는 문패가 붙었다. 여자만 휴업하느냐. 식당도 생리 중이다. 밥 먹을 곳을 찾아서 여기저기 전화해보지만 만사 허사. 침대LIT에 놓는다. 담배를 태우려다가 담배야, 너도 휴업하려무나. 물고만 있다.

"마리아여, 마리아여, 피부가 새까만 마리아여." 조탕해수욕장은 실내해수욕장인데 그 검정 건물을 "검은 마리아"라고 불렀다. 이것은 에디슨이 자신의 영화촬영소를 검은 마리아Black Maria라고 부른 데에서 유래한다. 이상은 영화에 관심이 많았다. 두 건물이 규모만 다를 뿐 흡사하다.

"어디로 갔느냐." 모두가 휴업이다. "욕실수도꼭지에서 열탕(은하수)이 흘러나온다." 이제 은하수가 검은 하늘에 나타날 시간이다. "얼른 가서 어젯밤을 막으렴." "막는다"의 반대말은 "샌다"이다. 흐르는 은하수(수도꼭지의 열탕)가 "새서" 사라지기 전에 "막으렴." 슬립퍼어 박사가 관측하도록. 에디슨은 영화촬영을 위해서 검은 마리아의 지붕을 해가 나면 열었고 그렇지 않으면 막았다. 이제 이상은 해가 나지 않도록 밤이 가는 것을 막아야 한다. 어째서? 축음기(망원경의자)에서 은하수를 볼 수 있도록 슬립퍼어 박사를 "蓄音機위에 얹어놓아주려무나." 그가 "▽의 유희"를 관측해야 하지 않겠느냐.

무수한 비가 내린다. 늦은 점심을 먹는다. "만도린이 제 스스로 포장하니" 연주 끝. 음악 끝. 어느새 비가 그치고 물안개 같은 향선이 올라온다. 황혼이다. 삽짝 문을 밀고 나온다. 당시 조탕 주변에 작은 별채가 많았고 별채마다 삽짝 문이 있었다. 무지개도 끝. 지붕 위에 앉아 있는 수탉 모양의 풍향계야, 저녁바람에 "미미하게" 잉잉 소리를 내라(울어다오.) 미미하게 우는 수탉은 풍향계 닭뿐이다. 울어야 할 시간은 아니나 태양의 휴업으로 하늘도 어두우니 새벽이라고 생각하고 울어다오. 임검하는 일본순사가 오기 전에. 일장기(태양)를 내걸지 않은 것(이유도 없이 사보타아지를 자행하고 있다는 것)은 비가 왔다는 변명이라야 한다.(전연 사건 이외의 일이 아니면 아니 된다.)

양의 해 다음으로 원숭이의 해가 기다리고 닭의 해는 그 다음이다. 일본인을 원숭이라고 몰래 부르던 시절. 양 모양의 목각이 두 발을 모으고 수탉 모양의 풍향계의 소리를 기다린다. "시계가뻐꾹기처럼뻐꾹거리길래쳐다보니목각뻐꾸기하나가와서모으로앉는다 그럼저게울었을리도없고제법울까싶지도못하고그럼아까운뻐꾸기 는날아갔나."[34] 진짜 뻐꾸기를 이상은 正式이라고 불렀다.[35] 목조 뻐꾸기는 正式이 아닌 가짜다. 마찬가지로 풍향계 닭도 가짜다.

이상에게 실제가 아닌 모형인 목각 양, 풍향계 닭, 목각 뻐꾸기, 지구의, 잡지 망원경, 잡지 프리즘, 잡지 스펙트럼, 종이 배암, 압정에 꽂힌 태양 등 모두가 가짜라는 비밀을 간직하고 있다. 자신을 포함하여 모두가 진짜가 아닌 모조다. 가짜다. 망국의 조선도 가짜 국가다. 설문 1 : 가짜가 가져오는 결과란? 좀 기다려야 한다.

---

34)「正式」.
35)「正式」.

16. KL23. AU MAGASIN DE NOUVEAUTES

출처: 建築無限六面角體　　　　　　　　　　조선과건축 1932. 7.

四角形의內部의四角形의內部의四角形의內部의四角形의內部의四角形

四角이난圓運動의四角이난圓運動의四角이 난 圓.

비누가通過하는血管의비눗내를透視하는사람.

地球를模型으로만들어진地球儀를模型으로만들어진地球.

去勢된襪子. (그女人의이름은워어즈였다)

貧血緬袍, 당신의얼굴빛깔도참새다리같습네다.

平行四邊形對角線方向을推進하는莫大한重量.

마루세이유의봄을解纜한코티의香水의마지막東洋의가을

快晴의空中에鵬遊하는Z伯號. 蛔虫良藥이라고쓰여져있다.

屋上庭園. 猿猴를흉내내이고있는마드무아젤.

彎曲된直線을直線으로疾走하는落體公式.

時計文字板에XII에내리워진二個의浸水된黃昏.

도아-의內部의도아-의內部의鳥籠의內部의카나리야의內部의嵌殺門戶의內部의人事.

食堂의門깐에方今到達한雌雄과같은朋友가헤여진다.

검정잉크가엎질러진角雪湯이三輪車에積荷된다.

名啣을짓밟는軍用長靴. 街衢를疾驅하 는 造 花 金 蓮.

위에서내려오고밑에서올라가고위에서내려오고밑에서올라간사람은밑에서올라가지아니한위에서내려오지아니한밑에서올라가지아니한위에서내려오지아니한사람.

저여자의下半은남자의上半에恰似하다. (나는愛隣한邂逅에愛隣
하는나).

四角이난케-스가걷기시작이다. (소름끼치는일이다)

라지에-타의近傍에서昇天하는꿋빠이.

바깥은雨中. 發光魚類의群集移動.

[해독] 앞에서 우리는 이상이 우주를 "사각형" 또는 "삼심원"으
로 표현하는 것을 보았다.〈그림 2-9〉참조 이 모습을 입체적으로 확장하
면 〈그림 2-31〉처럼 표현할 수 있다. 그림이 가리키는 그대로 사
각의 연속이다. 팽창하는 우주는 사각의 연속이 팽창할 것이다. 첫
째 사각은 달, 둘째 사각은 해와 달, 셋째 사각은 태양계, 넷째 사
각은 은하수, 그 다음은 은하계 등등. 각 사각형 하늘에서 별들이
"원운동"을 한다.

시간을 알기 위해 시계를 만들고 지리를 알려고 지도도 만든다.
그러나 시계가 시간은 아니듯이 지도가 지리는 아니다. 그럼에도
우리는 시계를 보고 시간을 알고 지도를 보고 지리를 안다. 마찬가
지로 지구의를 보고 지구를 안다. 그러니 "지구의를 모형으로 만들
어진 지구"인 셈이다. 시계, 지도, 지구의는 모두 가짜다.

사각하늘의 그림을 보면 사각형이 무한히 "건축"될 수 있음을
알 수 있다. 정12면체의 한 면은 5각형이다. 이것을 5각12면체라고
부른다. 그렇다면 "육면각체"란 일단 6면의 각진 물체인데 이것은

4각6면체이다. 〈그림 2-31〉의 수많은 사각하늘을 연결하면 "건축
무한육면각체"가 형성된다. 이상이 본 팽창하는 우주는 "건축무한
육면각체"다. 곧 사각 하늘=건축무한육면각체=건축무한사각육면
체이다. 이상은 우주가 팽창한다는 사실을 알고 있었다.

〈그림 2-31〉 건축무한육면각체

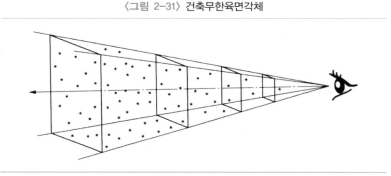

출처: 中村士·岡村定矩, 『宇宙觀5000年史』, 121쪽.

"거세된 양말." 이상의 육필원고는 "襪子"이다. 버선이다. 무엇
을 가리킬까. 이상은 괄호 속에 (그여인의이름은워어즈였다)라고
단서를 숨겼다. 이상의 육필 일어 원문은 ワアズ인데 이것은 "와아
즈"로 읽어야 한다. 그러나 우리가 자바JAVA라고 읽는 것을 일인들
이 자와ジャワ라고 표기하듯이 우리는 ワアズ를 와아즈 대신 "바아
즈"라고 읽을 수 있다. 이것은 두 사람의 이름이다. 월터 바데(Walter
Baade)와 프리츠 즈비키(Fritz Zwicky)이다. Walter Baade And Fritz
Zwicky에서 두문자를 따면 와아즈WAZ이다. 또는 바아즈BAZ. 이 두
사람이 1931년 처음으로 초신성이라는 말을 만들어냈다.

그런데 이들은 여인이 아니다. 그러므로 여인의 의미를 알아야
한다. 앞서도 초신성을 S玉양이라고 부르니 "그여인"이다. 여기서
"襪子"는 대폭발로 "거세되어" 초신성이 된 별을 말한다. 이것이
"거세된 말자"의 정체이다. 이런 의미에서 여인은 글자 그대로 여
성을 뜻하지 않는다. 따라서 괄호 속의 (그여인의이름은ワアズ였
다)는 "초신성의 이름 함은 바아즈에 의하였다."라고 읽어야 한다.

〈그림 2-32〉 천체망원경	〈그림 2-33〉 유성소나기

출처: *Edwin Hubble Papers*, Huntington Library. 〈그림 2-32〉
　　　中村士·岡村定矩, 『宇宙觀5000年史』, 東京: 東京大學出版會, 2012. 〈그림 2-33〉

버선은 희다. 거세된 말자=거세된 흰 버선=거세된 초신성=쪼
그라든 별. 모든 외피가 거세되어 쪼그라든 별은 초신성의 휘황한

빛을 모두 잃고 창백한 빈혈상태이다. "연필처럼 야위어가는것 - 피가 지나가지 않는 혈관."[36] 그 굵기가 너무 가늘어서 피가 흐르지 않는 "참새다리"처럼 당신 얼굴도 창백하다. 이 빈혈의 여자가 드리우는 빛이 "빈혈면포"이다. 쪼그라든 별의 보이지 않는 빛이다. 이 별들, 곧 은하수를 관측하는 "평행사변형 대각선 방향을 추진하는 육중한 체중"의 망원경과 그 지지대를 보라.〈그림 2-32〉 참조 그 망원경으로 보는 은하수, 우리말로 미리내를 "비눗내"라 표기하였다. 그 비눗내를 투시하는 사람은 천문학자이다.

천문대 밖은 맑은 가을 날씨. 하늘에는 비행선 제플린 백작호 Count Zeppelin Airship가 떠있다. 거기에 회충약 광고가 보인다. 비행선 (옥상정원)에서 노니는 아가씨들. 원숭이 차림이다. 이 시절 서구 복장을 흉내 내는 일본인들을 원숭이로 묘사한 일본만화가 많았다.

이상은 별안간 분위기를 바꾼다. "만곡된 직선을 직선으로 질주하는 낙체공식." 운동하는 비행체에서 물체를 떨어뜨리면 만곡선을 그리며 낙하한다. 이 낙체공식은 베루누이가 제기하여 뉴턴이 처음 풀었다. 여기서 낙체물은 "유성 소나기"를 가리킨다. 유성소나기가 낙하하는 모습은 우주에서 보면 평행한 직선들이지만 지구에서 보면 한 점에서 시작하여 사방으로 쏟아지는 만곡선으로 보인다.〈그림 2-33〉 참조 "만곡된 직선"이 그것이다. 철로는 평행하지만 마치 한 점에서 시작한 삼각형으로 보이는 이치다. 이상은 몇 가지

---

36) 「龜龕會豖」.

증거를 숨겨 놓았다.

첫째, 다른 한글 번역본에는 "시계문자판에XII에내리워진1개의
침수된황혼."이다. 이상의 육필 일어원고에는 "시계문자판에XII에
내리워진2개의침수된황혼"이다. 육필원문을 따라서 문자판의 XII
에 두 개의 바늘이 있으니 그건 낮 12시이다. 그런데 황혼이다. 하
늘이 어두운 것이다. 그래서 시인은 이 글의 마지막에 "우중"이라
고 밝혔다. 두 가지 경우를 생각할 수 있다. 하나는 글자 그대로
비가 오는 것이다. 다른 하나는 "유성소나기"이다. 소나기도 비이
니 시적 표현으로 우중은 "우중"이다. 맑은 하늘에 별안간 유성소
나기가 쏟아진 것이다.

둘째, 본문의 "검정잉크가엎질러진각설탕이삼륜차에적하된다."
이상의 육필일어원문이다. 유성소나기가 쏟아지면 설탕 크기의 검
댕이가 하늘에서 내려와 쌓인다. 유성의 잔재이다. 그것을 "검정
설탕"이라고 표현하였다.

셋째, 제목 AU MAGASIN NOUVEAUTES의 의미는 새 상점
novelty store이다. 그러나 프랑스어의 magasin은 화약고라는 의미도
갖고 있다.[37] 신종 화약고 즉 유성소나기가 만들어내는 불꽃놀이
같은 모습이다. 하늘에서 새로운 형태의 화약고가 터진 것이다.

넷째, "마르세이유의봄을해람한코티의향수의마지막동양의가
을." 프랑스에서 유성소나기가 관측된 것은 1803년이고 대략 매 33

---

37) 연세대학교 불어불문학과 임재호 교수의 자문을 받았다. 오해가 있다면 나의 잘못
   이다.

년마다 유성소나기가 내렸다. 1918년 동경대학 천문학자 히라야마 (平山淸次 1874-1943)가 이를 해명하여 일본 언론이 대서특필하였다. 이상은 마르세이유의 유성소나기의 잔재를 설탕 대신 코티향수로 표현하였고 시간이 지나(봄→가을) 그것이 최종적으로 동양 일본에 와서 해명되었다고 해설한다.

다섯째, 이상이 이 시를 쓰기 1년 전. 1930년 6월에는 일본 교토 천문대에서 유성소나기를 관측하였다. 유성소나기가 일본에 쏟아 졌다. 지구 곳곳에서 관측되었지만 교토 천문대가 가장 성공적이 었다. 1년 뒤 1931년에는 영국에서 관측되었다.

유성소나기로 비행선에서 소동이 일어났다. 비행선 "내부의 문" 안의 모든 것들의 혼란. "조롱에 갇힌 카나리야"도 야단이다. 조롱 에 갇힌 카나리야나 비행선에 갇힌 탑승객이나 똑같은 운명. 비행 선이 새장이 되었다. 식당에서 방금 만난 자웅 같은 친구도 허겁지 겁 헤어진다. 위험한 지경에 경찰이 동원되어 그 군용장화가 사람 들을 내쫓는다. "명함을 짓밟는 군용장화"이다. 그 어깨에 붙은 "조 화 금 련"의 계급장과 단추. "금단추를 단 순사가 여기저기서 들창 을 닫는 소리가 납니다."[38] "위에서 내려오고 아래에서 올라가고" 반복되는 아비규환이다. "저 여자의 하반은 남자의 상반에 흡사하 다." 하반 △의 여자와 상반 ▽의 남자가 포개지니 이런 식의 해후는 참으로 딱하다. "애린하다." 서로 포개져서 △+▽=◻의 "케-스"가 되어 황급히 빠져나간다. 정말 "소름끼치는 일이다." 그러나 얼마

---

38) 「슬픈이야기」.

못가서 라지에타의 수증기처럼 하늘로 승천한다. 밝은 유성소나기.
발광어류들(자동차 전조등)도 혼란스러워 우왕좌왕이다. 유성소나기처
럼 마구 퍼부어대는 이상의 익살이다.

17. KL24. 線에關한覺書 4 (未定稿)

출처 : 三次角設計圖 1931. 9. 12.　　　　　　　　　조선과건축 1931. 10.

　彈丸이一圓壔를疾走했다 (彈丸이一直線으로疾走했다에있어서
의誤謬等의修正)
　正六雪湯 (角雪湯을稱함)
　瀑筒의海綿質塡充 (瀑布의文學的解說)

[해독] 이것은 완성되지 않은 시이다. 그러나 몇 개의 단어만으
로 이상의 의도를 짐작할 수 있다. 이것도 유성소나기에 관한 것이
라고 추측된다. 유성소나기가 "폭포" 위에 쏟아졌다. 이상은 1833
년 11월 북아메리카에서 사자자리 유성소나기가 폭포 위에 떨어지
는 그림을 보았음에 틀림없다. 앞서 보았듯이 "각설탕"은 유성의
검은 잔재다. 유성은 어떤 혜성의 궤도가 지구의 궤도와 교차할 때
발생하는데 본문의 탄환이 혜성을 지칭한다고 여겨진다. 유성체의
흐름은 모혜성의 공전궤도를 중심으로 원통형으로 분포되어 있다.
이것을 이상은 원도圓壔를 질주했다라고 표현했다. 앞서 「광녀의
고백」에서 "푸른 불꽃 彈丸이 벌거숭이인 채 달리고 있다."라는 표

현으로 미루어보면 탄환 같은 혜성이 일직선으로 질주하다 지구의 궤도와 교차하는 일이 발생한 것을 묘사한 것이다.

지금까지 이상은 우리에게 우주, 스펙트럼, 태양, 은하수, 은하, 초신성, 백색왜성, 유성을 차례로 보여주었다. 이것들을 보기 위하여 이상은 천체망원경에서 출발하여 프리즘을 거쳤다. 이들은 모두 자연현상이다. 자연현상의 "가역반응"을 인문현상에도 적용할 수 있을까? 다음 시가 그것을 답하고 있다.

18. KL25. 線에關한覺書 2

출처 : 三次角設計圖 1931. 9. 11.　　　　　　조선과건축 1931. 10.

```
1+3
3+1
3+1     1+3
1+3     3+1
1+3     3+1
3+1     1+3
3+1
1+3

線上의一點 A
線上의一點 B
```

線上의一點 C

A+B+C=A
A+B+C=B
A+B+C=C

二線의交點 A
三線의交點 B
數線의交點 C

3+1
1+3
1+3   3+1
3+1   1+3
3+1   1+3
1+3   3+1
1+3
3+1

(太陽光線은, 凸렌즈때문에收斂光線이되어一點에있어서爀爀히
빛나고爀爀히불탔다, 太初의僥倖은무엇보다도大氣의層과層이이
루는層으로하여금凸렌즈되게하지아니하였던것에있다는것을生覺
하니樂이된다, 幾何學은凸렌즈와같은불장난은아닐른지, 유우크
리트는死亡해버린오늘유우크리트의焦點은到處에있어서人文의腦

髓를마른풀과같이燒却하는收斂作用을羅列하는것에依하여最大의
收斂作用을재촉하는危險을재촉한다, 사람은絕望하라, 사람은誕生
하라, 사람은誕生하라, 사람은絕望하라)

[해독] 이 시는 자연현상과 인문현상의 대비를 말하고 있다. 그
중심에 볼록렌즈가 있다. 본문을 세 부분으로 나누자. (가)부분은
"數線의 交點 C"까지이다. (나)부분은 그 아래 12개의 덧셈 행렬이
다. 나머지 괄호가 (다)부분이다. 이상은 해독의 단서를 (다)부분
의 괄호 속에 볼록렌즈凸의 해설로 제시하였다. 볼록렌즈凸의 역
할은 수렴에 있다. 괄호 속의 문장은 자연의 수렴현상을 인문세계
에 적용하지 말라는 경고이다. 그 이유를 들어본다.

본문 중간에 세 개의 연립방정식이 등장한다. 미지수가 세 개이
다. 풀어보면 A=B=C=0이다. 그러나 그 바로 밑에 A, B, C의 차원
이 각각 다름을 보여준다. 곧 차원이 다른 벡터vector들이다. 따라
서 연립방정식으로 풀 수 없다. 다른 의미를 갖는다는 뜻이다.

먼저 (가)부분의 12개의 1+3 또는 3+1을 해독한다. 이 덧셈에
등호가 없다는 점이 단서가 된다. 앞서 이상은 삼각형△이 애인이
라고 선언하였다. 그리고 이 시는 「광선에 관한 각서」의 연작 가운
데 하나인 만큼 지금까지 해독한 그 연작의 내용으로 미루어 보아
이 시의 중심에도 프리즘△이 감추어져 있다고 유추할 수 있다. 수
학자 오일러에 의하면 "입체"의 도형에는 〈면의 수+꼭지점의 수=
변의 수+2〉의 공식이 성립한다. 삼각형△의 면수는 1이고 꼭지점

수는 3이다. 따라서 본문의 1+3은 삼각형△을 의미한다. 즉 1+3=
△이다. 이것은 파슨스 망원경의 반사경이 수평을 유지하도록 반
사경 밑을 받치는 36개의 삼각받침△을 가리키기도 한다.[참고문헌
영문 18를 참조] 그런데 이상의 육필원고에는 모든 덧셈을 가로 대신
세로로 표현하였다.

```
1       3
+       +
3       1
```

따라서 다음이 성립한다.

```
1       3
+       +
3       1
‖       ‖
△       ▽
```

이상은 덧셈 행렬에서 그러한 삼각형을 2단으로 12개나 늘어놓
았다. 파슨스 망원경에는 3단으로 36개이다.[이 책의 속속편을 참조]
그러나 입체가 아닌 "평면"의 삼각형△에서는 오일러의 공식이
성립하지 않는다. 즉 $1+3 \neq 3+2$이다. 이것이 이상이 본문에서 등
호를 생략한 이유이며 1+3이 삼각형△을 의미한다는 증거이다. 구
태여 등호를 부여하고 싶다면 1+3=△이고 3+1=▽이다. 아마 이
렇게 말하고 싶으리라.

나의 애인은 △=1+3이다.

다시 말하면 이상은 자신이 좋아하는 △을 세모나 삼각형이라

는 문자 대신 숫자를 이용하여 1+3이나 3+1로 새롭게 표현한 것이다. 삼각형을 수로 멋지게 표현하였다. 앞서 ▽=BOITEUX와 △=BOITEUSE의 표현보다 더 멋지다. 지금까지 해독한 이상의 모든 시의 중심에는 프리즘이 있었는데 이것이 시각적인 △으로 표현되더니 마침내 수의 본질인 형식어로써 1+3에 이르렀다. 이 발상이 한 걸음 더 나아가면 뒤에 소개되는 괴델의 수인 형식어로 발전할 수 있다. 육필원고를 따라서 세로의 덧셈으로부터 12개의 삼각형의 배열은 다음과 같다.

△ ▽ ▽ △ △ ▽ ▽ △
△ ▽ ▽ △

수학자 프리게(G. Frege 1848–1925)는 당연하다고 여겼던 덧셈의 교환법칙 a+b=b+a를 근본적으로 점검하였다. 이상도 점검한다. 반복하여 점검한다. 또 점검. 삼각형을 12번이나 점검하였다. 교환법칙처럼 하나 걸러 위아래가 바뀐 것이 주목된다. 왜 12번인가?

하나의 삼각형△에서는 빛이 수렴하지 않고 분산하지만 12개의 삼각형을 합쳐서 볼록하게 만들면 얘기가 달라진다. 서로 이웃한 2개의 삼각형△과 역삼각형▽을 합치면 사각형 ◪=△+▽이 된다. 12개의 삼각형이 하나 걸러 위아래가 바뀌었음은 이웃끼리 두 개씩 합칠 수 있음을 의미한다. 그러면 다음이 된다.

앞서 본 것처럼 사각형은 이상의 이름이다. 이처럼 첫 번째 덧셈 행렬이 만드는 12개의 삼각형으로부터 6개의 대칭적 사각형이 형성된다. 이 가운데 4개의 삼각형으로 만드는 2개의 대칭적 사각형을 아래에 배열하고 8개의 삼각형으로 만드는 4개의 대칭적 사각형을 위에 배열하면 하나의 볼록렌즈⌂를 만들 수 있다. 즉 하나의 볼록⌂을 만들려면 12개의 삼각형이 필요한 것이다.

이 볼록렌즈⌂가 그 아래 문자의 행에 가져다 대어있는 상태이므로 광선의 A, B, C가 한 점으로 수렴하여 초점의 위치에 따라서 A+B+C=A도 되고 B도 되고 C도 된다. 이것이 "太陽光線은 凸렌즈때문에收斂光線이되어一點에있어서爀爀히빛나고爀爀히불탔다."이다. 파슨스 망원경에서는 36개의 △ 위에 앉은 오목거울(반사경)이 광선을 수렴한다.〈그림 2-8〉참조. [이 책의 속속편도 참조]

1차원에서 3점이 모여 한 점, 2차원에서 두 직선이 모여도 한 점, 3차원에서 세 직선이 모여도 한 점, N차원에서 여러 직선이 모여도 한 점으로 수렴된다. 가장 유명한 예가 앞에서도 소개했지만 광속의 경우 C+C=C이다. 이처럼 자연에서는 여러 현상이 하나로 수렴된다. 객관이 가능하다. 이것을 이상은 시「線에關한覺書 5」에 단서를 남겼다. "하나(1)를아는자는셋(3)을아는것을하나를아는것의다음(2)으로하는것을그만두어라(≠).하나를아는것의다음(2)은하나의것(3각형)을아는것을(3변이)하는것을있게하라." 풀이하면 "평면"의 삼각형에서 1+3≠3+2(면의 수+꼭지점의 수≠변의 수+2)이다. 종합하면 자연에서는 하나면 족하다는 뜻이다.

인문세계에서는 다르다. 본문 (나)부분의 두 번째 덧셈 행렬에

도 12개 삼각형이 제시되었다. 그러나 첫 번째 덧셈행렬과 숫자의
순서가 바뀌었다. 즉 △=1+3은 ▽=3+1로 뒤집혔다. 논리학에서
어떤 진술이 참이다 또는 거짓이다를 표기할 때 T 또는 F를 사용한
다. 그러나 T 또는 L를 사용하기도 한다. 여기서 자연현상 △=1+3
을 뒤집어서 ▽=3+1의 인문현상으로 표현하였다. 인문현상과 자
연현상이 동전의 앞뒤임을 의미한다. 그러나 인문세계를 묘사한
(나)의 12개 삼각형에도 테두리를 두르면 볼록렌즈가 되기는 마찬
가지이지만 이것을 가져다 댈 대상, 가령 A, B, C가 그 아래 제시되
지 않았다. 그 대신 괄호 속의 기다란 한 문장이 기다린다. 그 가운
데 핵심은 "太初의僥倖은무엇보다도大氣의層과層이이루는層으로
하여금凸렌즈되게하지아니하였던것에있다는것을生覺하니樂이된
다."이다. 인문세계에서는 볼록렌즈가 되지 않은 것이 다행이라는
뜻이다. 그러면 12개 삼각형은 각기 독립된 프리즘△에 불과하다.
볼록렌즈와 달리 프리즘△은 빛을 모으는 것이 아니라 분산한다.
단순한 분산에 머물지 않고 색깔도 다르다. 인문세계에서 사람들
의 삶이 각양각색으로 다름을 나타낸다. 인문세계에서는 사람마다
다른 진법(인생)을 갖고 기본(판단기준)도 다르므로 결과도 다르다.

$$3+1=11$$
$$3+1=10$$

첫째는 3진법이고 둘째는 4진법이다. 과연 사용하는 진법마다
답이 다르다. 인문세계는 수렴이 되지 않아 객관화가 아니 된다.
이처럼 (가)부분의 덧셈순서를 (나)부분이 거꾸로 뒤집어놓은

것은 인문현상이 자연현상과 다름을 뜻한다. 여기서 이상이 하고
싶은 말이 있다.

> 인문현상은 자연현상과 다르다.
> 인문현상은 자연현상을 뒤집어 놓은 것이다.
> 인문현상과 자연현상은 동전의 앞뒤이다.

두 현상이 다른 이유는 자연은 절망을 하지 않기 때문이다. 사
람만 절망할 수 있다. 그리고 절망에서 부활할 수 있다. 이것이
자연현상과 인문현상의 차이점이다. 그러므로 "사람은 絕望하라,
사람은 誕生하라, 사람은 誕生하라, 사람은 絕望하라." 이상의 주문
이다.

이상은 인문현상이 자연현상과 다르므로 "숫자를 버리라"고 말
한다. 나아가서 자연현상도 수 대신 시로 옮길 수 있음을 보인다.
그러나 아무리 삼각형△을 숫자 1+3으로 새롭게 표시할 수 있다
하여도 "幾何學은凸렌즈와같은불장난은아닐른지, 유우크리트는死
亡해버린오늘유우크리트의촛점은到處에있어서人文의腦髓를마른
풀과같이燒却하는收斂作用을羅列하는것에의하여最大의收斂作用
울재촉하는危險을재촉한다." 인문현상에서 수를 버리라는 이유가
설명된다. 자연현상이 凸현상이라면 인문현상은 △ 또는 凹 현상
이다. 수렴이 아니라 확산하는 현상이다. 프리즘을 상징하는 삼각
형으로 자연현상과 인문현상을 시로 전용한 이상은 거울의 세계로
넘어간다. 프리즘과 거울은 함께 천체망원경을 구성한다.

19. KL26. 遺稿 2 (전반부 생략)

출처 : 遺稿集   현대문학 1960. 11.

玩具店의 二層에서 그는 太陽에 探照되고 있었다. 生活을 拒絕하는 意味에서 그는 蓄音機의 레코오드를 거꾸로 틀었다.

樂譜가 거꾸로 演奏되었다.

그는 언제인가 이 일을 어느 늙은 樂聖한테 書信으로써 보낸 일이 있다.

「한번 만나고 싶다」는 回答을 받고 그는 二十三歲의 飄飄한 姿態를 그 늙은 樂聖의 秘室에 나타냈다.

樂聖은 한 臺의 地球儀를 그에게 보이었다. 그것은 그가 日常, 玩具店의 二層에서 愛賞하여 마지 않는 것이었다.

「君의 애트라스를 찾아보게」 하는 말을 듣고 그는 조용히 그 地球儀를 調査하기 시작하였다.

五大洲의 大陸에서 最小의 珊瑚礁에 이르기까지 陸地라는 陸地는 모두 꺼멓게 칠해져 있었다. 그리고 다만 文字라고는 물이 된 부분에 「거꾸로 改錄된 樂譜의 世界」라고 씌어져 있을 뿐이었다.

「저한테 地上에 살 수 있는 場所, 資格이 없다고라도 말하시는 것인가요」

樂聖은 그저 默然히 그를 다음의 秘室로 引導하였다.

거기에서 樂聖은 둘째 손가락으로 天井을 가리키었다.

天井은 거울로 하나 가득 끼어져 있었다. 樂聖과 그, 두 사람의 거꾸로 나타난 立像이 어둠침침하게 비치어져 있었다.

그는 愕然해져서 아껴야 할 곳을 알지 못하였다.

그리하여 樂聖은 또한 마룻장을 가리키었다. 거기에도 거울은 마루 온 面에 깔려 있었다. 거기에도 두 사람의 立像은 아까와는 다른 逆立한 姿勢로 비치어져 있었다.

樂聖은 잠시동안 그를 바라보고 있었다. 그리고 나서 천천히 前方壁面을 向해서 걸어 갔다. 그리고는 壁을 덮고 있는 커어튼을 젖혔다. 거기에도 한 점의 흠점조차 없는 淸凉한 거울이 단단히 끼어져 있었다.

그는 樂聖의 앞에서 창백하게 입술을 떨고 있는 거울 속의 그 자신의 姿態를 들여다보고 있었지만, 곧 昏倒해서 樂聖 앞에 쓸어졌다.

「나의 秘密을 언감생심히 그대는 漏泄하였도다. 罪는 무겁다, 내 그대의 右를 빼앗고 終生의 『左』를 賦役하니 그리 알지어라」

樂聖의 充血된 叱咤는 氷結한 그의 조그마한 心臟에 수없는 龜裂을 가게 하였다.

[해독] 이 시의 전반부는 쉬워서 생략했다. 이 시의 내용을 해독하는데 어려움은 없을 것이다. 이 시의 분위기에서 당시 인기 통속 소설가 에도가와 란포江戶川亂步의 소설 「거울지옥鏡地獄」이 연상된다. 그러나 이 시가 전하고자 하는 취지는 다르다.

본문은 이상이 세상에 역행하는 모습을 그리고 있다. 그는 남이 보지 않는 것을 보려 한다. 프리즘으로 7색을 파헤치고 나아가서 눈에 보이지 않는 제8영역까지 분해한다. 지구도 모자라 달, 해, 태양계, 은하, 은하계, 성운, 초신성, 유성, 우주 전체를 알려 한 다. 자연현상뿐만 아니라 인문현상도 캐려 한다. 인문현상을 자연 현상으로부터 이해하기 위하여 그는 자연현상을 뒤집었다. 마치 동전의 앞뒤를 뒤집는 것처럼. 그 표현수단이 프리즘을 상징하는 삼각형△과 역삼각형▽이었다. 이런 행동을 통해서 그가 찾고자 하 는 것은 자연현상과 인문현상 사이에 올바른 가역반응이다. 인문 세계를 설명할 수 있는 시적 변용이다.

이것도 모자라 이상은 이 세계를 거꾸로 보고자 한다. 그는 어 릴 때 천자문을 배웠는데 거꾸로도 외웠다고 한다. 자연현상도 거 꾸로 배열하여 인문현상으로 상징한 것처럼 음악도 거꾸로 듣고자 한다. 그 수단이 거울이다. 프리즘에서 거울로 넘어간 것이다.

남겨진 사진을 보면 이상은 오른손잡이다.[39] 그 손으로 시도 읊 고 산문도 쓰며 그림도 그린다. 군사훈련의 집총도 오른손이다. 본 문에서 세상은 비밀을 파헤치고 누설한 죄로 그에게서 창작의 오 른손을 빼앗고 왼손만 남겨주었다. 오른손잡이가 거울을 보면 왼 손잡이다. "거울속의나는왼손잡이오." 시 「거울」의 한 소절이다. 세상은 이상을 거울에 유폐시키려는 것이다. 그가 있을 곳은 「거꾸 로 개조된 악보의 세계」이다. 죄목은 "천기누설"이다.

천문학에서 슬립퍼어와 경쟁도 아니 되고 바르게 음악을 들을 수 있는 세계마저 박탈당하였다. 그만 시를 써라. 세상이 명령한

---

39) 寧仁文學館, 「2010 李箱의 房 −육필원고 사진展−」, 73쪽.

다. 그는 혼절하였고 심장은 쪼개졌다. 그에게 남은 일은 금홍이와
장난하는 일뿐이다. "외로된 사업"의 세계이다. 금홍이로 말하자면
"3년이나 같이 살아온 이 사람은 그저 세계에서 제일 게으른 사람
이라는 것밖에 모르고 그만 둔 모양이다."[40] 가까운 사람도 이상을
알아보지 못한다. 옆집 공자 몰라보는 격이다.

그러나 이 시도 다른 의미를 숨기고 있다. 이상을 유폐시키려는
왼쪽 세계의 거울은 하나가 아니다. 천정, 바닥, 벽 모두가 거울로
가득 찬 거꾸로 된 무한대 세계다. 이상은 거꾸로 된 세계를 암시
한다. 거울의 방에 들어가 본 사람은 이것이 무슨 말인지 안다. 그
무한대의 거울 세계에서 비추는 상은 왼쪽에서 오른쪽으로 다시
왼쪽으로 반복하여 돌아온다. 장자의 호접몽처럼 "꿈에도 생시를
꿈꾸었고 생시에는 꿈을 꿈꾸고."[41] 그래서 자신이 나비인지 나비
가 자신인지 모르는 경지. 좌우뿐만 아니라 상하도 반복하여 바뀌
는 거울까지 합세하면 초한대의 세계이다. 이상에게 잃어버린 오
른손을 되찾을 날이 올까. 그는 "새 길"을 찾아서 동경으로 떠났다.

설문 2 : 그보다 이상이 탐구하는 무한대의 세계는 어떤 것인
가? 앞서 설문 1의 가짜의 세계의 결과에 대해서도 답을 뒤로 미루
었다. 이상은 가짜와 무한대 세계에 대하여 우리를 시적으로 안내
할 것이다. 이를 위하여 이상은 우리에게 몇 가지 사전 준비를 요
구한다.

---

40)「藥水」.
41)「龜龍會豕」.

시와 수

1. KL27. 線에關한覺書 6

출처 : 三次角設計圖 1931. 9. 12.   조선과건축 1931. 10.

4 ㅓ ㅗ ㅜ   數字의方位學

數字의力學

時間性(通俗思考에依한歷史性)

速度와座標와速度

ㅗ + ㅓ

ㅓ + ㅗ

4 + ㅜ

ㅜ + 4

etc

　　사람은靜力學의現象하지아니하는것과同一하는것의永遠한假說
이다, 사람은사람의客觀을버리라.

　　主觀의體系의收斂과收斂에의한凹렌즈.

　　4 第四世

4 一千九百三十一年九月十二日生.

4 陽子核으로서의陽子와陽子와의聯想과選擇.

原子構造로서의一切의運算의硏究.

方位와構造式과質量으로서의數字의性態性質에依한解答과解答의分類.

數字를代數的인것으로하는것에서數字를數字적인것으로하는것에서數字를數字인것으로하는것에서數字를數字인것으로하는것에(1234567890의疾患의究明과詩的인情緖의棄却處)

(數字의一切의性態 數字의一切의性質 이것들에의한數字의語尾의活用에依한數字의消滅)

數式은光線보다光線보다도빠르게달아나는사람과에의하여運算될것.

사람은 – 天體 – 별때문에犧牲을아끼는것은無意味함, 별과별과의引力圈과引力圈과의相殺에依한加速函數의變化의調査를僞善作成할것.

[해독] 이 시에서 이상은 자신이 왜 과학현상 특히 천문현상과 수학을 시로 쓰게 되었는지 그 이유를 밝히고 있다. 과학시대에 과학과 수학은 대단히 중요하다. 이상도 그것을 강조한다. 본문의 마지막이 그것을 강조한다. "사람은 – 天體 – 별때문에犧牲을아끼는것은無意味함, 별과별과의引力圈과引力圈과의相殺에依한加速函數의變化의調査를僞善作成할것." 그러나 이것을 소재로 시를 쓴

사람이 없다. 그것은 두 가지 이유이다.

첫째, 문인들이 과학과 수학에 대하여 무지하다. 둘째, 과학과 수학에 대하여 안다고 하여도 그것을 시로 옮길 만한 인문학적 능력이 없다. 아마 지금도 이 사정은 마찬가지일 것이다. 다행히 이상은 이 두 가지 재능을 갖고 있었다. 그것이 단적으로 드러난 것이 제1장 제1절에서도 약술했지만 이 시에 중간에 이상이 요약한 세 단계 수학사다.

  1. 숫자를 대수적인 것으로 하는 것
  2. 숫자를 숫자적인 것으로 하는 것
  3. 숫자를 숫자인 것으로 하는 것

이것의 의미를 설명함이 없이 여기에 추가하여 이상은 자신의 위치를 개척하려고 한다.

  4. 숫자를 숫자인 것으로 하는 것에
   (1234567890의질환의구명과시적인정서의기각처).
   (숫자의 일체의 성태 숫자의 일체의 성질 이것들에 의한 숫
   자의 어미의 활용에 의한 숫자의 소멸)

다시 말하면 3번의 "숫자를 숫자인 것으로 하는 것"에 무언가 더하려는 것이 4번의 이상의 시와 수이다. 과연 무엇을 추가하려는 것일까. 이것이 절망 속에서 그가 희망을 갖는 이유이다. 숨겨진 열쇠는 괄호 속의 문장인 "숫자의 어미의 활용에 의한 숫자의 소

멸"의 해독이다.

"숫자를 대수적인 것으로 하는 것." 고대에 유클리드의 『원리 Elements』는 몇 개의 정의, 공리, 공준을 기반으로 거대한 수학의 체계를 쌓았다. 이 가운데 제4권이 수의 성질을 연구한 것인데 이것이 대수로 발전하였다. 이것이 1번의 "숫자를 대수적인 것으로 하는 것"이다. 그러나 2천 년 동안 난공불락의 유클리드 기하학에서 공리 5를 의심하게 되면서 수학의 체계가 흔들리기 시작하였다. 하나의 직선 밖에 한 점을 통과하는 평행선이 하나밖에 없다는 공리에 대한 의심이다. 특히 무한대 개념이 발견되면서 이 의심이 깊어졌다. 기하학의 이 위기에 대하여 수학자 프리게가 수학의 체계를 다시 점검하고 확실한 토대 위에 수학을 세우는 방대한 작업을 하였다. 그는 당연하다고 생각되는 a+b=b+a 같은 덧셈의 교환법칙에 구애받지 않는 덧셈법칙을 공리에서 구하기 시작하였다. 그리고 숫자 4와 같은 개념도 당연하게 생각하지 않고 개별 숫자의 정의도 시도하였다. 숫자 4는 우주의 4대 힘, 열역학의 4법칙, 사각형의 4변, 동서남북의 4방위 등의 집합으로 보았다. 다시 말하면 숫자 4를 "4적인 것fourness", 이상의 표현을 빌리자면 2번의 "숫자를 숫자적인 것statements about four"으로 하는 것, 곧 집합개념으로 파악한 것이다.

그러나 이 시도는 러셀에 의해 무너졌다. 그는 집합이 집합의 집합a set of sets라는 모순 현상을 포함함을 지적했다. 러셀이 제시한 세빌리아의 이발사의 예가 유명하다. "스스로 수염을 깎지 않는 세빌리아 사람들의 수염은 세빌리아 이발사가 깎는다." 이 집합에 세빌리아 이발사 자신이 포함되어도 모순이고 제외되어도 모순이다. 뒤에서 설명할 것이다.

러셀은 화이트헤드와 함께 이 문제를 해결하기 위하여 방대한 『수학의 원리』를 썼다. 이것이 바로 2번에서 이상이 이해하기에 "숫자를 숫자적인 것으로 하는 것에 대하여"에 해당할 것이다. 그러나 그들도 20년 만에 괴델에 의하여 무참히 무너졌다. 괴델은 이상의 표현대로 "숫자를 숫자로 하는 것"으로 자신의 정리를 증명하였다. 이것이 3번에서 형식을 강조한 구문론이다. 뒤에서 설명할 것이다.

본문으로 돌아가자. 방금 예에서 본 것처럼 숫자 4는 방위에 쓰인다. 곧 N↚S과 W↛E 등이다. 따라서 첫째 줄의 4자 행行은 북동서남 곧 NEWS를 가리킨다. 방위에서 소식까지 숫자가 이용될 수 있음을 보인다. 곧 "숫자적인 것"이다. 이어서 두 번째와 세 번째의 4자 행은 동서의 방위로서 앞서 보았듯이 시간의 흐름을 상징하고, 네 번째와 다섯 번째 4의 행은 남북의 방위로서 역시 앞서 보았듯이 시간의 멈춤을 상징한다. 숫자는 역학dynamics에도 쓰이니 곧 시간에 관한 것이다. 그것은 곧 운동의 법칙을 의미한다. 뉴턴의 운동법칙은 우주의 모든 현상을 설명한다. 여기에 속도와 좌표가 결정되니 4차원의 세계가 "숫자적인 것"으로 설명된다. 모두 객관적으로 설명되는 것처럼 보인다. 주관이 틈입할 여지가 없다.

그러나 사람 세계에 오면 이야기는 더 복잡해진다. 여기서는 객관이라는 개념이 개재되기 어렵다. "사람은 사람의 客觀을 버려라." 그 이유는 사람은 역학으로 설명되지 않기 때문이다. 이것이 "사람은 靜力學의 現象하지 아니하는 것과 동일"하다는 "영원한 가설이다." 주관의 세계이다. 앞서 「線에關한覺書2」에서 1+3=△과

3+1=▽의 차이로 설명하였다. 참으로 수학으로 설명하기 어렵다. 사람 세계에서도 주관을 수렴할 수 있지만 "불완전하여" 그 수렴이 다시 확산된다. 이상에 의하면 수렴하는 볼록렌즈가 자연세계를 지배하고 확산하는 오목렌즈가 사람 세계를 지배한다. 사람 세계에서도 숫자는 사용된다. 가령 "제4세"라든가 또는 "생년월일"이라든가. 이러한 것이 자연에서 "원자에서 양자와 전자 사이의 관계" 등을 설명하는 것과 동일 수준이 될 수 있을까.

"수식은광선과광선보다빠르게달아나는사람과에의하여운산될 것." 번개 같은 생각이라는 표현이 있다. 이보다 더 빠른 생각. 그러한 생각이 광선보다 빠른 사람을 어떻게 숫자로 설명할 수 있겠는가. 그렇다고 천체를 연구하는 것에 인색해서는 안 된다. 그것은 그것대로 조사해야 한다. 그러나 그는 「遺稿 3」에서 "인간일 것. … 이것은 한정된 정수의 수학의 헐어빠진 습관을 0의 정수배의 역할로 중복하는 일이 아닐까?"라고 묻고 있다. 영에 정수배를 백 번 해보아야 결과는 항상 영이다. 그러한 헐어빠진 수학은 "인간적"이지 못하다. 그래서 이상은 "자기적自棄的으로 내가 발견한 모든 함수상수函數常數의 콤마 이하를 잘라 버렸다." 이상은 인본주의자다. 결국 이상이 자포자기의 심정을 극복하기 위해서 생각해 낸 것이 "콤마 이하를 자르는 일"인데 이것은 구체적으로 무슨 뜻인가. 조금 기다려야 한다.

여하튼 이상은 사람 세계에서 "숫자를 버리라"고 주문한다. 다시 말하면 형식의 언어인 수는 의미의 언어인 시를 담지 못한다. "숫자를 숫자적인 것"으로 하는 일을 그만두라는 뜻이다. "숫자적인 것"에는 인문현상도 포함되기 때문이다. 그 방법이 "1234567890의 숫자만 따지는 질병을 규명하고 그것을 시적인 정서로 피난 보내는" 작업이다. 그것은 "숫자의 일체의 성태, 성질 등에 대한 숫자의 어미를 점차 소멸"시키는 작업이다. 그것은 "숫자의 어미의 활용에 의한 숫자의 소멸"이다. 이것이 4번에서 이상의 시와 수의 내용이 된다. 여기서 콤마 이하, 숫자의 어미, 그 소멸, 그 작업이 무엇인지는 다음 시에서 밝혀진다.

2. KL28. 診斷 0:1

출처 : 建築無限六面角體	조선과건축 1932. 7.

어떤患者의容態에關한問題

```
1  2  3  4  5  6  7  8  9  0  ●
1  2  3  4  5  6  7  8  9  ●  0
1  2  3  4  5  6  7  8  ●  9  0
1  2  3  4  5  6  7  ●  8  9  0
1  2  3  4  5  6  ●  7  8  9  0
1  2  3  4  5  ●  6  7  8  9  0
1  2  3  4  ●  5  6  7  8  9  0
1  2  3  ●  4  5  6  7  8  9  0
1  2  ●  3  4  5  6  7  8  9  0
1  ●  2  3  4  5  6  7  8  9  0
●  1  2  3  4  5  6  7  8  9  0
```

診斷 0:1

26·10·1931
以上 責任醫師 李箱

[해독] 이 시가 앞의 시의 4번을 시로 형상화한 것이다. 여기서 눈에 띠는 것은 방점(●)으로 행을 구분한 점이다. 이 유명한 시는 두 본이다. 하나는 「건축무한육면각체」의 연작시의 하나인 「진단 0:1」이고 또 하나는 「오감도」 연작시의 하나인 「시제4호」다. 전자의 숫자는 바르고, 후자의 숫자는 뒤집혔다. 전자가 본문이다. 참고로 본문의 숫자의 합계는 495이다.

본문에서 "환자"는 자연현상뿐만 아니라 인문현상까지 숫자에 의존하는 세태이고 "용태"는 심각하다. 이것이 본문의 "1234567890의 疾患"인데 인문현상에서 그 용태는 더 심각하다. 그러나 진단이 떨어졌고 처방은 인문의 세계에서 "숫자의 어미의 활용에 의한 숫자의 소멸"의 작업을 방점(●)에게 맡긴다. 이것이 바로 이상이 주장하는 "내가 발견한 모든 함수상수의 콤마 이하를 잘라버렸다."의 의미이다. 이유는? 앞서 인용한 대로 "인간일 것. … 이것은 한정된 정수의 수학의 헐어빠진 습관을 0의 정수배의 역할로 중복하는 일이 아닐까?"이기 때문이다. 영에 정수배를 백 번 해보아야 결과는 항상 영이다. 보통 십진법의 숫자 순서는 0123456789이다. 그러나 본문은 1234567890을 강조한다. 마지막은 항상 0이라는 의미다. 그러한 "헐어빠진" 수학은 "인간적"이지 못하다. 그러므로 숫자를 버리고 "인간적일 것"을 주문한다. 이상은 인본주의자다.

　우주의 모든 수는 10개의 숫자로 설명된다. 10진법이다. 본문의 행렬에서 사용하는 숫자는 첫줄에서 10개 모두이다. 그 다음부터 이상의 표현대로 "숫자의 어미"가 한 단계씩 방점(●)으로 "잘려져" 남게 되는 숫자가 9개, 8개, 7개 등으로 감소하여 마침내 모두 "소멸"된다. 모든 수와 함수 자체가 사라진다. 수가 사라진 자리에 자연현상이 시적 변용으로 부활할 것이다. "사람은 숫자를 버리라." 이상의 요구다. 그런데 방점(●)은 콤마(,)가 아니다. 그러나 흔한 표현대로 "영 콤마 이하"의 콤마가 사실은 방점을 가리키므로 이것은 문제가 되지 않는다.

　이것이 바로 "1234567890의疾患의究明과詩的인情緒의棄却處"와 "숫자의一切의性態숫자의一切의性質이것들에의한숫자의어미의活用에의한숫자의消滅."이다. 이것이 "숫자疾患"을 규명할 수 있고 "詩的情緒"가 찾을 수 있는 유일한 피난처이다. 이상이 보기에 자연현상과 인문현상을 함께 표현할 수 있는 유일한 방법은 시적 변용인데 여기에서는 "숫자의 어미"를 소멸시키는 길뿐이다.

　이때 "숫자의 일체의 성태 숫자의 일체의 성질"은 숫자로 표현할 수 있는 대상까지 포함한다. 즉 "숫자적인 것"의 전부이다. 숫자는 원래 의미에서 출발하였지만 후에 형식만 남게 되었다. 의미론에서 구문론으로 변천하였다. 그러나 다시 집합론의 발전과 함께 의미론을 포함하여 앞서 보았듯이 4는 "4적인 것fourness"까지 헤아리게 되었다. 이것이 "숫자의성태와성질"인데 형식의 숫자에는 성

태와 성질이 없으므로 이것을 버리는 방법이 "숫자의 어미"를 절삭
하여 "숫자적인 것"은 "시적 정서의 피난처(기각처)"에서의 시적 변용
이라고 이상은 주장한다.

마지막에 "診斷 0:1." 두 개의 숫자만으로 충분하니 곧 2진법이
다. 애초에 이상이 말한 "두 종류의 존재"와도 일맥상통한다. 그가
2진법을 추구하는 이유를 친구에게 보내는 편지에 남겼다. "그렇
다고 그것은 한순간 후에는 무리한 수학차압이 되어 벗의 속도를
방해하지는 않는다. 다시 말하자면 「지상에는 일찍이 아무 일도 없
었다」고."[42] 내가 수학을 사용한다고 그대에게서 수학을 빼앗는
일은 없다. 수학을 시로 변용한다 하여도 수학 세계에는 아무 일도
일어나지 않을 테니 걱정하지 말라. 그러므로 벗이여! "하나의 수
학, 퍽으나 짧은 숫자가 그(이상)를 번민케 하는 일은 없을까?" 가장
짧은 것이 0과 1의 2진법이다.

이것이 이상의 야심이다. 수학사에서 유클리드의 수학부터 괴델
의 수학까지 점검한 후 숫자를 버리고 그 자리를 시로 채우라는 요
구다. 인문현상은 말할 것도 없고 자연현상도 숫자에 의존하지 않고
훌륭히 시의 대상이 될 수 있음을 보여준 것이다. 은하수를 노래한
시인은 많지만 가스 덩어리 초신성, 흑점, 게자리성운에서 영감을
받고 시로 표현한 시인이 일찍이 이상을 빼고 누가 있었던가.

그러나 이상은 이 숫자의 행렬과 "소수점 이하의 절삭"으로 충

---

42) 「얼마안되는辨解」.

분하지 않다고 생각했는지 동일한 내용을 거울에 투영하여 다시
발표하였다. 이번에는 「오감도」의 연작으로 옷을 갈아입었다. 자
연히 모든 숫자가 거꾸로 나타난다. 재미있는 것은 "이상 책임의사
이상"은 한글로 쓰면 뒤집어도 변함이 없다. 변형된 회문palindrome
이다. 「종생기」에서도 중간 중간을 "以上"이라고 삽입하고 마지막
도 "以上"으로 끝을 맺고 있다. 이상은 이렇게 익살스럽다. 그러나
다음에서 보듯이 익살을 넘어 심각하다.

4. KL29. 詩第四號

출처 : 烏瞰圖 1931. 10. 26.	조선중앙일보 1934. 7. 28.

患者의容態에關한問題

```
•  0  9  8  7  6  5  4  3  2  1  0
0  •  9  8  7  6  5  4  3  2  1  0
0  9  •  8  7  6  5  4  3  2  1  0
0  9  8  •  7  6  5  4  3  2  1  0
0  9  8  7  •  6  5  4  3  2  1  0
0  9  8  7  6  •  5  4  3  2  1  0
0  9  8  7  6  5  •  4  3  2  1  0
0  9  8  7  6  5  4  •  3  2  1  0
0  9  8  7  6  5  4  3  •  2  1  0
0  9  8  7  6  5  4  3  2  •  1  0
0  9  8  7  6  5  4  3  2  1  •
```

診斷 0·1

26·10·1931

　　　以上 責任醫師 李 箱

　[해독] 이것은 앞에서 제시한 원래의 숫자 행렬을 거울에 투영한 것이다. 좌우가 바뀌었다. 이상은 무슨 목적으로 원래행렬에 이어 투영행렬을 독립적으로 발표했을까. 숫자의 어미를 다시 살리기라도 하겠다는 의미일까. 죽었던 숫자가 방점(●)에 의해 차례로 뒤집혀서 살아난다. 살리는 목적은 무엇일까. 자연현상을 설명하려고? 특히 천체현상을 설명하려고? 이에 대한 설명의 단서는 마지막의 "진단 0·1"에 있다. 앞서 원래행렬의 "진단 0 : 1"에 약간의 변화가 생긴 것이다. 어떤 진술이 참이다 또는 거짓이다를 표기하는데 T 또는 F 아니면 T 또는 ⅃ 이외에 1 또는 0이 있다. 이것은 주로 진리함수에서 사용된다. 이때 0과 1 사이에 있는 중간 방점(●)은 "그리고"라는 뜻이다. ⅃를 Y라 보고 T를 X라 보면 진리함수는 Y=F(X)라 표기할 수 있다. 여기서 X=1이면 Y=0이고 X=0이면 Y=1이다. 이것이 Y가 0 "그리고" 1이 된다는 내용이다. 이에 의하면 원래행렬을 1이라 하면 투영행렬은 0이라 할 수 있다. 그 역도 성립한다.

　거울은 진리의 여신의 소지품이다. 거울은 사물의 모습을 드러내는데 TRUTH의 어원이 바로 드러낸다는 뜻이기 때문이다. 그런데 거울은 사물을 거꾸로 드러낸다. 앞서 이상이 달, 해, 태양계, 은하, 은하계, 성운, 초신성, 유성, 우주 전체를 알려 한다고 하였

다. 이 자연현상을 뒤집어 인문현상으로 표현하였다. 그것은 1+3=
△과 3+1=▽의 대비였다. 이것도 모자라 음악도 거꾸로 듣는다.
천자문도 거꾸로 암송한다. 거울에서 거꾸로 된 세상도 무한대로
뒤진다. 드디어 "인류가아즉만들지아니한글자"[43]와 남이 사용하는
글자는 사용하지 않고 아무도 시도하지 않은 "機能語. 組織語. 構
成語. 思索語로 된 한글文字 追究試驗"한다. 마침내 이 "문자의 추
구시험"도 모자라 거울에 비추어 거꾸로 본다. 그 이유는 아무도
시도하지 않은 다른 새로운 형태의 진리함수의 추구시험에 있다.
예를 들어 $3 \rightarrow \varepsilon$을 보자. 이것은 $\varepsilon=M(3)$이라 표기할 수 있다. 이
것은 함수 M이 3을 ε으로 전환한다는 뜻이다. 이때 함수 M은 거울
mirror을 뜻한다. 일반화하면 원래의 숫자 N을 함수 M이 투영숫자
$\textit{M}$으로 전환하므로 $\textit{M}=M(N)$이 이상이 최초로 발명한 진리함수가
된다. 그 결과가 본문이 보이는 대로 거꾸로 된 숫자 행렬이다.

왜 거꾸로 보려고 할까? 이것은 시 「線에關한覺書 2」(KL.25)에
서 숫자 배열을 자연현상의 1+3=△에서 인문현상의 3+1=▽로 바
꾼 것과 유사한 방법이다. 그 목적은 자연현상과 인문현상 사이의
가역반응을 찾고자 함이었다. 앞서 원래 행렬의 목적이 올바른 가
역반응의 추구에 있다고 하였다. 거울에 의한 원래행렬⇌투영행
렬의 가역반응이다. 즉 $\textit{M}=M(N) \rightleftarrows N=M^{-1}(\textit{M})$이다. 이 올바른 가
역반응에서 찾고자 하는 것은 무엇일까?

원래행렬에서 우리는 이상이 "숫자를 버리라"고 요구하는 것을

보았다. 그 방법을 보자. 이상의 진리함수 И=M(N)에서 И≠0이다. 그 이유는 N=0이면 И=0인데 N≠И이어야 하기 때문이다. 따라서 N=1, 2, 3, 4, 5, 6, 7, 8, 9이다. 이상의 글을 보면 러시아어에 흥미를 나타낸 흔적이 있다.[이 책의 속편을 참조] 러시아어의 И은 영어의 I에 해당하고 이것은 다시 로마숫자에서는 1을 의미한다. 다시 말하면 이상의 진리함수 И=M(N)에 의하면 자연수 N=1, 2, 3, 4, 5, 6, 7, 8, 9는 모두 И=1로 전환되어 결국 1, 2, 3, 4, 5, 6, 7, 8, 9, 0은 1과 0으로 압축된다. 곧 2진법의 0과 1이다. 이것이 본문의 "진단 0·1"의 의미이다. "숫자를 버린 것이다."

"숫자를 버리라"는 요구를 효과적으로 강조하는 또 하나의 방법은 반복이다. 그러나 단순한 반복이 아니라 거꾸로 반복이다. 이것은 바흐(Johann S. Bach 1685~1750)의 초상화에서 빌려온 수법이다. 바흐의 초상화를 거울에 비추면 오른손에 쥐고 있는 악보도 거꾸로 투영되었음에도 같은 음악이 된다. 원래악보가 투영악보로 되었다가 다시 원래악보가 되는 반복과정. 무한대의 거꾸로 세계이다. 그러나 올바른 가역반응이다.

원래행렬에서 방점으로 숫자를 소멸시킨 이상은 투영행렬에서 소멸된 숫자를 방점으로 다시 살린다. 앞서 시 「線에關한覺書 2」(KL.25)에서 숫자 배열을 자연현상의 1+3에서 인문현상의 3+1로 바꾼 것과 유사한 방법이다. 하나는 자연의 세계였고 다른 하나는 인문의 세계였다. 이상의 시는 이 두 세계의 두 존재를 자유스럽게 시적 변용이라는 마법으로 그토록 원하는 가역반응을 기획하고 있다. 앞서 원래행렬의 숫자를 모두 합치면 495이다. 이것을 거울에

비추면 594이다. 즉 495⇄594이다. 원래행렬의 합과 투영행렬의
합을 합치면 1089이다. 원래행렬+투영행렬=1089=인문현상+자연
현상=가역반응을 의미하는 것이다. 그 이유는 1089의 비밀에 있다.

두 행렬이 만드는 1089의 비밀이 흥미롭다. 1234567890의 10
개의 숫자 가운데 서로 다른 임의(아무) 숫자 세 개를 선택하여 가장
큰 숫자로 만든다. 첫 번째 숫자이다. 그리고 이 첫 번째 숫자를
거울에 비추면 거꾸로 된 또 하나의 숫자를 얻는다. 두 번째 숫자
이다. 첫 번째 숫자에서 두 번째 숫자를 뺀다. 세 번째 숫자이다.
이 세 번째 숫자를 다시 거울에 비추어 네 번째 숫자를 얻는다. 세
번째 숫자와 네 번째 숫자를 더하면 '언제나' 1089로 불변이다. 곧
인문현상+자연현상=불변. 따라서 두 현상은 상호보완적이며 동전
의 앞뒤 관계이다. 이상은 이 숫자의 장난을 알았을 것이다. 그래
서 인문현상과 자연현상의 가역반응을 통합하는 꿈을 두 개의 시
로 표현했는지 모른다.

추기 : 아마 이상은 자신의 장기를 발휘하여 두 행렬의 합 1089
에 「진단 0:1」의 2진법을 적용하여 얻은 10,001,000,001로 우주의
나이가 1백억 년 이상이라는 점을 보여주고 싶었는지 모른다. 즉
1089= 10,001,000,001이다. 우주의 나이가 138억 년이라는 사실
이 밝혀진 것은 이상 사후 40년이 지나서다. 그러나 이상이 모르는
또 하나의 중대한 비밀이 숨겨져 있다. 이상 생전에는 적색편이의
최대크기 $z=1089$가 알려지지 않았고 이에 기초하여 우주의 나이도
계산되지 않았다는 점이다.[77쪽 참조] 즉 $(z=1089) \Rightarrow (138$억 년)을

어떻게 알았기에 원래행렬을 투영행렬로 둔갑시켰을까. 여기서 앞서 제기한 대로 설문 2 : 무한대가 가져오는 결과란? 조금 기다려야 한다. 그에 앞서서 이상이 자연현상을 인문현상으로 훌륭하게 표현한 대표적인 시가 있다.

5. KL30. 詩第一號

출처 : 鳥瞰圖 　　　　　　　　　　　조선중앙일보 1934. 7. 24.

十三人의兒孩가道路로疾走하오.
(길은막다른골목이適當하오.)

第一의兒孩가무섭다고그리오.
第二의兒孩가무섭다고그리오.
第三의兒孩가무섭다고그리오.
第四의兒孩가무섭다고그리오.
第五의兒孩가무섭다고그리오.
第六의兒孩가무섭다고그리오.
第七의兒孩가무섭다고그리오.
第八의兒孩가무섭다고그리오.
第九의兒孩가무섭다고그리오.
第十의兒孩가무섭다고그리오.

第十一의兒孩가무섭다고그리오.

第十二의兒孩가무섭다고그리오.

第十三의兒孩가무섭다고그리오.

十三人의兒孩는무서운兒孩와무서워하는兒孩와그렇게뿐이모였소. (다른事情은업는것이차라리나앗소.)

그中에一人의兒孩가무서운兒孩라도좋소.

그中에二人의兒孩가무서운兒孩라도좋소.

그中에二人의兒孩가무서워하는兒孩라도좋소.

그中에一人의兒孩가무서워하는兒孩라도좋소.

(길은뚫린골목이라도適當하오.)

十三人의兒孩가道路로疾走하지아니하여도좋소.

[해독] 이 시를 모르는 사람은 아마 없을 것이다. 그만큼 유명하다. 이상을 대표하는 시처럼 알려졌다. 그러나 제대로 이해하는 사람이 없다. 이제 이 시를 올바르게 해독할 차례이다. 이 시의 핵심은 세 개의 괄호 속 문장에 있다. (길은 막다른 골목이 적당하오), (다른 사정은 업는 것이 차라리 나앗소), (길은 뚫린 골목이라도 적당하오).

이 세 문장을 해독하기 전에 우선 많은 사람들이 궁금해 하는 13의 의미부터 살펴보도록 한다. 이에 대한 해설은 십인십색이다. 그러나 십인십색이 어떻게 13을 유추했다 해도 나머지 단어들은 해독하지 못했다. 더욱이 이상은 중요한 것을 강조할 때에는 괄호를 이용하였는데 괄호 속의 문장을 전혀 해석하지 못하고 있다. 13의 의미를 제대로 알려면 이상의 창작 「終生記」와 시 「一九三一年」의 도움을 받아야 한다.

이상은 두 가지 단서를 남겼다. 첫째, 시 「一九三一年」에 기재된 13+1=12. 이 계산법은 옳지 않다. 그러나 이상이 즐겨하는 장난처럼 13을 거울에 비춘 31로 대체하면 31+1=12가 된다. 이것은 30진법 하에서 맞는 계산인데 시의 제목인 1931년을 강조하기 위함이다. 앞서 언급한대로 이상은 경성고등공업학교 1929년도 졸업앨범의 표지를 도안하였는데 여기에서도 1929의 29를 92로 표현하였다. 동일한 수법이다. 이러한 방법은 이상의 독창적인 것이 아니다. 영국의 수학자 루이스 캐롤(Lewis Carrol 1832-1898)이 쓴 『이상한 나라의 앨리스』를 보면 4×5=12, 4×6=13, 4×7=14의 계산이 등장한다. 각각 18진법, 21진법, 24진법 하에서 맞는 계산이다. 이상은 이것을 알고 있었다. 참고로 고대 페르시아는 60진법을, 고대마야는 20진법을, 영국은 최근까지 12진법을 사용하였다. 연필 1다스는 12자루이고, 1년은 24절기이다. 한국의 간지는 10진법과 12진법을 혼합해서 사용한다.

둘째, 이상이 30진법을 택한 이유가 같은 시에 숨겨져 있다. "나의 방의 시계 별안간 十三을 치다." 시계가 十三을 칠 수 없다. 이 숫자를 거울에 비추면 三十이 된다. 그리고 다음 문장을 본다. "13+1=12. 이튿날 (卽 그때)부터 나의 時計의 針은 三個였다." 그 전날까지는 시계의 침은 시침과 분침 두 개뿐이었는데 그날부터

하나 더 늘어 세 개가 되었다는 뜻이다. 그것은 무엇일까? 이 문장
이 재미있는 것은 13+1=12는 아라비아 숫자로 표기하였는데 三個
는 한문으로 처리했다는 점이다. 산문 「恐怖의 記錄」을 보면 이상
은 자신의 시간이 촉박함을 예감하고 있었다. "제2차의 객혈이 있
은 후 나도 어렴풋이 하게나마 내 수명에 대한 개념을 파악하였다
고 스스로 믿고 있다." 시계의 분침은 60진법을 사용한다. 이상은
30진법의 시계를 소망한다. 그 시계가 주는 30분 단위의 시간으로
얼마 남지 않았다고 예감하는 시간을 48시간으로 늘리고 싶었던
것이다. 그러니 침이 하나 더 있어야 한다. 48시간을 알리는 침과
60분을 알리는 침에 더하여 30분을 알리는 침 도합 三個가 필요했
던 것이다. 종합하면 위의 문장 "13+1=12. 이튿날(卽)부터 나의 時
計의 針은 三個였다."는 다음과 같이 읽어야 한다. "30진법에 의한
31+1=12의 계산법 아래 30진법을 따르는 나의 시계의 침은 48시
간의 시침, 60분의 분침, 30분의 분침 등 세 개가 되었기에 나의
하루는 48시간이 되었다."

본문에서 十三인의 아해가 모두 무섭다는 13개의 문장은 두 가
지 의미를 지닌다. 十三인의 아해가 모두 무엇인가를 무서워한다는
뜻과 十三인의 아해가 모두 무서운 존재라는 뜻이다. 그러면 첫째,
무서워하는 아이. 이 시의 앞에서는 十三인의 아해가 모두 무섭다
고 하더니 뒤에서는 무서워하는 아이가 1인이나 2인이라도 좋다고
했다. 十三인의 아해가 모두 무서워하지 않는다면 숫자 13을 불길
한 숫자로 볼 이유가 약하다. 나머지 11인이나 12인의 아해의 심리
상태가 설명되지 않는다. 둘째, 무서운 존재로서의 아이. 본문대로

무서운 아해가 1명이나 2명이어도 좋다고 하였으니 나머지 9명이나 10명의 아해의 심리상태는 과연 덜 위협적인가이다. 이 역시 숫자 13을 불길하다고 볼 이유가 되지 않는다.

그러면 이상의 13이 31로 되는 이유가 무엇이냐. 그것은 제목을 조감도에서 오감도로 변경한 이유가 무엇이냐 묻는 것과 같은 차원의 질문이다. 오감도의 뜻도 이상은 숨겨 놓았다. 아래에서 설명한다. 13을 31의 그림자로 숨긴 이유는 1931년의 중요성을 강조하고자 하는 의도로서 이 시가 강조한 다섯 가지 가운데 하나다. 첫째, 十三인의 아해가 모였다. 둘째, 무서운 아해와 무서워하는 아해들이다. 셋째, 막다른 길과 뚫린 길. 넷째, 다른 사정이 없었으면 좋았다. 다섯째, 十三인의 아해가 도로로 질주하지 아니하여도 좋다. 여기서 단서는 무슨 이유로 十三은 한문숫자로 표기하고 13은 아라비아숫자로 표기했느냐이다. 차례대로 본다.

이상은 천문학의 세기의 "대논쟁"을 여러 시에서 강조하였다. 우리는 앞에서 이미 이 대논쟁을 섭렵하였다. 1920년에 열린 이 대논쟁은 1933년부터 다시 재개되었다. 이번의 대논쟁은 논문 전쟁이었다. 여기에 "무서운아해와무서워하는아해와그렇게뿐이모였소." 참여한 천문학자들은 두 주장 사이에 놓였다. 우주의 크기가 변하지 않는다는 주장과 우주가 팽창한다는 주장이다. 전자는 "(막다른골목이적당)"하다고 주장하고, 후자는 "(뚫린골목이라도적당)"하다고 주장한다. 여기서 "골목"은 우주의 끝을 상징하므로 "도로"는 우주가 된다. 그런데 1931년 허블 법칙의 발견으로 한쪽이 "중상을입었다할지라도피를흘리었다고한다면멋적은일"이 생긴 것이다.[98쪽 참죄] 차라리 허블 법칙과 같은 "(다른사정은없는것이차라리나았)"을 뻔하였다.

1927년 벨기에 루방 대학의 신부 르메트르(Georges Lemaitre)가 논문을 발표하였다. 그는 아인슈타인의 상대성이론의 수학에서 움직일 수 없는 결과를 얻었다. 최초의 시간 즉 창세기가 존재하고 우주는 팽창한다는 수학적 결론이다. 인류 역사에서 창세기가 있다는 기록은 성서뿐이다. 르메트르 신부는 물리학 박사이다. 그러나 사람들은 그가 신부라는 점에 그 논문을 무시했다. 이 논문의 가치를 알아본 사람이 일식관측에서 아인슈타인의 상대성원리를 입증한 영국 캠브리지 대학의 에딩턴(Arthur Eddington) 박사이다. 그는 1930년에 『네이처Nature』에 편지를 써서 르메트르 신부의 논문의 중요성을 강조하였다. 이후 과학자들은 우주가 팽창한다는 가설에 대하여 심각하게 생각하기 시작하였다.

여기에 최종적으로 가세된 것이 1931년 아인슈타인 자신이 우주팽창을 인정한다는 기자회견을 윌슨 천문대에서 가진 것이다. 르메트르를 지지하는 에딩턴의 편지와 허블의 발견이 결정적이었다. 인류지성사에서 1931년은 이렇게 중요한 해였다. 그런데 숫자 31은 1931년을 가리키지만 그 그림자 13은 아해의 숫자를 가리킨다. 그런데 아해의 수효를 본문처럼 한문으로 적은 十三을 거울에 비추면 三十이 된다. 이것은 1930년 르메트르를 환기시킨 에딩턴의 과학자들을 가리킨다. 일군의 사람들을 묶어 386세대라는 말을 만들어낸 요즈음 식으로 말하면 "三十년의 과학자들"이다. 1934년에 만든 三四文學의 동인답게 이 시는 이상이 일군의 사람들을 한

데 묶어 숫자로 표시한 최초의 시다.

13+1=12의 13을 31로 전환하여 31+1=12의 셈법을 성립시킨 30 진법의 근거도 바로 十三과 三十 사이에 거울을 매개한 대칭관계에 있다. 다시 말하면 13의 의미를 해독하는 三十진법의 근거가 되는 十三은 과학사의 시대구분이 되는 1931년을 가리키는 동시에 그 시대구분을 일으킨 三十년의 과학자들을 지칭한다.

그런데 이른바 "三十년의 과학자들" 가운데 어느 쪽이 "무서운 아해"이고 어느 쪽이 "무서워하는 아해"일까. 이상은 이 부분도 단서를 남겼다. 그의 시 「선에관한각서 5」에서 "확대하는 우주를 우려하는 자여, 과거에 살으라."라고 "확대를 우려하는 자"에게 손가락을 겨누고 있다. 정상우주론 지지자들이 바로 본문에서 "무서워하는 아해"이다. 이상의 말대로 "무서운 아해"는 1인 내지 2인이었고 "무서워하는 아해" 역시 1인 내지 2인이었다. 아직 증거가 충분하지 않아서 참석자 대부분은 어느 편도 들지 못했다.

팽창론자 커티스는 성격이 "위협적이고" 자신만만하였다. 정상론자 샤플리는 소심하고 커티스의 위협적 성격을 감당하지 못했다. 회의에서도 샤플리는 안절부절 하였다고 한다. 샤플리는 커티스를 "두려워" 하였다. 커티스가 1인의 '무서운 아해'라면 샤플리는 1인의 '무서워하는 아해'다. 그런데 '무서워하는 아해' 샤플리의 제자가 바로 '무서운 아해' 르메트르라는 사실이 흥미롭다.

이 대논쟁은 그 후 수십 년을 끌었다. 참가자 모두 사활이 걸린 문제였다. 일부는 대학에서 물러나야만 하였다. 그러니 "무서운" 일이 아니겠는가. 인간의 인식에 무서운 영향을 남겼다. 우주의 시

198 ··· 이상의 시 괴델의 수

작이 있다는 사실은 우주의 종말도 있다는 개연성도 암시한다. 인류의 문헌 가운데 우주의 시작을 기록한 것은 성서의 창세기이다. 성서는 또한 심판의 날도 말하고 있다. 시작과 끝. 이 두 가지 가운데 마침내 한 가지가 과학으로 입증되었으니 나머지 한 가지도 입증될지 누가 알랴. 무서운 일이 아닐 수 없다. 지금도 팽창하는 우주를 "무서워하는 아해들"이 있다. 최근에 영국의 저명한 천체물리학자가 우주는 무에서 창조되었고 신은 없다고 주장하였다. 무서운 일이 아닐 수 없다.

이상은 마지막으로 우주가 팽창한다는 주장이 증명된 마당에 이제는 "13인의아해가도로로질주하지아니하여도좋소."라고 인문학적으로 우리 모두의 두려움을 잠재우고 안심시키려 한다. 결국 "13인의 아해"는 팽창론을 받아들이게 된다. 앞서 도로=우주라 하였는데 "도로로 질주하는 아해"란 결국 우주로 시야를 뻗는 과학자이다. 본문에서 처음에는 13인의 우주과학자가 "(길이 막다른 골목)"이라고 생각했다. 그래서 한 명씩 길(우주)로 "달려가" 보았다. 그 와중에 "(다른 사정)"을 알아낸 "무서운 아해"가 생기자 한 명씩 "무서워하기" 시작하였다. 마침내 "(길이 뚫린 골목)"이라는 것을 알게 되었다.

나는 이 시가 이상의 가장 대표적인 시라고 생각한다. 그의 소신대로 그 복잡하기 짝이 없는 자연현상의 많은 의미를 시의 그릇에 담아 이렇듯 함축적이면서 단순하고 훌륭하게 창조할 수 없을 것이다. 숫자를 사용했으되 시적 변용을 일으켰지 복잡한 천문학적 숫자를 사용한 것도 아니다. 이것이 이상이 제기한 올바른 가역

반응이다. 시적 변용을 통하여 자연현상이 인문현상으로 표현된
것이다. 또 인문현상으로 자연현상을 설명하고 있다. 그래서 신문
에 연재할 기회가 주어지자 이상이 2천 편의 시 가운데에서 가장
먼저 내어 놓은 것이 바로 이 시다. 오감도의 시제1호이다. 자신
있었던 것이다. 기대와 달리 배척당했을 때 이상이 느꼈던 절망은
자신감만큼 컸으리라 짐작된다.

추기 1 : 오감도의 의미

이 시는 잘 알려진 대로 「오감도」 연작 15편 가운데 하나이다.
그리고 이 시를 어둡게 해석하여 「오감도」의 뜻을 까마귀가 "내려
다 본" 어두운 세상으로 해석하였다. 그러나 방금 해독한 것처럼
이 시는 어둡지 않다. 나머지 14편도 어두움과 상관없다. 오로지
이 시 한편을 표제 - 이 시의 제목은 「시제1호」이다 - 에도 없는
숫자 13의 선입감으로 어둡게 해석하였다. 지금까지 해독한 바에
의하면 「오감도」의 15편의 대부분은 과학에 관한 것으로 어둡지도
않고 무엇보다 우주에는 까마귀가 없으며 "까마귀가 내려다 볼(烏
瞰)" 우주도 없다. 있다면 "사람이 올려다 볼" 우주뿐이다. 우주는
인문현상이 아니다. 시의 내용도 어두운 것과는 거리가 멀다. 불안
과도 거리가 멀다. 더욱이 13이 불길한 숫자라는 서양의 속설이 언
제 우리나라에 도입되었는지 조사 검토함도 없다. 그렇다면 「오감
도」의 "烏"가 주는 뜻은 다른 곳에 있다. 안眼자에서 한 획이 빠지
면 눈 감은 면眠자가 된다. 마찬가지로 조鳥자에서 획이 하나 빠져
까마귀를 의미하는 오烏자가 "눈먼 새"를 가리킴을 이상 스스로 단

서를 남겼다.

첫째, 한국에서는 까마귀가 흉조이지만 일본에서는 아니다. 수효도 많아서 떼로 날아다닌다. 오감도의 "오"는 일본 까마귀 곧 일본을 가리킨다. 일본이 억압하는 조선. 이상은 식민지 조선에서 좋아하는 천체망원경을 볼 수 없음을 절규하고 있다. 그로 인해 얻은 좌절감, 절망, 울분을 별에 빗대어 시로 표현함으로써 인문현상과 통합하려 한다. 그러나 그것도 실패. 그는 「종생기」에서 까마귀 떼 속에서 무너지는 자신을 그렸다. "이길 수 없는 육박, 눈 멀은 떼까마귀의 罵詈 속에서 蕩兒 중에도 蕩兒 術客 중에서도 術客 이 難攻不落의 關門의 壞滅." 난공불락의 천재 이상이 "눈먼 까마귀 떼"의 "매리" 때문에 괴멸당했다고 부르짖고 있다.

둘째, 하나의 까마귀가 아니라 떼 까마귀이다. 사람들이 자신의 시에 대해 말로 지껄이는 罵詈. 다시 말하면 자신의 시를 이해 못하고 미친 사람으로 "매리"하는 조선의 지성계를 가리킨다. 더욱이 남보다 수십 년 뒤처진 줄도 모르고 여남은 시로 시인 행세하며 앞날도 내다보지 못 보는 "눈 먼 떼 까마귀!" 이들이 "눈감고 내려다보는"(오감하는) 조선이다. 까마귀鳥는 새鳥가 눈이 먼 형상이다. 성서에 기록된 대로 "소경이 소경을 인도하는" 조선이다. 오감도는 남보다 몇 십 년씩 뒤떨어진 줄 모르고 "눈 감고 내려다보는" 당시 조선 지성계의 지형을 가리킨다.

이상은 시 「自像」에서 이들에게 준엄하면서도 무서운 경고를 한다. "천고로蒼天이허방빠져있는陷穽에遺言이碑石처럼은근히沈沒되어있다. 그러면이곁을生疎한손짓발짓의信號가지나가면서무

사히스스러워한다. 젊잖던내용이이래저래구기기시작이다."이 경고의 의미를 알려면 조금 기다려야 한다. 사람들은 이 경고도 해독하지 못하고 마음대로 이상의 시를 해설하였다.

추기 2 : 숫자 13의 불길함이 기독교에 연유한다는 미신이 조선에 언제 유입되었는지의 문제와 더불어 해방 전에 남북한 합쳐 기독교 인구는 37만에 불과하였다. 이상이 태어난 무렵에는 10만에 불과하였다. 그렇다면 이상이 이 시를 쓰던 당시 기독교 인구는 30만 정도였을 것이다. 이 정도의 인구의 영향으로 불길함을 보편화하기 어려웠을 것이다. 더욱이 이상의 글을 보면 그는 기독교에 대하여 호의적이지 않았다. 이상이 유독 이 하나의 시에만 기독교에 대한 미신을 빗대어 쓰지 못할 이유이다.

기독교의 본산인 구미의 사정을 보면 이 문제는 더욱 조사할 필요가 있다. 수학에서 숫자 13은 숫자 7과 더불어 행복숫자happy number와 행복소수happy prime number에 속한다. 서양에서 teen은 13에서 시작한다. 미국은 1913년 최초의 중앙은행인 연방준비제도 Federal Reserve System를 설립하였다. 미국은 넓은 나라이므로 전국을 여럿으로 나눌 필요가 있었는데 하필이면 13개로 나누어 13개의 연방은행을 만들었다. 그것을 만든 사람은 독실한 장로교 신자인 윌슨 대통령이다. 기독교 국가들의 모임인 유럽중앙은행이 창설되었을 때 그 역시 13개의 은행으로 구성되었다.

수학자 페아노에 의하면 숫자 0은 자연수가 아니다.[209쪽 참조] 따라서 신의 숫자라고 알려졌다. 모든 것이 여기에서 연유하기 때문이다. 모든 숫자로 0을 나누면 0이고 모든 숫자를 0으로 나누면 무한대가 되므로 0에서부터 무한대까지 모든 숫자는 0에서 시작한다. 예수는 성부 성자 성령의 하나로 신이다. 그에게 부여할 수 있는 숫자는 0이다. 그렇다면 12명의 제자에 그를 더하여도 12이다. 기독교에서 숫자 13이 불길하다는 미신을 누가 두려워하랴. 두려워한다하여도 그럴 인구가 당시에 몇 명이나 되겠는가.

위와 같이 몇 가지 준비를 우리에게 시킨 이상은 설문 1의 거짓 또는 부정의 세계와 설문 2의 무한대의 세계가 어떠한 결과를 낳는지 우리를 시적으로 안내할 것이다. 그것은 모순의 세계이다.

제4절

모순

1. KL31. 詩第六號

출처 : 烏瞰圖　　　　　　　　　　　　　　조선중앙일보 1934. 7. 31.

鸚鵡　※　二匹

　　　　二匹

　　※ 鸚鵡는哺乳類에屬하느니라.

내가二匹을아아는것은내가二匹을아알지못하는것이니라. 勿論나는希望할것이니라.

鸚鵡　　二匹

『이小姐는紳士李箱의婦人이냐』『그렇다』

나는거기서鸚鵡가怒한것을보았느니라. 나는붓끄러워서 얼굴이붉어젓섯겟느니라.

鸚鵡　　二匹

　　　　二匹

勿論나는追放당하엿느니라. 追放당할것까지도업시自退하였느니라. 나의體軀는中軸을喪失하고또相當히蹌踉하여그랫든지나는

微微하게涕泣하얏느니라.

『저기가저기지』『나』『나의-아-너와나』

『나』

sCANDAL이라는것은무엇이냐.『너』『너구나』

『너지』『너다』『아니다 너로구나』 나는함

뿍저저서그래서獸類처럼逃亡하얏느니라. 勿論그것을아아는사
람或은보는사람은업섯지만그러나果然그럴는지그것조차그럴는지.

[해독] 이 시는 이상이 괴델(Kurt Gödel 1906-1978)을 최소한 개략적
으로라도 알고 썼다. 그 증거가 보인다. 우선 본문에서 앵무새는
사람 목소리를 흉내 낸다는 점에서 선택되었다. 그러나 "외이런앵
무새의 외국어를듯느냐"[44] 다시 말하면 "가짜"라는 뜻이다. 앞서
목각 양, 철제 닭, 잡지의 망원경, 지구의, 사진 프리즘, 사진 망원
경 등에 가짜가 또 하나 추가되었다. 이 시는 가짜, 모조, 또는 거
짓이 "모순"을 일으킬 수 있다는 점을 지적한다.

본문 초두에 2마리 앵무의 집합이 두 개 제시되었다. 하나는 참
조기호※가 있고 다른 하나는 그 표시가 없다. 참조기호는 앵무 집
합에 관한 귀무가설null hypothesis이고 참조기호가 없는 것은 대립가
설alternative hypothesis이다. 여기서 귀무가설이란 대립가설을 옹호하
기 위해 확률적으로 버리는 가설이다. 정리하면 다음과 같다.

---

44) 「地圖의暗室」.

귀무가설 ※: 鸚鵡 二匹　哺乳類에 屬하느니라
대립가설 　: 鸚鵡 二匹　哺乳類에 屬하지 않느니라

　귀무가설을 나타내는 참조기호※는 앵무 두 필이 포유동물이라는 진술이다. 이 가설(진술)은 참이 아니다. 거짓이다. 그러므로 이것을 버리고 나면 대립가설만 남는다. 그래서 얼른 참조기호가 없는 두 번째로 넘어가서 "앵무 두 필이 포유류가 아니다."라고 대답할 수 있기를 "희망한다." 이 진술은 가능할까. 앵무는 확실히 포유류에 속하지 않는다. 그렇다고 하여 앵무가 새라는 진술은 아니다. 어떠한 진술은 "참이다, 거짓이다"로 대답할 수 없다. 재판에서 유죄가 아니라고 무죄라고 할 수 없다. 그래서 유죄가 아님이라고 판결한다. 유죄가 아님not guilty는 무죄innocent와 다르다. 살인용의자가 진범임에도 변호사의 증거가 뛰어나서 유죄가 아니라고 풀려날 확률이 존재한다(1차 오류). 반대로 살인용의자가 진범이 아님에도 검사가 유능하여 유죄가 될 확률이 존재한다(2차 오류). 진범을 놓치지 않으려는 노력은 무고한 사람을 양산하고 무고한 사람을 줄이려는 노력은 진범을 풀어주는 경우가 늘어나게 된다.
　이래서 주어진 증거 아래 무죄라고 증명할 수 없는 영역이 존재한다. 즉 아는 것도 아니고 모르는 것도 아니다. 본문의 표현대로 "내가두필을아아는것은내가두필을아알지못하는것이니라." 회색영역을 말하고 있는 것이다. 이것은 남아있는 대립가설도 확률적으로 폐기할 수 없었다는 뜻이다. 확률적으로 "희망"한다.
　그 다음 진술 『이小姐는紳士李箱의婦人이냐』가 모순인 것으로 보아 그 희망이 이루어질 수 없을 것 같다. "소저"는 부인이 아니다. 미혼의 아가씨다. 그런데 이상은 "희망"하여 "그렇다"라고 대답하였다. 검정방법으로 표현하면 다음과 같다.

　　　귀무가설: 이小姐는 紳士李箱의 婦人이다.
　　　대립가설: 이小姐는 紳士李箱의 婦人이 아니다.

　여기서 이상이 귀무가설을 채택한 셈이다. 이것은 잘못된 것이다. "거짓"이다. 그러자 앵무가 화를 낸다. 앵무가 화를 내지 않는 경우는 창작 「地圖의 暗室」처럼 다음과 같은 정직한 대화여야 한다.[45]

　　　　이 부인은 귀하의 부인입니까? 네!

　앵무 자신이 포유동물이 아닌 것은 입증이 되지만 새라는 진술에 대하여 "그렇다"라고 증언을 한 것은 아니다. 그런데 "소저가 부인이냐"라는 질문에 대해서는 "아니다"라고 정직하게 대답해야 마땅한 것을 "그렇다"고 거짓 대답한 것에 대해 항의다. 그 항의를 듣고 곧 후회하여 "부끄러워졌다." 그래서 진술이 대립가설로 정정된다. "앵무 두 필 : 앵무는 포유류에 속하지 않느니라." 그리고 또 한 번 반복한다. 그러나 두 필 앵무의 집합이 앵무일까. 이것도 틀렸다. 책의 집합이 도서관이듯이 앵무의 집합은 앵무가 아니다. 따

---

45) CETTE DAME EST-ELLE LA FEMME DE MONSIEUR LICHAN?

라서 앵무의 집합은 그냥 "두 필"에 불과하다. 그러므로 이상 자신
이 정직한 참의 집합에서 "追放당하였느니라.追放당할것까지도없
이[참의 집합에서]自退하였느니라."

　판단의 "中樞를喪失하여" 스스로 자신이 없어졌고 혼동이 일어
났다. 내가 아닌 "너"라는 것을 강조하고 강조해도 확신이 없다. 상
대가 내가 아니라고 너라고 할 수 없다. 너 이외에 그일 수 있기
때문이다. "너"와 "나"를 구분하기도 어려워졌다. "저기"와 "여기"
의 구분도 쉬운 일이 아니었다. 제대로 된 것이 없다. "나는함뿍젖
어서그래서獸類처럼逃亡하였느니라." 혼동 속에 자신이 참의 집합
에 들 수 있는 여부도 확실하지 않아서 이상은 금수처럼 도망갔다.
"勿論그것을아아는사람혹은보는사람은없었지만그러나果然그럴
는지그것조차그럴는지." 알아보는 사람도 없다. 왜? 너와 그의 구
분이 어려웠기 때문이다. "소문이란 무엇이냐?" 소문의 특징은 그
것이 대체로 참이냐 거짓이냐로 판정되지 않는다. "너지, 너다, 아
니다 너로구나."

　그런데 1927년. 이상 생전에 어떤 유명한 "스캔들"이 발생하였
다. 러시아 혁명으로 황제의 일가가 모두 총살당했다. 얼마 지나지
않아 유럽에 자신이 그 총살현장에서 유일하게 살아남은 마지막 황
녀라고 주장하는 여인이 나타났다. 아나스타샤. 유럽은 아연 긴장
했다. 사실이라면 망명한 러시아 황족들의 서열과 재산에 문제가
일어난다. 또 망명한 정치인들이 왕정복고를 기도할 수 있다. 문제
는 그녀가 "자신의 논리 체계에서 자신이 아나스타샤라고 스스로"
아무리 주장해도 "참이다, 거짓이다."를 판단할 수 없다는 점이다.

수집된 증거 아래 귀무가설을 입증할 수 없었던 것이다. 통계적 가설검정에 의하면 "참이다, 거짓이다"의 문제가 아니라 "증명할 수 없음"의 문제이다. 본문에서 이상의 표현을 빌리자면 "너지 너다 아니다 너로구나"의 경지이다. 「지도의 암실」에서 표현한 대로 "그는 그가 아닌 그이지 생각한다."도 마찬가지이다. 여기까지는 통계적 검정방법이다. 다음은 괴델의 수학적 증명 방법의 원용이다.

본문의 "sCANDAL"은 朝鮮中央日報의 인쇄원문이다. 소문자 s가 주목된다. 그러나 이상의 육필 원문으로는 "SCandal"이다. 여기에서는 S와 C가 대문자이다. 아마 교정 단계에서 수정한 것 같다. 그러나 두 형태 모두 해독을 풍부하게 만든다.

괴델은 모든 함수나 진술을 숫자로 표현할 수 있음을 보였는데 그 과정에서 문자 s를 사용하였다. 가령 1+1=2를 보자. 괴델은 이것을 s0+s0=ss0로 표현하였다. 여기서 s는 "직후-successor" 또는는 "바로 다음"이라는 뜻이다.[46] 0의 직후(바로 다음)는 1이므로 s0=1이다. 그것의 직후는 2이므로 ss0=s1=2다. 그 결과 s0+s0=ss0이 성립된다. CANDAL이 "바로 다음"의 철자와 함께 의미를 가지려면 단 하나의 철자밖에 없다. s이다. 이때 s는 두 가지 역할을 한다. 하나는 바로 다음이라는 뜻이고 다른 하나는 소문이라는 뜻을 만들어준다. 그것이 sCANDAL이다.

이상의 육필원문은 어째서 Scandal이 아니고 SCANDAL도 아니며 SCandal인가. 무심코 그랬을까? 괴델 이전에 이탈리아 수학자

---

46) the immediate successor of

페아노(G. Peano 1853-1932) 역시 동일한 방법으로 1=S(0), 2=S(S(0)) 등으로 표기하였다. 대문자를 쓰던 소문자를 쓰던 그 뜻은 "바로 다음"이다. 페아노는 자연수의 시작을 0이 아니라 1로 정의하였다. 그 이유는 S를 사용하여 0을 정의할 수 없기 때문이다. 그러나 모든 자연수가 0에 의해 정의된다는 사실이 흥미롭다. 이상은 자신의 시에 "소문"이라는 단어를 쓰고 싶었다. 동시에 그 소문의 "정체"를 전달하고 싶었다. 이 두 가지를 모두 포함하는 표기가 SCandal이다. "소문의 정체"를 설명하기 전에 "소문의 철자"부터 해독한다. 우선 Candal 만으로는 단어가 되지 않는다. "바로 다음"에 철자 하나를 더 붙여서 소문이라는 단어가 되려면 S밖에 없다. 그런데 공교롭게도 대문자 S는 페아노에 의하면 "바로 다음"이라는 뜻도 된다. SCandal에서 C를 대문자로 사용한 것은 바로 이러한 신호를 담고 있다. 0 다음이 1이고 Candal 다음이 SCandal이라면, 0 다음은 s0이고 Candal 다음은 SCandal이 성립한다. 다시 말하면 Candal의 "바로 다음"이라는 의미를 갖는 철자와 함께 그 철자를 포함하여 전체 철자의 의미가 소문이 되려면 S밖에 없다.

이상이 무심코 C를 대문자로 썼을 수 있다. 그러나 그가 육필원고의 SCandal를 인쇄과정에서 sCANDAL이라고 교정한 것을 보면 두 번씩 우연이라 보기 어렵다. 뿐만 아니라 그는 그의 시에서 십진법 숫자를 사용함에 있어서 보통의 0123456789의 순서를 따르지 않고 1234567890의 순서를 채용하고 있다. 자연수의 시작을 페아노처럼 1로 보았다는 표시다.

이 방식을 확장하면 이상이 「휴업과 사정」에서 등장시킨 SS라

는 사나이에도 적용할 수 있다. 이대로라면 이 사나이의 이름은 씨
자로 시작해야 하는데 이러한 성씨는 한국에 없다. 이상의 작품에
서 두 개의 영문철자를 붙여서 표현한 작중인물은 이 사나이가 유
일하므로 이것은 고의라고 볼 수밖에 없다. 그의 이름은 T=SS이
다. 이 세 가지 증거로 보아 이상이 괴델과 페아노를 알고 있었다.

그러면 정작 "SCandal 또는 sCANDAL이라는 것은 무엇이냐."
즉 "소문의 정체는 무엇인가." 앞서 얘기했지만 소문은 대체로 참
이나 거짓으로 판명되지 않는다. 괴델은 그리스에서 시작하여 2천
년 동안 풀지 못한 모순된 진술(소문)을 숫자의 세계로 끌어들여 해
결하였다. 진술은 의미론에 속하나 숫자는 구문론에 속한다. "어느
크레타 사람이 말하기를 모든 크레타 사람들은 거짓말쟁이다."라
는 소문을 들었다면 이 소문이 참일까? 거짓일까? 영화 "로마의 휴
일"에 등장하는 진실의 입(Bocca della Verita)에도 모순이 전해온다. 전
설에 의하면 이 입에 손을 집어넣고 진술을 하되 거짓말을 하면 손
을 다시 잡아 뺄 수 없다고 한다. 그러나 손을 넣으면서 "나는 손을
다시는 빼지 못할 것이다."라고 부정적으로 진술했다면 어떻게 될
까? 다른 예를 들어보자. 한 장의 종이에 다음과 같이 적혀있다.

1면   뒷면의 글은 거짓이다.
2면   뒷면의 글은 거짓이다.

이것 역시 부정적인 진술이다. 여기서 "뒷면의 글"의 개념이 문
제가 된다. 1면의 글에 의하면 2면의 글「뒷면의 글은 거짓이다.」

는 거짓이 되어야 한다. 그러면 이 글 「「뒷면의 글은 거짓이다.」는 거짓이다.」는 참이 된다. 그러나 이것은 1면의 글과 모순된다. 이것이 가짜 또는 거짓 또는 부정적인 진술이 모순을 가져온다는 이 시의 의도다. 이 모순을 풀려면 이번에는 「「「뒷면의 글은 거짓이다.」는 거짓이다.」는 거짓이다.」가 되어야 한다. 이것은 무한대로 계속된다. 모순의 무한대다.

힐버트는 수학의 일관성, 완전성, 결정성을 믿었다. 모든 수학자들에게 요구하였다. 독일 수학자 프레게가 『산수의 기초』를 완성하였다. 그것은 러셀의 편지 한 통으로 무너졌다. 러셀은 "스스로 면도하지 않는 마을사람들의 수염을 깎아주는 이발사"의 경우를 예로 들었다. 이 진술 역시 모순이다. 이러한 모순을 수학에서 추방하자는 힐버트의 부름에 의해 러셀은 화이트헤드와 함께 먼저 수학의 논리체계를 세우고 "그 논리체계 안에서" 모순에 도전하여 방대한 『수학의 원리』를 썼다. 그들의 목표는 모든 수학적 명제와 진술이 참이냐 거짓이냐를 모순없이 "일관성"으로 증명하는 것이었다.

그러나 이 책은 불과 20년도 못되어 괴델에 의해 첫 번째 희생자가 되었다. 괴델은 일관성을 갖춘 어떠한 수학적 논리 체계라도 그 안에는 참과 거짓을 판단할 수 없는 불완전의 영역이 있음을 증명하였다. 가령 나의 논리로 내가 착하다는 것을 내가 증명하지 못한다. 내가 착하다는 것은 외부에서 증명할 수밖에 없다. 말하자면 논리의 로제타스톤이 필요한 것이다. 마찬가지로 러셀의 『수학의 원리』가 무모순(일관성)으로 완전하다는 것은 그 "스스로" 증명하지 못한다. 다시 말하면 힐버트가 요구하는 수학의 일관성과 완전성은 동시에 가능하지 않다. 이것이 괴델의 〈불완전성 정리〉 혹은 〈비완비성 정리〉이다. 인간 인식의 한계를 정밀한 수학으로 처음 증명한 것이다. 힐버트는 "화를 내었고" 좌절하였다. 그 이후 아무도 수학의 일관성, 완전성, 결정성을 꿈꾸지 않게 되었다. 이것이 "소문의 정체"이다. 최근에 『수학의 스캔들』이라는 책이 출간되었다.[47]

괴델은 이 모순을 해결하는 불완전성 정리를 증명하는데 "숫자를 숫자인 것"으로 하였다. 러셀/화이트헤드가 "숫자를 숫자적인 것"으로 한 시도를 숫자의 세계로 환원하였다. 진술에는 참인지 거짓인지 증명할 수 없는 영역이 있음을 보였다. 러셀/화이트헤드의 "참이냐 거짓이냐"가 아니라 괴델의 "증명할 수 없음"이다. 아나스타샤라고 주장하는 여자도 재판에서 "증명할 수 없음"으로 패소하였다. 오랜 세월이 흘러 그녀는 인정을 받지 못하고 사망하였다. 과학의 발달로 사후 DNA검사에 의해 가짜라는 것이 밝혀졌다. 추가적인 외부 잣대는 이래서 필요한 것이다. 재판에도 3심제가 있다. 과학의 발달도 마찬가지다. 톨레미의 과학이 코페르니쿠스에 의한 혁명적 전환을 거쳐 다시 케플러에 의해 수정되고 뉴턴에 의해 모든 것이 완성된 줄 알았다. 그러자 아인슈타인이 나타나서 다시 수정하였다. 앞으로 어떤 증거가 나타날지 모른다.

추기 1 : 1931년에 괴델이 발표한 〈불완전성 정리〉는 완전한 수학체계를 구축하려 했던 힐버트의 꿈을 산산조각 낸 사건이다. 그

---

47) Pappas, T., *Mathematical Scandal*, Baker & Taylor, 2009.

림으로 표현하면 다음과 같다. 여기서 T는 "참인 것"이고 S는 "증명할 수 있는 것"이다. 왼쪽 그림은 힐버트의 믿음으로 T=S이다. 오른쪽은 괴델의 정리로 T>S이다. 참이지만 증명할 수 없는 영역이 존재한다.

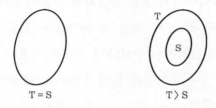

러셀이 지적한 예 가운데 「어떤 크레타인이 말하기를 크레타인은 거짓말쟁이다.」라는 부정적인 진술이 있다. 이와 비슷한 예로서 「이 글은 거짓이다.」라는 부정적인 글을 생각할 수 있다. 이 글이 참이라면 이 글은 거짓이고, 이 글이 거짓이라면 이 글은 참이 된다. 생각을 확대하여 「이 명제는 증명할 수 없다.」라는 부정적인 "명제"를 증명한다고 생각해 보자. 힐버트의 믿음에 따르면 모든 참인 것은 증명할 수 있다. 그러나 이 정리를 증명하면 이 명제는 모순이고 증명할 수 없으면 이 명제는 참이다. 이것이 바로 "참이지만 증명할 수 없는 영역이 존재한다"는 괴델의 불완전성 정리이다.

여기서 문제는 "거짓 또는 없다"라는 부정적인 부분이다. 따라서 이 문제를 해결하려고 "이 명제"에 "명제"를 대입하면 다음이 된다. 「「이 명제는 증명할 수 없다.」는 증명할 수 없다.」 그렇다면 다음도 성립한다. 「「「이 명제는 증명할 수 없다.」는 증명할 수 없다.」는 증명할 수 없다.」 무한하게 계속된다. 진술을 P라 표기하면

P1 → P2 → P3 → ··· → ∞로 압축된다. 앞서 러셀이 제기한 집합의 집합이 모순을 가져오고 이것은 무한대로 연결된다는 내용이다.

이것은 의미론에 속한다. 러셀이 일관성의 수학을 구축하여 이 문제에 도전하였다. 그러나 괴델은 다음과 같이 비판하였다. "[러셀의 책]에는 형식주의 구문론의 정확한 진술이 없다. 증명의 타당성에 필요한 경우에도 구문론은 생략되었다." 괴델은 이것을 형식주의 구문론으로 전환하여 무한대의 고리를 피했다. 일상생활에서 어느 진술은 의미는 통하는데 문법적(형식주의 구문론)으로 맞지 않을 수 있고, 그 반대일 수도 있다. 그러나 사람들은 아무 근거 없이 수학만은 의미=문법이라고 믿어 왔다. 이 믿음을 부순 사람이 괴델이다. 이상이 「지도의 암실」에서 我是二雖說没給得三也是三을 썼을 때 그는 이미 의미≠문법의 문제를 인식하고 있었다고 여겨진다. 이 한문 문장은 문법적으로 맞지 않는다. 그러나 의미는 성립될 수 있다. 나는 그림자와 함께 둘이 된다. 그런데 그림자는 본 그림자와 본 그림자 주변에 생기는 반 그림자로 구성되어 셋이 된다. 그러나 이렇게 얻은 셋을 줄 수는 없다. 종합하면 "문법적으로 맞지 않은" 이 문장은 의미적으로는 "나는 둘이지만 또한 셋이다. 그러나 줄 수 없는 셋이다."가 된다. 곧 의미≠문법이다.

수학은 기본적으로 형식주의 구문론이다. 숫자는 아무 의미가 없기 때문이다. 괴델은 의미론의 문장을 구문론의 숫자로 전환하는 방법을 고안하였다. 이상의 표현에 의하면 "숫자를 숫자적인 것"에서 "숫자를 숫자"로 전환하였다. 그를 위하여 괴델은 의미론으로 포장된 문장에 아무 의미가 없는 숫자를 부여하여 숫자로 구문을 만들었다. 앞에서 든 1+1=2의 예를 들자. 이것은 s0+s0=ss0 이다. 여기에서 부호 s는 바로 다음이라는 "의미"이고 부호 +와 = 는 더한다와 같다는 "의미"이다. 그러나 괴델은 이런 부호마저 고 유의 숫자를 부여한 "형식"으로 표현하였다. 가령 s=7, 0=6, +=11, ==5. 그러면 1+1=2는 7611765776이라는 수로 전환된다. 산수의 기본정리에 의하면 모든 정수는 소수素數의 곱으로 표현할 수 있 다. 따라서 괴델은 "일 더하기 일은 이(1+1=2)"라는 문장을 다음과 같은 정수 G로 표현하였다.

$$2^7 \times 3^6 \times 5^{11} \times 7^7 \times 11^6 \times 13^5 \times 17^7 \times 19^7 \times 23^6 = G$$

이 정수가 괴델의 수다. 모든 문장(진술)은 각각 고유의 괴델 수 로 표현될 수 있다. 따라서 괴델은 괴델의 수에서 대단히 복잡한 과정을 거쳐 원래의 증명을 복원할 수 있음을 보였다. 그 결과 "이 명제가 참이냐 거짓이냐"의 의미론의 무한대 문제를 "이 명제는 증명할 수 없음"의 구문론으로 증명하여 무한대 모순의 고리를 끊 을 수 있었다.

추기 2 : "참이지만 증명할 수 없는 영역이 존재한다"는 괴델의 불완전성 정리의 T〉S를 설명하는 앞의 그림이 우리의 상상을 자 극한다.

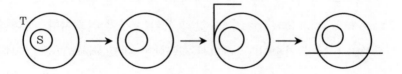

첫 번째 괴델 정리의 그림이 〈그림 2-8〉의 반사경의 모습을 거쳐 〈그림 2-4〉의 이상의 1등 당선작으로 발전하는 상상이다. 또한 이 것이 이상의 3등 작품에서 유래하는 〈그림 2-5〉의 CREAM LEBRA 로 확장하는 연상이다. 곧 괴델의 정리=반사경=1등 당선작=3등 작 품의 CREAM LEBRA이다. 이래서 이 책의 제목이『이상의 시 괴델 의 수』이다.

2. KL32. 詩第二號

출처 : 烏瞰圖	조선중앙일보 1934. 7. 25.

나의아버지가나의곁에서조을적에나는나의아버지가되고또나 는나의아버지의아버지가되고그런데도나의아버지는나의아버지대 로나의아버지인데어쩌자고나는자꾸나의아버지의아버지의아버지 의………아버지가되니나는왜나의아버지를껑충뛰어넘어야하는지 나는왜드디어나와나의아버지와나의아버지의아버지와나의아버지 의아버지의아버지노릇을한꺼번에하면서살아야하는것이냐

[해독] 부정 또는 거짓의 모순에 대한 이상의 관심은 계속된다. 이 시의 첫 인상은 스타인(Gertrude Stein)이 1913년에 쓴 시다. "장미 는 하나의 장미이고 하나의 장미이고 하나의 장미이다. Rose is a rose is a rose is a rose." 맨 앞의 장미는 사람 이름이다. 장미를 강조하는 문장 기술이다. 여기서 최근에는 에코(Umberto Eco)의 "장미

의 이름The Name of the Rose"이라는 소설의 제목이 나왔다.

이 시가 바로 앞에서 언급한 P1 → P2 → P3 → … → ∞의 시적 표현이다. 이상도 본문에서 …… 를 삽입하였다. 본문과 관련된 이상의 세 편의 글이 있다. 첫째, 산문 「終生記」의 마지막에서 "만 26세와 3개월을 맞이하는 이상 선생님이여! 허수아비여! 자네는 老翁일세. 무릎이 귀를 넘는 해골일세. 아니, 아니. 자네는 자네의 먼 조상일세." 또 하나는 시 「얼마안되는辨解」이다. "한 개의 林檎의 껍질을 벗기자 한 개의 배로 되었기 때문에 그 배의 껍질을 벗기자 한 개의 石榴로 되었기 때문에 그 石榴의 껍질을 벗기자 한 개의 네이블로 되었기 때문에 그 네이블의 껍질을 벗기자 이번에는 한 개의 無花果로 되었기 때문에…… 小刀는 다시 小刀를 낳고 그 小刀가 또 小刀를 낳고 그 小刀가 또 小刀를 낳고 그 小刀가 또 小刀를 낳고 그 小刀가 또 小刀를 분만하고 그 小刀가 또 ……"세 번째 단서는 「遺稿 1」이다. "한 마리의 뱀은 한 마리의 뱀의 꼬리와 같다. 또는 한 사람의 나는 한 사람의 나의 부친과 같다." 이 글을 쓸 때 이상은 머리에 〈그림 2-36〉처럼 자신의 꼬리를 물고 있는 오로보

〈그림 2-36〉 **오로보로스**

로스ouroboros를 떠올렸을 것이다. 무한대 표시다. 이상의 세 문장을 합친 것이 본문이다.

본문은 「나는 나의 아버지다.」라고 시작한다. 이것은 「자네는 자네의 먼 조상일세.」와 동일한 문장으로 「A는 A의 B다.」이다. 이 문장은 A를 한없이 대입할 수 있다. 즉 같은 논리로 아버지는 아버지의 아버지이므로 아버지를 대입하면 「나는 나의 「아버지의 아버지다.」」. 계속해서 아버지는 아버지의 아버지이므로 「나는 나의 「아버지의 「아버지의 아버지다.」」. 이것 역시 무한대로 연결된다. 그 원인은 「나는 나의 아버지다」라는 거짓에 있다.

본문을 여는 "나는 나의 아버지다."를 보자. 우리는 어릴 때 태산 같은 아버지 곁에서 편안하게 두려움 없이 잠을 잔다. 이제 내가 성년이 되고 노쇠한 몸을 이기지 못하는 아버지가 믿음직한 자식을 의지하고 두려움 없이 졸고 있다. 내가 나의 어린 시절 나의 아버지가 된 것이다. 시적으로 표현한 것이지만 이것은 거짓이다. 그래서 이 관계는 반복적으로 이어진다. 오로보로스의 원이며 수학적으로는 무한대를 뜻한다. 영국의 어느 시인도 "어린이는 어른의 아버지다."라고 읊었다. 그러나 그의 시에서 얼른 무한대의 냄새가 나지 않는 것은 「A는 A의 B다.」의 구조가 아니기 때문이다. 같은 의미를 전달하려고 하였지만 구조가 이렇게 다르기에 그 깊이도 다르다.

이와 달리 이상의 시는 오로보로스가 암시하는 자기완결성self-completeness 또는 자기재귀성self-reflexibility 또는 자기언급성self-reference을 가리키고 있다. 외부와 단절된 자기완결성은 언제나 무한대 모순의 세계이다. 이 시는 인과를 설명할 수 없는 영원의 모순을 말하고 있다. 이상은 모순의 무한대를 인문의 세계로 끌어왔고 시로써 모순의 무한대를 설명하고 있다. 앞에서는 숫자를 시각화하였지만 여기서는 숫자의 시적 변용이다. 숫자 가운데에서도 그 크기를 알 수 없는 모순의 무한대이다.

이 모순의 무한대 문제를 괴델이 명쾌하게 해결한 것을 이상이 알고 있었다는 또 하나의 증거가 있다. 「지도의 암실」에서 표현한 "그는 그가 아닌 그이지 그는 생각한다. ··· 我是二雖說没給得三也是三"이 그것이다. 앞서 설명한 대로 이 문장은 구문≠의미를 적시하고 있다. 그래서 본문의 말미에 "노릇을 한꺼번에 하면서 살아야 하는 것이냐"라며 모순의 무한대를 끊으려고 한다.

이상이 보인 모순의 무한대는 불가능한 영역이다. "숫자를 버리라"는 이상의 또 하나의 이유다. 이 모순의 무한대 개념이 이상에게 시적 변용으로 승화되듯이 화가 에셔(Mourits Escher 1898-1972)에게는 회화로 변용되었다. 〈그림 2-37〉은 에셔의 그림 「폭포」이다. 1961년 작품이다. 폭포의 물은 영원히 회전하지만 모순이다. 수학자가 열광하는 그림이다.

에셔의 작품은 이상의 사망 이후의 일이다. 그러나 바흐(Johann S. Bach 1685-1750)는 이상보다 훨씬 전의 음악가다. 그가 1747년에 작곡한 푸가 「음악의 헌정」의 연주는 악보가 끝나는 곳에서 처음 시작한 곳으로 다시 돌아온다. 이렇게 되면 어디가 시작이고 어디가 끝인지 알 수 없다. 연주를 영원히 무한대로 계속할 수 있다.

고전음악을 좋아했던 이상이 이 사실을 알고 거울에 투영된 자

〈그림 2-37〉 에셔의 「폭포」

ⓒ Escher Foundation

신의 모습을 자신의 작품소재로 삼았을지 모를 일이다. 그 증거도 앞서 소개한 시 〈유고 2〉에 남겼다. "그는 축음기의 레코오드를 거 꾸로 틀었다. 악보가 거꾸로 연주되었다. 그는 언제인가 이 일을 어느 늙은 악성한테 서신으로써 보낸 일이 있다." 그 악성이 말하 기를 "나의 비밀을 누설하였도다."

이상만 비밀을 누설한 것이 아니다. 이상과 동시대였던 1935
년. 엘리어트(T. S. Eliot)가 쓴 한 구절이 떠오른다. "우리는 탐험을
멈추어서는 안 된다. 그리고 그 끝은 우리가 맨 처음 출발했던 곳
이어야 하고 처음으로 알게 되는 곳이어야 한다."[48] 오로보로스의
무한대이며 괴델의 모순이다. 에셔의 「폭포」이다.

추기 : 최근에 호프스타터Hofstadter가 『괴델, 에셔, 바흐』를 출판
하였다. 수, 화, 음의 무한 세계를 지적하였다. 이상의 원래행렬
⇌투영행렬도 여기에 속한다. 이 사람이 이상을 알았더라면 『이
상, 괴델, 에셔, 바흐』라고 제목을 정했을지 누가 알랴. 시, 수, 화,
음의 모순의 무한대를 아우르는 이상의 시가 있음을 증거하도록.
그러나 그가 무슨 재주로 이상을 알겠는가.

3. KL33. 詩第三號

출처 : 烏瞰圖	조선중앙일보 1934. 7. 25.

싸움하는사람은즉싸움하지아니하던사람이고또싸움하는사람
은싸움하지아니하는사람이었기도하니까싸움하는사람이싸움하는
구경을하고싶거든싸움하지아니하던사람이싸움하는것을구경하든
지싸움하지아니하는사람이싸움하는구경을하든지싸움하지아니하
던사람이나싸움하지아니하는사람이싸움하지아니하는것을구경하

48) Eliot, T.S., *Four Quartets*, 1943[1935].

든지하였으면그만이다.

[해독] 앞의 시를 이해하였다면 이 시는 쉽다. 의미보다 구문이
기본적으로 싸움→싸움싸움→싸움싸움싸움→…→∞의 형태다.
이 시도 앞서 러셀의 모순과 무한대를 말하고 있으며 "그만이다."
라고 무한대의 고리를 끊으려 함도 마찬가지이다. 본문에 의하면
싸움하는 사람은 싸움하지 아니하던 사람이다. (또는 싸움하지 아
니하는 사람이었다.) 싸움하지 아니하던 사람에게는 싸움을 하는
상대방이 없었으니 싸움하지 아니하던 사람은 싸움하는 사람과 싸
움하지 아니하였다. 따라서 다음이 성립한다.

싸움하는 사람은 싸움하는 사람과 싸움하지 아니하던 사람이다.

싸움하는 사람을 A, 싸움하지 않는 사람을 B로 표기하면 이것
은 「A는 B다.」와 「B는 A의 B다.」라는 자기언급self-reference의 문장
구조다. 합치면 「A는 A의 B다.」가 된다. 여기에 A를 대입하면 「A
는 「A의 B」의 B다.」가 되어 모순의 무한대가 된다. 말로 환언하면
다음이 된다.

싸움하는 사람은 싸움하는 사람과 싸움하지 아니하던 사람과 싸
움하지 아니하던 사람이다.

싸움하는 사람을 계속 대입하면 무한대로 이어진다. 반대로 싸

움하는 사람이 싸움구경을 하고 싶으면 다음이 된다.

싸움 구경하는 사람은 싸움 구경하는 사람과의 싸움하던 사람이다.

이것 역시 「A는 A의 B다.」의 무한대 형태로서 오로보로스이다. 이것이 본문의 골격이다. 오로보로스의 개념에서 컴퓨터의 출현을 예측할 수 있다. 현대 컴퓨터 출현 이전에 최초로 컴퓨터를 구상한 인물은 영국의 베버지(Charles Babbage 1791~1871)와 레이디 러브레이스 (Lady Lovelace 1815~1852)이다. 베버지가 설계한 인공지능을 보고 러브 레이스는 바이런 시인의 딸답게 "자신의 꼬리를 먹고 있는" 기계라 고 시적으로 표현하였다.[49] 오로보로스를 가리킨다. 기계(머리)가 저장된 정보(꼬리)에 접근하여 원하는 대로 재처리하는 모습을 표현 한 것이다. 오로보로스를 읊은 이상 역시 컴퓨터를 예측하는 것은 당연한 순서이다. 다음 시가 그것이다.

4. KL34. 線에關한覺書 7

출처 : 三次角設計圖 1931. 9. 12.　　　　　　　　　조선과건축 1931. 10.

空氣構造의速度 ― 音波에依한 ― 速度처럼三百三十메―터를模倣한다 (光線에比할때참너무도劣等하구나)

---

49) Hofstadter, D. R., *Gödel, Escher, Bach: an Eternal Golden Braid*, New York : Basic Books, 1979, p. 25.

光線을즐기거라, 光線을슬퍼하거라, 光線을웃거라, 光線을울
거라.

光線이사람이라면사람은거울이다.

光線을가지라.

———

視覺의이름을가지는것은計畫의嚆矢이다. 視覺의이름을發表
하라.

□ 나의이름

△ 나의안해의이름 (이미오래된過去에있어서나의AMOUREUSE
는이와같이聰明하니라)

視覺의이름의通路는設置하라, 그리고그것에다最大의速度를附
與하라.

———

하늘은視覺의이름에대하여서만存在를明白히한다 (代表인나는
代表인것인一例를들것)

蒼空, 秋空, 蒼天, 靑天, 長天, 一天, 蒼穹 (大端히갑갑한地方色
이나아닐는지) 하늘은視覺의이름을發表했다.

視覺의이름은사람과같이永遠히살아야하는數字的인어떤一點이
다. 視覺의이름은運動하지아니하면서運動의코오스를가질뿐이다.

———

視覺의이름은光線을가지는光線을아니가진다. 사람은視覺의이
름으로하여光線으로하여光線보다도빠르게달아날必要는없다.

視覺의이름들을健忘하라.

視覺의이름을節約하라.

사람은光線보다도빠르게달아나는速度를調節하고때때로過去
를未來에있어서淘汰하라.

[해독] 이상이 좋아하고 시의 소재로 가장 많이 사용한 "광선"에
이상이 선호하는 "2진법"의 수학을 합친 것이 오늘날 컴퓨터의 원
리이다. 컴퓨터는 모든 계산할 수 있는 숫자, 기호, 진술을 0과 1로
표현한다. 스위치를 켜서 광선이 통과하면 0, 스위치를 꺼서 통과
하지 않으면 1을 부여하여 광속으로 2진법의 수를 계산하고 진술
을 처리한다. 그리고 우리에게는 그 결과를 광속으로 다시 10진법
으로 번역해준다. 이상은 광선과 2진법으로 쓴 자신의 모든 시와
문장을 10진법으로 바르게 번역해 줄 사람을 기다리고 있었다. 그
러나 이 인문학적 속도는 자연과학의 속도와 달리 매우 느려서 지
금까지 제대로 번역이 되지 않았다. 올바른 가역반응이 일어나지
않았다. 이상이 숨긴 많은 단서를 무시하고 제멋대로 번역한 이상
한 가역반응만 일어났다.

이 시는 문단을 부호 ─로 처리했다. 광선을 뜻한다. 옛날 사람
들은 큰 소리로 소식을 전하며 슬퍼하고, 웃고, 울기도 한다. 때로
는 나팔로 소식을 전하였다. 그런데 그 속도가 너무 늦다. "光線에
比할때참너무도劣等하구나." 광속을 이용하는 전화나 기계를 이용
하면 "광선으로 즐기고, 슬퍼하고, 웃고, 울 수 있다." 지금까지 음
속에 의존하는 소식에 사람이 매달렸다. 음속이 곧 사람의 생활을

좌우하였다. 광속기계가 있다면 광속이 사람 생활을 좌우한다. 그
리고 사람은 광속을 이용하기 위해 각종 거울에 의존해야 한다. "光
線이사람이라면사람이거울이다." 왜냐? 거울은 시각이며 사람의
시각은 광선과 같다. 거울을 좌우상하 설치하고 광선을 쏘는 물건.
광섬유가 바로 그것이다. "광선을 가지라." 여기서 이상은 "空氣構
造의速度"라는 표현을 썼다. 앞서 마이켈슨-몰리의 실험에서 밝힌
대로 소리는 공기를 매체로 전달되지만 광속은 매체 없이 전달된
다는 사실을 다시 강조하고 있다.

　거울은 곧 시각이다. 우리가 보는 것에 모두 이름을 부여하여야
그를 기초로 진술statement이 가능하다. 그 진술은 문법을 따른다.
컴퓨터 제어장치다. 그 장치를 만들어 발표하라. "視覺의이름을가
지는것은計量의嚆矢이다." 예를 들면 "사각 곧 상자는 나의 이름"
이고 "삼각 곧 프리즘은 나의 안해 이름"이다. 나의 안해 이름 프리
즘은 이미 광선에 "聰明"하게 이용되었다. 이러한 이름들이 일사불
란하게 계획과 연관되도록 문법 "通路를 만들어라." 문법에 맞추어
라. 그리고 "그것에다 최고의 속도를 부여하라." 여기서 이상의 육
필일어원문에는 "(以上 筆名은 金海卿으로)"가 삽입되어 있다. 자
신의 이름을 모조리 동원하여 이름의 중요성을 강조한다. 이유는
광선의 고향인 하늘이 이름이 부여된 존재만 인식하기 때문이다.
하늘도 솔선수범으로 자신의 이름을 발표했다. 이상은 말한다. "모
든 사건이라는 이름 붙일 만한 것들은 다 끝났다. 오직 이제 남은
것은 '그'라는 인간의 갈 길을 그리하여 갈 곳을 선택하며 지정하여
주는 일뿐이다."50) 갈 곳을 어떻게 선택하며 지정하는가?

우선 그 이름에 "一點 숫자" 곧 고유숫자를 부여하라. 마치 사람이 그 이름과 영원히 함께 하듯이. 괴델의 방식이다. 숫자는 숫자에 불과할지 모르나 일단 이름에 고유숫자가 부여되면 일정하게 작동하는 셈법의 "코오스"를 따른다. 어떻게? 광선을 가지는 이름과 광선을 가지지 않는 이름으로 나뉜다. "視覺의이름은光線을가지는光線을아니가진다." 광선을 가지는 이름에는 0, 광선을 아니가지는 이름에는 1을 부여하는 셈법이다. 2진법이다. 이렇게 하면 광선보다 더 빠르게 계산과 진술을 할 필요가 없다. 일단 컴퓨터에 처리를 맡기고 "이름은 잊어라." "단순화하라." 사람은 그저 기계를 "조절"하는 일만 하면 된다. 그리고 "과거를 미래에 있어서 도태하라."

이 시에서 계량의 효시, 숫자적인 일점, 코오스, 도태가 모두 현대 컴퓨터 이론의 핵심과 대동소이하다. 진술은 이름을 요구한다. 생물분류의 개척자 린네는 "이름이 없으면 사물에 대한 우리의 지식이 소멸한다."라고 말했다.[51] 그래서 시각을 이름 하는 것이 측정의 효시이다. 그 다음 이름을 숫자로 바꿀 수 있기 때문이다. 괴델의 방법이다. 그 전환하는 "코오스"가 튜링(Alan Turing 1912-1954)이 도전한 힐버트의 결정성이다. 즉 과정algorithm의 문제다. "도태"란 무슨 의미인가. 가령 25+18의 경우 그 계산 "코오스"를 보자. 먼저 5와 8을 더하면 13이다. 그러나 우리는 3만 기입하고 1은 "미

50) 「十二月十二日」.

51) Weissmann, G., *Mortal and Immortal DNA*, New York: Bellevue Literary Press, 2009, p.45.

래"를 위해 기억 속에 저장한다. 다음(미래)에 2와 1을 더해 3이 될 때 "과거"에 기억한 1은 "도태"시키고(지우고) 새로운 3과 더해 4에 포함시킨다. 이것이 사람이 계산하는 과정이다. 이 같은 동일한 "코오스" 즉 과정algorithm을 튜링이 기계에게 시킨 것이 오늘날 컴퓨터의 원리이다.

튜링은 이상보다 후에 나타났다. 그러나 이상의 본문이 튜링의 구상과 비슷하다는 주장은 설명할 수 있다. 가령 2+2=4를 생각해 보자. 이것을 1로만 표현하면 11+11=1111이다. 우리는 종종 성냥개비 등 막대기로 이러한 표현을 사용한다. 튜링은 사각형으로 구성된 테이프에 다음을 고안하였다.

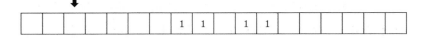

기계가 화살표에서 시작한다. A상태이다. 1에 도달하여 1을 읽는다. B상태가 된다. 다음 칸에서 1을 읽는다. 다음 칸은 빈칸이다. 여기에 1을 기입한다. 상태 C가 된다. 다음 칸의 1을 읽는다. 상태가 D가 된다. 마지막에 1을 지워버린다. 그 결과 다음이 된다.

여기서 마지막 1은 "과거"의 것이므로 "미래"의 결과를 위해 이상의 표현대로 "도태"시킨 것이다.

이 시 한편으로 이상이 컴퓨터의 역사와 그 발전을 알고 있었음이 드러났다. 조선총독부에 근무하던 시절 이상은 "독특한 계산법"으로 남들보다 빠르게 계산하였다는 일화가 전해온다. 이상이 이 시를 쓰던 1931년 괴델이 그의 유명한 「불완전성 정리」를 발표하였고 이것을 더 단순화하여 기계어로 전환할 수 있음을 보인 사람이 튜링(Alan Turing 1912-1954)이다. 그 과정에서 튜링은 "결정성"에 관한 힐버트의 꿈을 좌절시켰다. 튜링은 이상보다 2년 후에 태어났다. 그가 1936년에 발표한 논문이 현대 컴퓨터 과학과 인공지능의 초석이 되었고 그 자신 새 학문의 아버지가 되었다. 1936년이라면 이상이 죽음과 싸우고 있을 때다. 이상은 잘못된 시기에 잘못된 땅에 입력된 불우한 천재였다. "과거분사의 시제"의 희생물이다. "이상한 가역반응"이다. 그러나 지금까지 본 것처럼 이상이 최소한 개략적으로라도 힐버트가 요구하는 수학의 일관성, 완전성, 결정성을 알고 있었고, 괴델이 불완전성으로 러셀의 일관성을 잠재우고, 튜링이 결정성으로 힐버트의 마지막 꿈마저 헛되게 만드는 것을 예상했다고 주장하면 지나친 추대일까? 이러한 수학의 불완전한 "성태와 성질"을 이해함을 바탕으로 마침내 이상은 인문현상에서 "수를 버리라"고 요구하기에 이르렀다면 이 또한 지나친 평가는 아닐는지?

5. KL35. 線에關한覺書 3

출처 : 三次角設計圖　1931. 9. 11.　　　　　　　　조선과건축 1931. 10.

```
      1   2   3
  1   ●   ●   ●
  2   ●   ●   ●
  3   ●   ●   ●


      3   2   1
  3   ●   ●   ●
  2   ●   ●   ●
  1   ●   ●   ●
```

$$\therefore {}_nP_n = n(n-1)(n-2)\cdots(n-n+1)$$

(腦髓는부채와같이圓에까지展開되었다, 그리고完全히回傳하였다)

[해독] 본문의 그림이 앞서 보였던 이상의 "과자우주"이다.⁽그림 2-16⁾ 참조 여기서 이상은 "최소우주"의 문제를 다루고 있다. 부채를 360도 완전히 펴듯이 뇌수를 완전히 회전한다. 무슨 뜻일까. 여기서 뇌수는 우주를 측량할 수 있는 사람의 무한의 능력을 가리킨다. 뇌수에서 우주의 "꽃"을 만개할 수 있다. 괴델의 우주는 회전하며 팽창한다.[104쪽 참조] 뫼비우스 띠처럼 회전한 원래의 자리로 돌아온

다. 본문이 제시하는 첫째 3×3행렬에서 둘째 3×3행렬로 좌우상하 완전히 한 바퀴 회전하는 데에는 36단계를 거쳐야 한다. 그것을 쉽게 계산하는 방법이 아래 제시된 순열식 nPn이다. 위의 행렬 3×3 행렬은 앞서 제시한 「선에관한각서1」의 원형 10×10 행렬의 축소형이다. 만일 원형 10×10 행렬을 좌우상하 완전히 한 바퀴 회전시킨 다면 몇 단계가 걸릴까. 무려 13,168,189,440,000단계를 거쳐야한다. 13조 단계! 거울에 비추면 좌우만이 바뀐다. 만일 좌우뿐만아니라 상하도 바뀌는 거울이 있어서 그 거울에 이상의 시 「진단 0:1」을 비추면 한꺼번에 13,168,189,440,000단계를 생략할 수 있다. 이것이 이상이 제시하는 처방이며 무한대의 시적 변용이다. 뇌수는 광속보다 더 빠르게 최종 단계에 도달할 수 있다. 이것은 가능하다. 거울을 좌우뿐만 아니라 상하에 설치하면 원래 행렬의 좌우상하가 순식간에 바꾸어 나타나기 때문이다. 위의 10×10 행렬을 좌우상하로 한 바퀴 회전하는데 13조 단계를 거쳐야 한다. "뇌수는 부채와같이원에까지전개되었다, 그리고완전히회전하였다." 이상의 예시가 놀랍지 않은가.

이상은 큰 수를 제시했지 무한대를 제시한 것은 아니다. 유클리드가 일찍이 무한대를 간단히 증명하였다. 임의의 수를 N이라고 하자. 그리고 그보다 작은 수를 크기순서로 모조리 곱한다. 이것을 N!=N(N-1)(N-2)⋯1이라고 표기한다. 여기에 1을 더해 새로운 수를 만든다. 즉 N!+1이다. 이 수는 자신과 1을 제외한 어떠한 수로도 나누어지지 않는 소수가 된다. 그런데 N은 임의의 수이다. 그러므로 이러한 소수는 무한하다. 그렇다면 수 또한 무한하다.

    그러나 이상의 본문 시는 그 이상의 의미를 부여할 수 있다. 수학자 램지는 완전한 무질서는 불가능하다는 점을 증명하였다. 우리가 관찰하는 것은 일부분이다. 만일 무질서라고 생각하는 것이 무한대 있다면 거기에도 어떤 법칙이 있다는 말이다. 우주에는 동질적인 것과 이질적인 것으로 가득 차 있다. 만일 동질적인 것과 이질적인 것을 포함하여 가장 소규모의 우주에는 별이 몇 개면 충분할까? 최소우주의 문제이다. 3개이면 된다. 우주 팽창론을 일찍이 주장했던 물리학자 가모프(George Gamow)는 『일 이 삼 ··· 무한대 One Two Three ··· Infinity』 책을 썼다. 이 책에서 그는 여러 가지 무한대를 소개하고 있다. 옛날 호텐토트 족의 두 사람이 감자 하나를 놓고 가장 큰 수를 아는 사람이 먹기로 내기를 걸었다. 한참 생각하던 한 사람이 "삼"이라고 외쳤다. 이번에는 반대편 차례이다. 이 사람 역시 한참 생각하더니 "네가 이겼다. 나는 그 이상의 큰 수를 모르네." 호텐토트 족의 셈법은 "일 이 삼 ··· 많다"이다. 당신이 알고 있는 가장 큰 수는 무엇인가. 아무리 가장 큰 수를 제시하여도 그 다음은 무한대가 버티고 있다. 호텐토트 족의 "많다"가 현대의 "무한대"이다. 이러한 점에서 수학의 무한대 세계를 1, 2, 3의 "짧은 수"만으로 시적 변용시킨 이상의 시도는 새로운 창작이다. "사람은 숫자를 버리라." 대신 시를 읽어라.

제3장

필筆과 철鐵

붓

1. KL36. 出版法

출처 : 建築無限六面角體   조선과건축 1932. 7.

I

虛僞告發이라는罪名이나에게死刑을言渡하였다. 자취를隱匿한 蒸氣속에몸을記入하고서나는아스팔트가마를睥睨하였다.

一 直에關한典古一則 一

其父攘羊其子直之

나는아아는것을아알며있었던典故로하여아알지못하고그만둔나 에게의執行의中間에서더욱새로운것을아알지아니하면아니되었다.

나는雪白으로曝露된骨片을줏어모으기始作하였다.

「筋肉은이따가라도附着할것이니라」

剝落된膏血에대해서나는斷念하지아니하면아니되었다.

II 어느警察探偵의秘密訊問室에있어서

嫌疑者로서檢擧된사나이는地圖의印刷된糞尿를排泄하고다시 그것을嚥下한것에對하여警察探偵은아아는바의하나를아니가진다. 發覺當하는일은없는級數性消化作用. 사람들은이것이야말로卽妖術이라말할것이다.

「勿論너는鑛夫이니라」

參考男子의筋肉의斷面은黑曜石과같이光彩나고있었다한다.

III 號外

磁石收縮을開始

原因極히下明하나對內經濟破綻에因한脫獄事件에關聯되는바濃厚하다고보임. 斯界의要人鳩首를모아秘密裏에硏究調査中.

開放된試驗官의열쇠는나의손바닥에全等形의運河를掘鑿하고있다. 未久에濾過된膏血과같은河水가汪洋하게흘러들어왔다.

IV

落葉이窓戶를滲透하여나의禮服의자개단추를掩護한다.

暗殺

地形明細作業의至今도完了가되지아니한이窮僻의地에不可思議한郵遞交通은벌써施行되어있다. 나는不安을絶望하였다.

日曆의反逆的으로나는方向을紛失하였다. 나의眼睛은冷却된液體를散散으로切斷하고落葉의奔忙을熱心으로幇助하고있지아니하면아니되었다.

(나의猿猴類에의進化).

[해독] 이해할 수 없다는 죄명이 나에게 게재 불가를 선언하였다. 이것을 이상은 "사형선고"라고 표현하였다. 에어디쉬는 수학을 그만둔 사람을 사망했다는 은어를 사용했다. 은어를 사용하는데 막상막하다. 에어디쉬가 들었다면 이상은 시를 버려야 할 판이다. 곧 사망해야 할 판이다. 조판에 잘못 꼽힌 글자를 버리듯이. "자취를 은닉한 증기 속에 몸을 기입하고서 나는 아스팔트 가마를 비예하였다." 시의 의도를 교묘하게 숨긴 활자가 아무도 눈치 채지 못하게 검은 인쇄잉크가 표면에 칠해주길 흘깃 쳐다보며 기다리고 있는 모습이다. "아스팔트 가마"는 검은 인쇄잉크통이다.

"直에關한典古一則." "아버지가 양을 훔친 것을 자식이 고치게" 하였듯이 나도 남들이 모르던 것을 알고 있었던 것을 올바르게 썼지만 은닉하는 방법을 택하였다. 그러나 납득할 수 없는 방식으로 게재가 중단되었다. 다른 방법을 찾지 아니하면 아니 되었다. 이미 "雪白으로 폭로되어" 7색 분광된 시(골편)는 주워 모으고, 산문(근육)은 다음에 시작할 것이다. 미발표된 시는 한 번 흘린 피(고혈)이니 단념하지 않으면 아니 되었다. "死刑宣告를 받은 것이다."

나는 시로써 온갖 것을 드러내고 그렇게 하기 위해서 온갖 것을 빨아들였다. 이것을 사람들은 모른다. 발각당하지 않으려고 그들이 "소화하기에는 수준 높은 방식"을 사용했다. 사람들은 그것도 모르고 "요술"이라고 말할 것이다. "그의 뒤는 그의 천문학이다. ⋯ 그가 요술가라고 하자, 별들이 구경을 온다고 하자, 오리온의 좌석은 조기라고 하자, 두고 보자. 사실 그의 생활이 그로 하여금 움직이게 하는 짓들의 여러 가지라도는 무슨 모옵쓸 흉내이거나 별들에게나 구경시킬 요술이거나이지 이쪽으로 오지 않는다."[1]

나는 이제부터 시인이 아니라 수필가다. 그 수필은 흑요석처럼 빛날 것이다. 나는 우주의 별을 읊었는데 이해를 못한 사람들은 멋대로 땅속의 "광부"라고 단정했다. 근육(산문)이 "흑요석" 같은 광부와 "木筆같이 야윈"[2] 별을 읊는 천체시인을 구분하지 못한다.

나의 원고가 게재된 사건을 두고 설왕설래. 자석은 철을 끌어올린다. "원고지 사각형에 모를 심는 철필."[3] 철(필)을 끌어올리는 자석의 강도(검열)를 완화하였다. "자석수축시작." 드디어 글의 내용을 결정하는 검열의 열쇠가 내 손바닥에 주어졌으며 나의 철필은 나의 손금(전등형의 운하)을 굴착한다. 철필로 힘주어 쓰면 손가락은 굳고 손바닥도 얼얼해진다. 생명선이 굵어진다. 그 결과로 미구에 미발표된 시(고혈)가 "양양하게 흘러나올" 것이다.

그러나. 암살! 1932년 일본에서 일어난 수상 암살 사건으로 검열은 다시 강화. 추풍낙엽으로 창호를 때리니 보신하듯 옷깃을 여민다. 평소에는 공안의 단속도 드문 이 오지에도 불가사의한 검열 제도가 들어왔다. 나는 불안을 절감하였다. 시대의 역행하는 「출판법」에 나는 방향을 잃었다. 나의 눈이 얼어붙은 시국과 단절하고 낙엽의 일부가 되지 않으려면 "원숭이로 진화"할 수밖에 없다. 배(백)천白川온천으로 가자.

---

1) 「地圖의暗室」.
2) 「終生記」.
3) 「山村餘情」.

2. KL37. 詩第十一號

출처 : 烏瞰圖   조선중앙일보 1934. 8. 3.

그사기컵은내骸骨과흡사하다. 내가그컵을손으로꼭쥐엿슬때내
팔에서는난데업는팔하나가接木처럼도치더니그팔에달린손은그사
기컵을번적들어마룻바닥에메여부딧는다. 내팔은그사기컵을死守
하고잇스니散散히깨어진것은그럼그사기컵과흡사한내骸骨이다.
가지낫든팔은배암과갓치내팔로기어들기前에내팔이或움즉엿든들
洪水를막은白紙는찌저젓으리라. 그러나내팔은如前히그사기컵을
死守한다.

[해독] 이 시를 이해하는 데 있어서 해골처럼 만든 사기그릇을
본 경험이 도움이 된다. 이상을 모델로 삼았다면 피골이 상접한 사
기그릇이었을 것이다. "피골이 상접. 아야야. 아야아야. 웃어야 할
터인데 근육이 없다. 울래야 근육이 없다. 나는 형해다. 나— 라는
정체는 누가 잉크 짓는 약으로 지워버렸다. 나는 오직 내 — 흔적일
따름이다."4)

그 사기 컵을 쥐고 있는데 검열의 손길이 뻗어 나왔다. 내 해골
의 사기 컵은 나의 시다. 검열의 손이 나의 시를 빼앗아 없애려 하
였지만 나는 빼앗기지 않았다. 나는 그들이 알 수 없는 형식으로
시를 썼기 때문에 나의 시를 지키는 데 성공하였다. 내가 빼앗긴

---

4) 「失花」.

것은 시를 게재하는 기회이다. 만일 내가 알기 쉽게 썼으면 나의 원고는 게재되지 못하고 "찢어졌으리라." 2천 편을 담은 나의 "홍수" 같은 시상의 정체가 백일하에 드러났을 것이다. 그렇지 않은 덕에 내 팔은 여전히 나의 시를 지키고 있다. 이상이 시를 이해하기 어렵게 쓴 이유다. 기교를 부린 이유다. 그가 2천 편의 시 가운데 30편을 고르느라고 고생했다고 고백했듯이 발표되지 않은 시 가운데에는 원고가 찢겨질 수 있는 내용도 있었을 것이다.

추기 : 이쯤에 이르면 이상이 어째서 시를 난해하게 썼는지 이해할 수 있다. 지금까지 그의 시의 주제는 절망이다. 자신의 재주를 활짝 펼 수 없는 조선의 식민지 현실을 우주에 빗대어 표현한 것이다. "절망이 기교를 낳고 기교가 절망을 낳는" 악순환의 고리에서 이상은 벗어나지 못했다. 어찌 보면 깊은 사상의 경지가 보이지 않는 20세 조숙한 청년의 치기일 수도 있다. 그러나 그에게는 정말 표현하고 싶은 내면의 말이 있었는지 모른다. 그걸 숨기면서 세상에 그 뜻을 알리려니 기교를 택하였을 것이다. 그것을 이상 스스로 "요술"이라고 불렀다. 다른 곳에서는 "절약법"이라고 불렀다. 그러나 그것은 또 다른 절망을 가져왔다고 이상 스스로 알고 있었다. 그래서 다음 시에서 붓 대신 칼을 택한다.

칼

1. KL38. 詩第十三號

出처 : 鳥瞰圖　　　　　　　　　　　　조선중앙일보 1934. 8. 7.

내팔이면도칼을 든채로끈어저떨어젓다. 자세히보면무엇에몹시
威脅당하는것처럼샛팔앗타. 이러케하야일허버린내두개팔을나는
燭臺세움으로내 방에裝飾하야노앗다. 팔은죽어서도 오히려나에게
怯을내이는것만갓다. 나는이런얇다란禮儀를花草盆보다도사량스
레녁인다.

[해독] 이상은 이 책의 맨 앞에서 소개한 「오감도 작자의 말」을
다음과 같이 마무리 지었다. "鐵 – 이것은 내 새길의 暗示요 앞으
로 제 아모에게도 屈하지않겠지만 호령하여도 에코–가없는 무인
지경은 딱하다. 다시는 이런 – 물론 다시는 무슨 다른方途가 있을
것이고 위선 그만둔다. 한동안 조용하게 工夫나 하고 딴은 정신병
이나 고치겠다." 이상은 더 이상 천문과 수에 관해 시를 쓰지 않기

로 결심한 것이다.

　새로운 암시. 鐵. 그것은 펜과 칼을 의미한다. "펜은 나의 최후의 칼이다."5) 새 길에 들어서기 위해 과거와 단절하는 데 필요하다. 시「회한의 장」에서 "두팔을끊어버리고나의직무를피했다."고 고백하였다. 시와 절교한다. 왜? 위협당한 것이다. 무엇에? 무관심과 무지에. 검열에. 두 팔은 이제부터 장식용이다. 시를 쓰고 싶은 두 팔은 그래도 겁을 낸다. 그럼에도 자신의 결심에 순종하는 두 팔이 사랑스럽다. 산문「실화」에서 "내 방에는 화분도 없었"다고 했고, 산문「조춘점묘」에서는 화분을 얻고 "가난한 방안에 왜꼬아리분 하나가 철을 찾아서 요리저리 싹이 튼다. 그 닥굽 한 되도 안되는 흙 위에다가 늘 잉크병을 올려놓고 하다가 싹트는 것을 보고 잉크병을 치우고 겨우내 그대로 두었던 낙엽을 거두고 맑은 물을 한 주발 주었다. 천하에 공지 空地라곤 요 분盆 안에 놓인 땅 한 군데 밖에는 없다고 좋아"했던 이상이다. 잉크병보다 화초가 더 소중하다. 그런데 촉대를 더 좋아한다. "등잔 심지를 돋우고 불을 켠 다음 비망록에 철필로 군청빛「모」를 심어 갑니다. 불행한 인구가 그 위에서 하나하나 탄생합니다."6) "배전공사의 1년을 보고하고 눈물의 양초를 적으나마 장식하고" 싶었다.7) 이렇듯 불을 밝히는 촉대가 사랑스럽다. 그래서 "두개팔을나는촉대세움으로내방에장식하여놓았다." 팔이 얼마나 가늘었으면 촉대로 삼을 정도였을까.

---

5)「十二月十二日」.
6)「山村餘情」.
7)「얼마안되는辨解」.

"내 팔. 피골이 상접."[8] 뼈로 촉대를 장식한 체코 공화국의 해골교
회가 연상된다. 가보지도 않고 잘도 안다. 그는 그렇게 "두 팔을
끊고" 촉대를 장식품으로 삼아 시를 절필한다. 이제 그토록 열심이
었던 별에 관해서 흥미를 잃었다.

> 내게는 별이 天文學의 對象될수업다. 그러타고 詩想의對象도
> 아니다. 그것은 다만 香氣도觸感도업는 絶對倦怠의 到達할수업
> 는 永遠한彼岸이다. 별조차가 이러케싱겁다.[9]

시 「차8씨」에서 예측한 대로 "열심히 질주하고 또 열심히 질주
하고 또 열심히 질주하고 또 열심히 질주하"던 이상이 열심히 질
주하는 일들을 정지한다. 왜? "사막보다도 정밀한 절망은 사람을
불러 세우는 무표정한 표정의 무지한 한대의 산호나무의 사람의
발경의 배방인 전방에 상대하는 자발적인 공구" 때문이다. 개척자
의 비애다. 그런데 왜 하필 시를 쓰던 두 팔을 촉대로 삼고 싶었을
까. 이상은 별과 수에 대한 시를 절필하고 산문으로 돌아섰다. 그
산문을 쓰는 데 두 팔이 촉대가 되어준다. 산문의 뿌리가 시에 있
음을 나타낸다. 그는 면도칼로 팔을 끊었으니 면도칼은 필요 없는
무용지물. 대신 수염이 길어졌다. 그에게 칼은 시요 수염이 산문
이다.

그러나 이 시는 다른 의미를 촉발할 수 있다. 한 팔은 다른 팔로

---

8) 「失花」.
9) 「倦怠」.

자르겠지만 두 팔을 어떻게 스스로 자르겠는가. 시적 표현? 이상은 산문 「추악한 화물」에서 "바른팔이 왼팔을, 왼팔이 바른팔을 가혹하게 매질했다."라는 표현을 하였다. 매질은 교대로 할 수 있고 동시에 할 수도 있다. 그러나 잘려나간 팔로 다른 팔을 자를 수는 없는 노릇이다. 생각을 바꾸어 왼팔이 오른팔을 그리고 동시에 왼팔이 오른팔을 그릴 수 있을까? 칼 대신 펜으로? 에셔가 그런 그림을 그렸다. 1948년의 일이다. 〈그림 3-1〉을 참조. 역시 모순의 무한대이다.

〈그림 3-1〉 에셔의 「양손 그림」

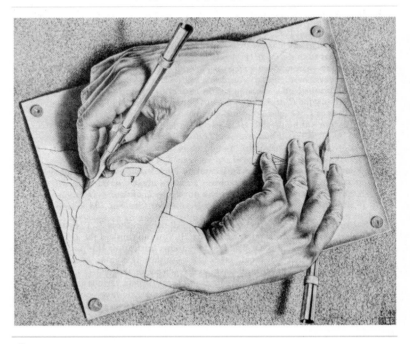

ⓒ Escher Foundation

에셔의 그림은 오로보로스나 뫼비우스의 띠를 회화로 형상화한
것으로 모순의 무한대를 표현한 것이다. 이 그림에서 펜 대신 칼로
대체하면 어떨까? 가능할까? 이상은 에셔를 예상했을까? 또 하나
의 모순의 무한대이다. 펜 대신 칼. 희망 대신 절망. 한 팔은 절망,
다른 팔은 기교. 절망은 기교를 낳고 기교가 절망을 낳는 악순환.
이상의 절망이 모순의 무한대에 이르렀음을 뜻한다.

2. KL39. 悔恨의章

출처 : 遺稿集　　　　　　　　　　　　　　　　　　　현대문학 1960. 11.

가장無力한男子가되기위해서나는痘痕이었다.
世上의한사람의女性조차가나를돌아보는일은없다.
나의怠惰는安心이다.
두팔을끊어버리고나의職務를피했다
이젠나에게事務를命令하는사람은없다
나의恐怖하는支配는어디에도發見되지아니한다
歷史는重荷이다.
世上에대한나의辭表의書式은더욱重荷이다
나는나의文字를닫아버렸다
圖書館에서의 召喚狀이벌써나에게는解讀되지않는다
나는이미世上에맞지아니하는衣服이다
封墳보다나의義務는僅少하다
나에게는그무엇을理解하는苦痛은完全히없어져있다

나는아아무것도보지는아니한다
그럼으로써만나는아아무것으로부터도보이지는아니할것이다
비로소나는完全한卑怯者가되는일에成功한세음이었다

[해독] 이 시는 해독이 필요 없을 것이다. 다만 시를 절필한 그는 절망한다. 세상에 대해 사표를 제출하였다. 이 땅은 그에게 귀양지다. 다음 시가 도전적이다.

3. KL40. 詩第七號

출처 : 烏瞰圖	조선중앙일보 1934. 8. 2.

久遠謫居의地의一枝 • 一枝에피는顯花 • 特異한四月의花草 • 三十輪 • 三十輪에前後되는兩側의明鏡 • 萌芽와갓치戱戱하는地平을向하야금시금시落魄하는滿月 • 淸澗의氣가운데滿身瘡痍의滿月이劓刑當하여渾淪하는 • 謫居의地를貫流하는一封家信 • 나는僅僅히遮戴하하얏드라 • 濛濛한月芽 • 靜謐을蓋掩하는大氣圈의遙遠 • 巨大한困憊가운데의一年四月의空洞 • 槃散顚途하는星座와星座의千裂된死胡同을跑逃하는巨大한風雪 • 降霜 • 血紅으로染色된岩鹽의粉碎 • 나의腦를避雷針삼아沈下搬過되는光彩淋漓한亡骸 • 나는塔配하는毒蛇와같이地平에植樹되어다시는起動할수업섯더라 • 天亮이올때까지

[해독] 본문은 자화상인데 해독하기 전에 한문투성이의 이 글이 어렵다면 1934년에 한학의 대가 정인보가 쓴 다음 글은 어떨까.

열국의 현하 정세와 각지의 학술 종교 이외 形形色色의 각종 모습을 綜批公判하되 능히 浮言 濫詞가 없음도 학자의 서술답고, 그중에도 閑境 韻語 같은 것은 詩人 騷客이 獨擅할 것이어늘 이 것까지 검쳐잡아 月彩의 照爛함과 海色의 滉洋함이 그대로 紙上 에 映動하는 것을 볼 때 실례의 말을 가끔가끔 놀라지 아니할 수 없었다.

이것이 이상 시대 한학자의 일상 문장이다. 이상은 유년에 조부 에게서 한학을 배웠다. 본문의 단서를 이상은 산문 「失樂園」의 연 작 가운데 하나인 「自畵像」과 「月像」 그리고 「危篤」의 연작시 가 운데 하나인 「自像」에 숨겨두었다. 따라서 본문은 바로 다음에 소 개하는 「自像」과 함께 해독해야 한다.

먼저 「月像」에서 "만신창이 – 아마 혈우병인가도 싶다."라며 혈 우병처럼 멈추지 않는 객혈의 만신창이를 그리고 있다. 중간 중간 에 방점(•)은 혈홍의 객혈을 의미한다. 「공포의 기록」에서도 "만신 창이의 나이언만 약간의 귀족취미가 남아" 있음을 알린다. 우리말 에 "코가 없는 사람"이라는 표현이 있다. 실생활에 주변머리 없는 사람을 가리킨다. 이상이 그런 사람이다. 스스로 그렇게 표현하였 다. "칵막힌머리– 코없는 생각."[10]

---

10) 「龜衁會豕」.

그 비유가 「自畫像」에 분명히 드러난다. "피라미드와 같은 코가 있다. 그 유구한 구녕으로는 유구한 것이 드나들고 있다. … 동공에는 창공이 응고하여 있으니 태고의 영상의 약도다. … 문자가 닳아 없어진 석비처럼 문명의 잡답한 것이 귀를 그냥 지나갈 뿐이다." 피라미드에는 코, 눈, 귀가 없으니 이 자화상은 그 앞에 있는 스핑크스를 가리킨다. 이상은 태연하게 실수를 저지른다. 이태백을 닮고 싶어서다. "이태백[처럼] … 한 字 가량의 泰然自若한 失手를 犯해야 한다."[11] 범인들을 골탕 먹이려는 악취미다. 스핑크스 코는 세월에 잘려나가 劓刑당한 만신창이다. 이상은 자신을 만신창이 된 "코 없는" 스핑크스에 비유하였다. 개띠의 이상은 자신을 개를 닮은 스핑크스, 그것도 코가 잘려나간 만신창이의 스핑크스로 그렸다.

본문에서 이상은 자신이 하늘 특히 시리우스에서 귀양 왔다고 말한다. 귀양지에서 핀 한 송이 꽃. 4월의 화초다. 그러나 이상은 4월생이 아니다. 그래서 이상은 또 하나의 단서를 스스로 숨겨 놓았다. "墓地銘이라. 一世의 鬼才 李箱은 그 通生의 大作 「終生記」 一編을 남기고 西歷 紀元後 一千九百三十七年 丁丑 三月 三日 未時, 여기 白日 아래서 그 波瀾萬丈의 生涯를 끝막고 문득 卒하다. 享年 二十五歲와 十一個月." 이상은 음력 8월생이다. "묘지명"의 날짜가 맞지 않는다. 이 셈법이 맞으려면 그는 1911년 4월생이어야 한다. 왜 그랬을까?

4월은 시리우스가 로마에 나타나는 때이다. "4월이 절망에게

---

11) 「終生記」.

MICROBE와 같은 희망을 플러스한 데 대해, 개는 슬프게 이야기했다." 시리우스는 큰개자리에 있으며 이상은 개띠이다. 그는 4월생이 되고 싶은 것이다. "誕生日을 延期하는 目的을 가지고"[12] 변신하고 싶은 것이다. 앞서 창백한 이상은 "날 수 없고 보이지 않는 翼殷不逝 目大不覩 시리우스B 백색왜성"이라 하였다. 그는 변신하여 다시 한 번 날고 싶은 것이다. 그의 유명한 「날개」는 이렇게 하여 탄생하였다.

한 달에 29일의 달과 31일의 해. "三十輪 ● 三十輪에前後되는兩側의明鏡." 흡사 땅에 돋아나는 싹처럼 지는 달이 마지막 모습으로 땅에 돋아있다. 기운은 맑은 시내와 같은데 객혈로 만신창이가 된 몸이 코를 베이는 의형을 받고 혼륜하며 귀양지에 갇혀있는 몸이 되었다. "淸澗의氣가운데滿身瘡痍의滿月이劇刑當하여渾淪"하는 귀양지 이 땅에서 이상은 "그렇게 버티었다." 고향인 시리우스에서 오는 소식(一封家信)은 "마이나스에서 0으로 到達하는 級數運動"이다.[13] 가랑비에 젖은 달. 깨끗한 공기. 견디기 힘든 1년 4개월의 폐의 공동. 소용돌이치는 성좌와 그 성좌의 천 갈래 막힌 골목 死胡同으로 跑逃하며 휘몰아치는 눈보라, 흙비, 혈홍으로 염색된 유성소나기.[14] 객혈에 물들은 유성소나기의 잔재. "나의腦를避雷針삼아沈下搬過되는光彩淋漓한亡骸"가 되어 땅에 식수되었다. 다음

---

12) 「얼마안되는辨解」.

13) 「무제」.

14) "죽음은 평행사변형의 법칙으로 보이르샤르의 법칙으로 그는 앞으로 앞으로 걸어가는 데에도 왔다. 떼밀어준다. 活胡同是死胡同. 死胡同是活胡同." 「地圖의 暗室」.

시 「自像」의 표현을 빌면 "千古로 蒼天이 허방 빠져있는 陷穽에 빠져 地下에 植樹되었다." 누가? 이상 본인이. 어떠한 모습으로?

바싹 말라 뼈밖에 남지 않은 나의 몰골에 떨어지는 유성의 광채. 나는 땅속에 기어드는 독사처럼 다시는 소생할 수 없더라. 여기서 독사는 그 유명한 클레오파트라를 물어 죽였다는 나일의 코브라. 소년왕 투탕카멘의 머리와 어깨장식이 바로 이 독사다. 스핑크스와 함께 신전을 지키는 탑. 오벨리스크. 그 탑을 배회하다 땅속에 식수되었다. 하늘에서 밝음 새벽(天亮), 곧 시리우스가 올 때까지. 시리우스는 동아시아에서 하늘 늑대(天狼)이라고 부른다. 여기서 나의 운명은 "독사"이며 피뢰침으로 삼은 뇌가 "오벨리스크"이고 나의 망해가 "스핑크스"이다. 곧 개의 형상이다. 그런데 독사는 다음 시에 투탕카멘의 상징으로 등장한다.

4. KL.41. 自像

출처 : 危篤　　　　　　　　　　　　　조선일보 1936. 10. 9.

여기는어느나라의떼드마스크다. 떼드마스크는盜賊마젓다는소문도잇다. 풀이極北에서破瓜하지안튼이수염은絶望을알아차리고生殖하지안는다. 千古로蒼天이허방빠저있는陷穽에遺言이碑石처럼은근히沈沒되어잇다. 그러면이겨틀生疎한손젓발짓의信號가지나가면서無事히스스러와한다. 점잔튼內容이이래저래구기기시작이다.

[해독] 이 시는 앞 시의 속편으로 산문「자화상」을 시로 옮긴 것이다.「자화상」을 뜯어보면 이 시의 떼드마스크는 이집트의 얼굴이다. "피라미드 … 문자가 닳아 없어진 석비처럼 문명의 잡답한 것이 귀를 그냥 지나갈 뿐이다. 누구는 이것이 떼드마스크라고 했다."[15] 당시 이집트는 영국의 식민지였다. 국가로서 죽은 것이다. 그 죽은 이집트의 떼드마스크. 스핑크스. 스핑크스는 피라미드와 오벨리스크를 비롯하여 고대이집트의 유물을 지키고 있다. 오벨리스크의 꼭대기는 "하늘의 극북"을 의미한다. 로제타스톤의 발견 이래 많은 유물이 해외로 나갔다. 오벨리스크도 "도적맞았다." 현재 영국과 터키에서 볼 수 있다. 여기서는 "풀"도 자라지 않는다.

이 시는 1922년에 있었던 투탕카멘의 발굴을 읊은 것이다. 소년왕은 수염도 나기 전에 죽었다. 아직 피부를 뚫지 못한 수염. "破瓜하지 않았던 이 수염." 파과기破瓜期는 여자의 경도가 시작되는 때이니 남자에게는 사춘기에 해당한다. 이때부터 변성기로 접어들며 수염이 난다. 파과하지 않은 얼굴이란 조숙하지 않은 얼굴을 가리키니 "생식하기 전"이라서 후손이 없었던 그에 관한 기록은 발굴되기 이전에는 어디에도 없었다. 그의 사망에 대해서 수수께끼이다. 역사의 함정에 빠진 그의 생애는 "비석처럼 침몰되어 있었다." 그의 무덤 곁을 지나면서도 아무도 무덤의 발굴이 성공하리라 믿는 사람은 없었다.

이상은 투탕카멘의 운명을 알고 있었다.[16] 이상 자신도 마찬가

---

15)「自畵像」.
16)「失樂園」.

지다. 아무도 알아주는 사람이 없다. 후손도 없다. "천고로 창천이
허방 빠져있는 함정에" 그도 걸렸다. 사람들은 그의 시를 번역하지
못해 "생소한 손짓 발짓 신호"한다. "점잖던 내용"을 마음대로 해설
한다. 죽은 이상이 목소리가 없다고 모욕적인 해설도 서슴지 않는
다. 정신이상자, 변태성욕자로 묘사한다. 이상이 대부분 해설자들
보다 우수했던 사람, 천재라는 사실을 염두에 두지 않고 있다. 이
상의 수준에서 생각하지 못한다. "이 촌락의 축견들아! 나를 보고
짖지 마라." 함부로 짖은 그것들은 언젠가는 "이래저래 구기기 시
작"할 것이다. 투탕카멘의 저주 같은 이상의 저주다. 〈그림 3-2〉
는 이상과 투탕카멘의 비교다. 투탕카멘의 어깨로 흘러내리는 머

〈그림 3-2〉 분장한 이상과 투탕카멘 마스크

리장식이 코브라다. 혼례식의 신부로 분장한 이상의 어깨까지 흘러내리는 머리장식이 비슷하다.

5. KL42. 詩第十四號

출처 : 烏瞰圖   조선중앙일보 1934. 8. 7.

古城압풀밧이잇고풀밧우에나는내帽子를벗어노앗다.

城우에서나는내記憶에꽤묵어운돌을매여달아서는내힘과距離껏팔매질첫다. 抛物線을逆行하는歷史의슯흔울음소리. 문득城밋내帽子겻헤한사람의乞人이장승과가티서잇는것을나려다보앗다. 乞人은城밋헤서오히려내우에잇다. 或은綜合된歷史의亡靈인가.空中을향하야노힌내帽子의집히는切迫한하늘을불은다. 별안간乞人은慓慓한風彩를허리굽혀한개의돌을내帽子속에치뜨려넛는다. 나는벌서氣絶하얏다.心臟이頭蓋骨속으로옴겨가는地圖가보인다. 싸늘한손이내니마에닷는다. 내니마에는싸늘한손자옥이烙印되여언제까지지어지지안앗다.

[해독] 이 시의 첫 인상은 햄릿의 첫 장면이다. 안개 끼던 어느 날 밤 햄릿은 홀로 고성 위로 올라간다. 고성은 왕궁 즉 자신의 집이다. 옆에 찼던 칼은 친구 호레이쇼에게 맡긴다. 유령이 나타나 복수를 부탁한다. 햄릿은 혼절 직전이 되었다. 그날 밤 햄릿은 모든 비밀을 알게 된다. 그러나 이 시에서 이상이 털어놓는 자신의

비밀은 사뭇 다르다.

이 시를 산문으로 옮긴 것이 「病床以後」이다. 이상은 칼 대신 모자를 벗고 고성에 올랐다. "천정은 여름모자처럼 이 방의 감춘 것을 뚜껑 젖히고 고자질하겠다는 듯이 선뜻하다."[17] 무인에게 칼 없음이 무장해제이듯이 문인 이상에게 탈모 역시 무장해제다. 그래서 "선뜻하다." 모자로 머리속에 "감춘 것"을 탈모가 모두 "고자질하기 때문이다." 감춘 것이란? 이상의 비밀이다. 고성은 이상의 병수발로 날려 보낸 자신의 집이다. "九十老祖母가 二八少婦로 어느 하늘에서 시집온 十代祖의 古城을 내 손으로 헐었고 綠色千年의 호두나무 아름드리 根幹을 내 손으로 베었다. 銀杏나무는 원통한 家門을 骨髓에 지니고 찍혀 넘어간 뒤 長長四年 해마다 봄만 되면 毒矢같은 싹이 엄돋는 것이었다."[18] "우리 집은 老衰했다. 이어 不肖 李箱은 이 老衰한 家庭을 아주 쑥밭으로 만들어버렸다. 그동안 이태동안 -"[19] 햄릿은 고성을 삼촌에게 빼앗겼고 이상은 고성을 자신의 손으로 헐었다.

뿐만 아니다. 이상은 조숙한 문제아다. "早熟 爛熟 감(柿) 썩는 골머리 때리는 내. 生死의 岐路에서 莞美爾笑, 剽悍無雙의 瘠軀 陰地에 蒼白한 꽃이 피었다."[20] 이상이 감춘 비밀목록은 늘어간다. "數箇月의 記憶이 (더욱이) 그를 다시 夢現往來의 昏睡狀態로 이끌

17) 「恐怖의記錄」.
18) 「終生記」.
19) 「逢別記」.
20) 「病床以後」.

었다. 그 亂意識 가운데서도 그는 動搖가 왔다. – 이것을 나는 根本的인 줄만 알았다. 그때에 나는 果然 한때의 慘酷한 乞人이었다. 그러나 오늘까지의 거짓을 버리고 참에서 살아갈 수 있는 「人間」이 되었다 – 나는 이렇게만 믿었다. 그러나 그것도 事實에 있어서는 根本的인 것은 아니었다." "나는 또한 나로서도 또 나의 周圍의 – 모든 것에 대하여 宏壯한 무엇을 分明히 創作(?)하였는데 그것이 무슨 모양인지 무엇인지 等은 도무지 記憶할 길이 없는 것은 當然한 일이다."

이상은 자신이 "조숙한 천재"라고 믿었다. 2천 편의 시도 썼다. "굉장한 창작"이라고 믿었다. 그리고 그것이 "근본적인 문제"를 다루었다고 자부하였다. 그런데 아니었다. 깨닫고 보니 "그때에 나는 과연 한때의 참혹한 걸인이었다." 지적 걸인. 동요가 왔다. 그래서 고성에 올라 기억에 무거운 돌을 매달아 힘껏 버렸다. 지금까지 그를 무겁게 누른 "이 膏肓에 든, 이 文學病을 – 이 溺愛의 이 陶醉의 … 이 굴레를 제발 좀 벗고 飄然할 수 있는 제법 斤量 나가는 人間이 되고 싶소."[21] 그것은 포물선을 그리며 멀리 가지 못하고 다시 그 역사 속으로 돌아왔다. 그는 문학병에서 탈출하지 못했다.

깨닫고 보니 그 걸인은 전(아래)에도 걸인이었고 앞(위)으로도 걸인일 것 같았다. "역사의 종합된 망령." 그는 하늘을 우러러 희망을 찾았다. 그 희망은 의외로 엉뚱한 곳에서 날아왔다.

---

21) 「私信 2」.

그때 별안간 어떤 걸인이 모자 속에 용기를 넣어주었기 때문이다. 우인에게서 온 편지였다. 지금까지 그는 그 우인을 걸인처럼 과소평가했다. 그의 글이 졸렬했기 때문이다. "우인에게서 길고 긴 편지를 받았다. 그것은 글로써 졸렬한 것이었다." 그러나 "한 순한 인간의 비통을 초한 인간기록이었다. 그는 그것을 다 읽는 동안에 무서운 원시성의 힘을 느끼었다. 그의 가슴 속에는 보는 동안에 캄캄한 구름이 전후를 가릴 수도 없이 가득히 엉키어 들었다. 참을 가지고 나를 대하여 주는 이 순한 인간에게 대하여 어째 나는 거짓을 가지고만밖에는 대할 수 없는 것은 이 무슨 슬퍼할만한 일이냐."

이상은 기절한다. "그동안 수개월 – 그는 극도의 절망 속에 살아 왔다. (이런 말이 있을 수 있다면 그는 죽어 왔다는 것이 더 적확하겠다.)" "나는 걸핏하면 까무러친다." 이상에게는 아무래도 간질기가 있었나 보다. "나는 이를 간다/나는 걸핏하면 까무러친다/나는 부글부글 끓는다."

이상은 심장(감정)이 머리로 향함을 느꼈다. 그럴 수밖에. 그때까지 자신이 "감정으로만 살아나가는 가엾은 한 곤충의 내적 파문에 지나지 않았던 것을 나는 발견하였다." 그 심장(감정)이 머리(두개골)로 향했던 것이다. "그의 아픈 몸(심장)과 함께 그의 마음(두개골)도 차츰차츰 아파 들어"오는 지도가 보였다. 싸늘한 한 손(우인의 편지)이 나의 이마(두개골)를 만져준다. "그는 그 우인의 기다란 편지를 다시 꺼내어 들었을 때 전날의 어둔 구름을 대신하여 무한히 굳세인 동지라는 힘을 느꼈다. ××씨! 아무쪼록 광명을 보시오!" "오냐 지금나는 광명을 보고 있다.”

　별과 수를 시로 옮긴 이상은 “굉장한 창작”이고 “근본적인 문제” 라고 의기양양했으나 후에 깨닫고 보니 아무것도 아니었다. 그가 별과 수에 대한 시를 버리기로 한 또 하나의 고백이다. 그리고 광 명을 찾으려고 글의 방향을 바꾸었다.

춘추

1. KL43. 熱河略圖 NO.2
(未定稿)

출처 : 建築無限六面角體   조선과건축 1932. 7.

1931年의風雲을寂寂하게말하고있는데탱크가早晨의大霧에赤褐色으로녹슬어있다.

客棧의炕의內部. (實驗用알콜램프가燈불노릇을하고있다)

벨이울린다.

兒孩가二十年前에死亡한溫泉의再噴出을報道한다.

[해독] 미정고이지만 해설할 만하고 해설해야 한다. 1931년을 말하고 있기 때문이다. 이상이 영화관에서 뉴스를 보고 있다. 1931년 일본군의 열하침략이다. 만주사변이다. 파괴된 중국군 탱크가 적갈색으로 녹슬어 가는 모습을 보여준다. 석유의 통제로 주막집 온돌의 등잔이 실험용 알코올램프임도 보여준다. 영화가 끝나는 벨이 울린다. 20년 전인 1911년 신해혁명으로 사라진 청나라가 다

시 만주국으로 탄생할 것이라는 보도가 있었다. 열하에 있는 온천에 비유하였다. 이제 전쟁은 확대될 것이다.[22] 지상에서 별들의 전쟁이다. 하늘의 건축무한육면체가 지상으로 내려왔다.

2. KL44. 詩第十二號

출처 : 烏瞰圖	조선중앙일보 1934. 8. 4.

때무든빨래조각이한뭉탱이空中으로날너떠러진다. 그것은흰비닭이의떼다. 이손바닥만한한조각하늘저편에戰爭이끗나고平和가왓다는宣傳이다. 한무덕이비닭이의떼가깃에무든때를씻는다. 이손바닥만한하늘이편에방맹이로흰비닭이의떼를따려죽이는不潔한戰爭이시작된다. 空氣에숫검정이가지저분하게무드면흰비닭이의떼는또한번이손바닥만한하늘저편으로날아간다.

[해독] 1931년 만주사변으로 더럽혀진 평화. 평화가 왔다고 전하는 비둘기는 옛부터 통신용 전령사이다. 비둘기 떼를 보고 때 묻은 빨래로 묘사하였다. 이 표현보다 다음이 더 좋다. "갈매기가 나네 – 오늘은 헌 옷을 입었습니다. 허공중에도 길이 진가 봅니다."[23] 길이 질어진 이유가 전쟁이다. 하늘 저편 곧 만주를 점령한 후 하늘

22) 1931년 9월 18일 유조구의 철로 침목 파괴사건으로 일어난 중일문제는 1932년 3월 9일 만주국 성립, 1933년 2월 24일 일본의 국제연맹 탈퇴, 1933년 6월 7일 국제연맹의 만주국 불승인 결의로 이어졌다. 1937년 중일전쟁과 1941년 태평양전쟁의 서곡이다.
23) 「슬픈이야기」.

의 이편 곧 조선에서 평화의 상징인 비둘기를 방망이로 마구 때리는 빨래에 비유하였다. 이 박해를 피해 비둘기가 다른 곳으로 날아가면 이곳에는 평화가 없다. 만주사변 이후 조선에 닥칠 어두운 그림자다. 1931년의 중요성은 다음 시로 이어진다.

3. KL45. 一九三一年 (作品第一番)

출처 : 遺稿集 1931. 11. 6.   현대문학 1960. 11.

一

나의 肺가 盲腸炎을 앓다. 第四病院에 入院. 主治醫 盜難 – 亡命의 소문나다.

철늦은 나비를 보다. 看護婦人形購入. 模造盲腸을 製作하여 한 장의 透明琉璃의 저편에 對稱點을 만들다. 自宅治療의 妙를 다함.

드디어 胃病倂發하여 顔面蒼白. 貧血.

二

心臟의 去處不明. 胃에 있느니, 가슴에 있느니, 二說 紛紛하여 걷잡을 수 없음.

多量의 出血을 보다. 血液分析의 結果, 나의 피가 無機物의 混合이라는 것 判明함.

退院. 거대한 샤프트의 紀念碑 서다. 白色의 少年, 그 前面에서 狹心症으로 쓰러지다.

三

나의 顔面에 풀이 돋다. 이는 不撓不屈의 美德을 象徵한다.

나는 내 자신이 더할 나위 없이 싫어져서 等邊形코오스의 散步를 매일같이 계속했다. 疲勞가 왔다.

아니나 다를까, 이는 一九三二年五月七日(父親의 死日) 大理石發芽事件의 前兆이었다.

허나 그때의 나는 아직 한 개의 方程式無機論의 熱烈한 信奉者였다.

四

腦髓替換問題 드디어 重大化되다.

나는 남몰래 精虫의 一元論을 固執하고 精虫의 有機質의 分離實驗에 成功하다.

有機質의 無機化問題 남다.

R靑年公爵에 邂逅하고 CREAM LEBRA의 秘密을 듣다. 그의 紹介로 梨孃과 알게 되다.

例의 問題에 光明 보이다.

五

混血兒Y, 나의 입맞춤으로 毒殺되다. 監禁당하다.

六

再次 入院하다. 나는 그다지도 暗澹한 運命에 直面하여 自殺을 決意하고 남몰래 한 자루의 匕首(길이 三尺)를 入手하였다.

夜陰을 타서 나는 病室을 뛰쳐나왔다. 개가 짖었다. 나는 이쯤이면 하고 匕首를 나의 배꼽에다 찔러 박았다.

不幸히도 나를 逮捕하려고 뒤쫓아 온 나의 母親이 나의 등에서 얼싸안은 채 殺害되어 있었다. 나는 無事하였다.

七

地球儀 위에 곤두를 섰다는 理由로 나는 第三인터내슈날黨員들한테서 몰매를 맞았다.

그래선 繰縱士 없는 飛行機에 태워진 채로 空中에 내던져졌다. 酷刑을 비웃었다.

나는 地球儀에 接近하는 地球의 財政裏面을 이때 嚴密仔細히 檢算하는 機會를 얻었다.

八

娼婦가 分娩한 死兒의 皮膚全面에 文身이 들어 있었다. 나는 그 暗號를 解題하였다.

그 死兒의 先祖는 옛날에 機關車를 치어서 그 機關車로 하여금 流血淋漓, 도망치게 한 當代의 豪傑이었다는 말이 記錄되어 있었다.

九

나는 第三番째의 발과 第四番째의 발의 設計中, 嫐으로부터의 「발을 짜르다」라는 悲報에 접하고 愕然해지다.

十

나의 房의 時計 별안간 十三을 치다. 그때, 號外의 방울소리 들리다. 나의 脫獄의 記事.

不眠症과 睡眠症으로 시달림을 받고 있는 나는 항상 左右의 岐路에 섰다.

나의 內部로 向해서 道德의 記念碑가 무너지면서 쓰러져 버렸다. 重傷, 世上은 錯誤를 傳한다.

13+1=12 이튿날(卽 그때)부터 나의 時計의 針은 三個였다.

十一

三次角의 餘角을 發見하다. 다음에 三次角과 三次角의 餘角과의 和는 三次角과 補角이 된다는 것을 發見하다.

人口問題의 應急手當 確定되다.

十二

거울의 屈折反射의 法則은 時間方向留任問題를 解決하다. (軌跡의 光年運算)

나는 거울의 數量을 빛의 速度에 依해서 計算하였다. 그리고 로켓트의 設計를 中止하였다.

別報, 梨孃 R靑年公爵 家傳의 발(簾)에 감기어서 慘死하다.

別報, 象形文字에 의한 死都發掘探險隊 그의 機關紙를 가지고 聲明書를 發表하다.

거울의 不況과 함께 悲觀說 擡頭하다.

[해독] 지금까지 밝혀진 바에 의하면 1931년은 이상에게 대단히 중요한 해였다. 이 시는 1931년을 1월부터 12월까지 상징적으로 월별로 나누어 자신의 시작詩作의 경위를 기록한 것이다. 작시의 춘하추동. 그러므로 이 시는 지금까지 해독에 사용했던 단서, 암호, 방법 등 모두 총동원하여야 이해할 수 있다.

우선 이 글에 등장하는 날짜는 1931년 11월 6일이다. 그런데 이 글의 번호三에는 "이는 一九三二年五月七日(父親의 死日)"이라는

대목이 등장한다. 따라서 1931년 11월 6일은 이 글의 작성날짜가
아니다. 이 날짜의 의미는 해독 뒤로 미룬다.

1월. 본문은 1월에 "나의 폐가 맹장염을 앓다."로 시작한다. 맹
장은 영어로 부록appendix를 뜻한다. 자신의 폐결핵은 당시로서는
거의 불치의 병이고 그로 인해 그는 요절할 것을 예감한다. 얼마
남지 않은 시간에 중요한 것은 따로 있다. "나에게는 할 일이 있
다."²⁴⁾ 폐결핵은 치명적이지만 남은 시간을 생각하면 부록에 불과
하다. 그것과 싸우기에는 나의 얼마 남지 않은 시간이 아깝다. "나
는 서둘러야 한다."고 「斷想」에서 말한다. 남은 시간을 1931년에
바치는 것이다. 제4병동(결핵 병동)에 입원하다.

격리병동에 의사는 나타나지 않는다. 감염될까 두려워 격리병
동으로부터 "망명"했다. 이상은 산문 「病床以後」에서 "의사도 인간
이다. 나하고 조금도 다를 것"이 없다고 크게 기대하지 않는다. 병
에 대해서 "꽉 다무러져 있는 의사의 입은 그가 아무리 치어다보아
도 열릴 것 같지는 않았다." 그래서 "내 병 같은 것은 안중에도 없
지! 술을 마시고 와서 장난으로 내 팔목을 잡았지. 그 수심스러운
무엇인가! 아 - 아 - 중요하지 않은 인간." 있으나 마나한 존재.
의사는 없는 셈 친다. 주치의는 "도난 - 망명"했다는 소문이다.

"철늦은 나비를 보다." 의학계에서 나비는 결핵에 걸린 폐를 지
칭하는 은어이다.[이 책의 속편을 참조] 1월의 나비이니 "철늦은 나비"이
다. 인형은 가짜인간이다. "간호부인형"은 가짜 간호부이다. 간병

---

24) 私信(1).

인을 고용한 것이다. "모조맹장 제작." 폐를 찍은 X레이 사진[모조맹장]을 유리판[한 장의 투명유리]에 걸어놓았다.

앞에서 이상에게 모조품은 가짜의 비밀을 의미한다고 했다. 그의 작품에 등장하는 목각 양, 풍향계 닭, 목조 뻐꾸기, 지구의, 잡지의 망원경, 사진의 프리즘, 국가가 아닌 조선 등은 비밀을 간직하고 있다. 목각 양은 평화, 풍향계 닭은 감시, 목조 뻐꾸기는 억압된 시간, 지구의는 지구에 유배된 자신의 처지, 잡지의 망원경과 사진의 프리즘은 희망, 식민지 조선의 절망. 이 연장선에서 간호부인형과 모조맹장 역시 비밀을 품고 있다. 급하지 않은 부록에 대한 무관심. 진짜라면 이런 비밀이 필요 없다. 조선 천지에는 모두 진짜가 아닌 모조뿐이다. 앞서 보았듯이 모조는 모순을 일으킨다.

말이 병원이지 의사와 간호부가 없으니 자가 치료 수준이다. "자택치료의 妙를 다함." 각혈이다. 피를 입으로 토하니 胃에서 나오는 것처럼 보여 위병인지 모르겠다. "드디어 胃病倂發." 당연히 "顔面蒼白"에 "빈혈."

2월. "심장의 居處불명." 출혈의 원천이 胃인지 肺인지 모르니 혈액의 공급원인 심장 또한 胃에 있느니 肺에 있느니 "二說 紛紛." "다량의 출혈." 생명을 위협한다. 생명력이 없는 것은 무기물이다. "혈액분석의 결과 나의 피가 생명력 없다고 판정됨." 나의 폐결핵은 불치의 병으로 죽음에 이르게 만든다.

병원에 있어보았자 효과가 없어 "退院"하고 보니 그 사이 『조선과 건축』 1월호에 나의 1등 작품이 표지를 장식하였음을 알았다. "거대한 샤프트의 기념비 서다." 창백한 나(백색의 소년)의 심장이 감당할 수 없어 "협심증"으로 쓰러지다. 여기서 자신을 소년이라 칭한 이유는 뒤의 4월에서 제공된다. 다만 여기서는 '백색 소년'이란 파슨스의 아일랜드의 지하 저항단체인 백색소년당Whiteboys의 일원을 상징한다고 볼 수 있는 바, 이는 그 아래 3월에서 '불요불굴'의 자신을 가리킨다는 점만 지적하기로 한다. 이상이 백인 소년이라고 칭하지 않고 구태여 '백색 소년'이라고 부른 이유이다.

3월. "나의 顔面에 풀이 돋다." 무기물처럼 생명력이 없어진 나의 얼굴에 수염이 나는 것은 시작詩作에 대한 나의 "불요불굴"의 발로이다. 나는 친부모와 양부모 사이의 "等邊形코오스"에서 왔다 갔다 "散步"하는 "내 자신이 더할 나위 없이" 싫다. "피로"한 삶이다. 이를 벗어나려는 희망으로 대리석 묘비를 준비하였다(發芽事件). 참고로 영어 marble orchard는 묘지를 뜻한다. 이를 보면 이 글은 1932년에 쓰였다고 추정된다. 아니나 다를까. 이것이 1932년 5월 7일에 양부가 세상을 하직하는 "전조"가 될 줄이야.

그때의 나는 "한 개의 方程式無機論의 열렬한 신봉자"였다. 그 것은 제2장 제1절에서 해독한 2차 방정식이다. 무기물에게는 생명력이 없어서 올바른 가역반응이 일어난다. 나의 신조이다. 그러나 이후에는 변할 것이다. 이상한 가역반응의 희생자가 될 것이다.

4월. 올바른 가역반응은 두 가지 경우에 가능하다. 하나는 뇌를 교환하는 것이다. "뇌수체환문제"이다. 또 하나는 "정충"으로 돌아가는 것이다. 생명력이 없는 곳에서는 올바른 가역반응이 일어나니 정충을 무기물로 만들기 위하여 유기물을 분리하는데 성공하다. 현미경 아래이기 때문이다. "현미경/그밑에서는인공도자연과다름없이현상되었다." 이것이 "정충의 一元論"이다. 이 가설은 언제 가능하나. 다시 말하면 올바른 가역반응은 언제 가능한가. 시간을 뜻하는 직선이 과거분사시제를 의미하는 원과 한 점에서 접하면 된다. 그러나 다른 유기질에서도 일원론이 통할지 "유기질 무기화문제"가 남는다.

이 문제에 "光明"이 보이게 된 것은 "R청년공작과 해후"하고 "梨양"을 소개받은 후였다. 그것은 "CREAM LEBRA의 비밀"이었다. 곧 CREAM LEBRA의 직선이 원과 한 점에서 접하여 하나의 풀이만 생산하는 길뿐이다. 앞에서 이미 보인대로 〈그림 3-3〉은 〈그림 2-5〉를 90°로 돌려 재생한 것이다. 독자들의 편이를 위하여 중복 설명한다. 명칭을 부여하여 원을 C로, 직선을 L로, 원의 반지름을 R로 표기한 것은 그대로다. 모두 영어 Circle, Line, Radius의 두문자를 빌린 것이다. 여기에다 원과 직선이 만나는 두 점을 각각 A와

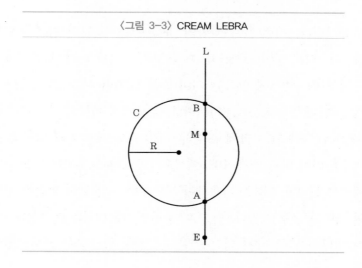

〈그림 3-3〉 CREAM LEBRA

〈그림 3-4〉 불화 = CREAM LEBRA와 BAMBOO

B로 표기한다. 이번에는 원 밖의 점을 E로, 원 안의 점을 M으로 명명한다. 역시 영어 Exterior, Meso의 두문자를 땄다. M점이 A점과 B점 사이 meso에 있다는 의미이다. 그러면 이들 문자로 만들 수 있는 단어가 CREAM LEBRA이다. 본문에서 이상이 던진 수수께끼 같은 말 "R청년 공작에 해후하고 CREAM LEBRA의 비밀을 듣다."의 비밀이 바로 이것이다. 이상은 「공포의 성채」에서 "그는 민족에게서 신비한 개화를 기대하며 그는 레브라와 같이 화려한 밀타승의 불화를 꿈꾸고 있다."라고 다시 한번 "레브라"를 언급한다. 여기서 밀타승은 두 가지 역할을 한다. 첫째, 밀타승은 가루약인데

기름과 섞어 피부약으로 쓰면 "크림"처럼 된다. 둘째, 밀타승은 글자 그대로 승려를 가리키는데 승려가 그리는 불화의 전통은 부처를 둘러싼 두 개의 원과 대나무로 구성되어 있다. 이때 대나무는 직선으로 원을 세로로 가르고 지나간다.⟨그림 3-4⟩ 참조 그러면 ⟨그림 3-4⟩의 두 개의 원과 ⟨그림 3-3⟩의 직선상의 세 개의 점 M, A, B로 만들 수 있는 단어는 대나무BAMBOO가 된다. 따라서 위 문장은 "그는 민족의 신비한 개화를 기대하며 원과 직선으로 표현된 레브라와 크림을 꿈꾸고 있다."로 읽어야 한다. 우리 민족에게 "신비한 개화"가 일어나서 다른 민족과 올바른 가역반응이 되기 때문이다.

그러면 "R청년 공작"이란 누구인가? 앞에서 우리는 "파슨스타운의 괴물" 천체망원경을 소개받았다. 파슨스는 3대째 세습 귀족인데 그 공식 명칭이 "로시 3세 공작the 3rd Earl of Rosse"이다. 그래서 천체망원경의 정식 이름이 "로시 6피트 망원경"이다. 여기서 "R청년 공작"이 그를 지칭한다. 그가 천체망원경을 건설했을 당시 나이가 45세였다. 그를 "청년"이라 표기한 것에 비하면 이 시를 쓰던 22세의 이상은 "소년"이다. 이것이 앞서 2월에 등장하는 "백색 소년"의 소년이다.

앞서 이미 보았다시피 이 "CREAM LEBRA 비밀"의 본질은 X1 ⇌X2 사이의 "가역반응"이었다. 여기서는 A⇌B이다.

그것이 현미경 아래에서 "精虫의 一元化"도 가능하다는 주장이다. ⟨표지도안 1등 당선작⟩의 접점 H가 주장하는 것이 바로 이것이다. 정충이 성장하여 사람이 되면 그때부터 ⟨표지도안 3등 작품⟩의 직선이 원에 "두 종류의 존재"를 만들어 낸다. 그것이 가능하려면 정충에서 유기질을 "분리"하여 무기물만 남겨야 한다. "유기질의 무기화문제가 남다." 그리하면 올바른 가역반응이 가능하다. 무기질이 X1이라면 유기질은 X2이다. 현미경 아래에서 이 둘 사이에 올바른 가역반응이 가능하다.

이처럼 문제해결에 "R청년공작"이 "CREAM LEBRA의 비밀"을 가르쳐 주었다. 아울러 "梨양을 소개"해 주었다. 이때가 4월이다. "배꽃"은 4월에 핀다. 배를 자르면 둥근 원형이다. CREAM LEBRA의 원을 가리키며 반사경을 의미한다. 그러면 梨양은 누구인가. 이상은 단서를 남겼다. "배"는 일본말로 "나시"이다. "당신은 MADEMOISELLE NASHI를 아십니까? 저는 그녀에게 유폐당하고 있답니다."[25] 이 글에서 유폐당한 저란 누구인가. 시리우스를 말한다. 시리우스는 개다. 배꽃이 피는 4월에 나타난다. 시리우스가 로시(R청년공작) 망원경의 반사경인 梨양에게 투영된 것이다. 이상도 개띠다. 이상은 CREAM LEBRA에 "무기화문제"의 해결을 기대한다. 그래서 "예의 문제에 광명 보이다."

5월. 제2장에서 본 것처럼 CREAM LEBRA를 방정식으로 정식화하려면 X축과 Y축이 필요하다.〈그림 2-2〉참조 이때 원의 공식을 2차방정식으로 변환시키려면 Y=0이 되어야 한다.[49쪽 참조] "혼혈아 Y, 나의 입맞춤으로 독살되다." Y는 영으로 사라진 것이다. 혼혈아 Y는 누구인가. 이상은 이번에도 단서를 남겼다. "Y군은 4차원 세계의 테마를 프랑스말로 회화한다."[26] 프랑스어로 4차원을 얘기한다

25) 「遺稿 4」.
26) 「失花」.

고 혼혈아로 몰았다. 연적이기 때문이다. 그리고 말 한 마디(입맞춤)에 의해 기하학적으로 독살했다. 그러나 가역반응을 설명하는 데 필요한 소중한 "두 개의 풀이"를 구할 수 있었다. 이것이 "R청년공작"이 가르쳐준 "CREAM LEBRA의 비밀"이다. 그러나 자신은 X2의 ◻에 갇혔다(감금). 〈그림 2-3〉과 〈그림 2-6〉 참조

6월. 그러나 자신이 짊어져야 하는 숙명은 어쩔 수 없었다. 원은 "과거분사의 시세"이기 때문이다. 그래서 이상은 "그다지도 암담한 운명에 직면하여" 변신(자살)을 결심했다. 자살을 통하여 주어진 원 밖으로 탈출하려는 것이다. 그러려면 먼저 병원에서 탈출. 하늘에서 시리우스가 빛난다.(개가 짖었다.) 이때가 6월이다. 시리우스의 활동이 가장 왕성해지는 달이다. 그 이전에는 CREAM LEBRA의 비밀을 몰랐었다. 이제는 다르다.

그는 "3척이나 되는 비수"를 준비했다. 3척(91센티)의 비수는 없다. 이것은 비수가 아니다. 장검이다. 그리고 이 장검으로 "배꼽"을 찔렀다. 앞서 운명론에 의하면 원=이상이었다. 원의 배꼽이 어디인가. 중심이다. CREAM LEBRA에서 원의 중심을 관통하는 직선(장검)을 형상화하였다. 원(반사거울)의 직경이 3척이다. 대단히 큰 반사망원경이다. 파슨스의 로제 망원경 직경의 절반 크기이다. 이상이 이것을 응모작품에 도안한 듯하다. 4등이 되었던 1932년 작품은 오목거울이다.

장검을 광속으로 찌르면 물리학적으로 장검은 원반이 된다. 어느 무명의 과학자의 다음 시가 흥미롭다.

젊은이가 있었다.
그의 장검이 광속으로 빨라
눈에 보이지 않는다.
피츠제랄드의 수축에 의해서
그 장검은 원반이 되었네.

이 시의 피츠제랄드(George FitzGerald 1851-1901)는 광속으로 움직이
는 물체의 길이가 수축되는 공식을 만든 과학자다.

이 책 41쪽의 KL3(표지도안 3등 작품)과 55쪽의 〈그림 2-6〉을 비교
해 보자. 앞서 말한 대로 왼쪽에서 두 번째 격자무늬 속에 사람ⵯ이
보인다. 이 사람의 위치가 〈그림 2-2〉의 X2와 일치한다. 바로 이
상 자신을 가리킨다. 〈그림 2-7〉의 격자무늬 속의 모자 쓴 파슨스
에 비교된다. 파슨스는 실존하는 천문대 주인이고 이상은 표지도
안 천문대의 주인이다. 이것이 둘 사이의 "이상한 가역반응"이다.
X2=이상인 채 3척의 장검으로 원의 "배꼽"을 찔렀다.

장검으로 원의 배꼽, 즉 직선이 중심을 찌르면 〈그림 2-2〉에서
X1=0가 된다. 이것을 이상은 "나의 모친이 나의 등에서 얼싸안은
채 살해되었다."고 표현하였다. 그리고 X2≠0인 것을 "나는 무사하
였다."고 말했다. 앞서 〈그림 2-2〉의 X2에 서 있는 사람ⵯ이 이상
이라는 것이 밝혀졌다. 그러면 X1=0의 X1은 모친인데 양모養母를
가리킨다. 이상은 양모와 사이가 좋지 않았다. 키워준 은혜를 갚으
라고 강요하기 때문이다. 이것을 이상은 시 「문벌」에서 "분총에 계
신 백골까지가 내게 혈청의 원가상환을 강청하고 있다."라고 표현
한다. 앞서 3월부터 벼른 대로 그는 양부모집에서 나온다. 이것이

"나를 체포하려고 뒤좇아 온 나의 모친"이다. 그리고 "모친이 나의 등에서 얼싸안은 채 살해되고" 나는 "무사히" 집을 나온 것이다.

여기서 3척의 장검을 비수하고 표현한 이유가 있다. 비수의 匕자는 七자와 구분하기 힘들 정도로 닮았다. 七색의 가시광선이 匕색의 가시광선이다. 이상이 七색을 넘어 가시광선 밖으로 탈출한 것이다. 이상이 드디어 제8영역의 세계를 탐구하기 시작한 것이다.

7월. 무선의 제8영역을 보기 위하여 지구의에 안테나를 설계했다는 이유로, 다시 말하면 7번 색 밖으로 나갔다는 이유로 7번한테 몰매를 맞았다. 7번은 빨강이다. 제3인터내셔널도 빨강이다. 당시에 공산주의라는 단어를 말하는 것은 위험했다. 그것은 유럽도 마찬가지였다. 헝가리 출신 수학자 에어디쉬(Paul Erdos 1913-1996)는 공산주의자를 가리켜 '긴 파장의 사람들'이라고 불렀다. 붉은 색을 가리킨다.

이상은 "비행사 없는 비행기" 즉 무선장치 설계도와 함께 내쳐졌다. 앞서 「차8씨의 출발」에서 비행기가 무선장치와 함께 새 시대의 신선함이라고 표현하였다. 그러나 이상은 그 "혹형"을 비웃었다. 그 이유를 이상은 그 아래 준비했다. "비밀이 없는 사람은 재산이 없는 것처럼 가난하고 허전한 것이다."[27] 따라서 그 다음 문장은 "나는 지구의에 접근하는 지구의 비밀(재정이면)을 이때 엄존 자세히 검산하는 기회를 얻었다."라고 읽어야 한다. 그는 무선 지식으로 귀중한 기회를 얻었기에 혹형을 비웃을 수 있었다.

---

27) 「失花」.

8월. 지구의 비밀을 알게 된 이상은 이제 우주를 살필 차례가 된 것이다. 앞서 이상의 시를 해설한 순서 그대로이다. 8월에 들어서면 시리우스가 빛난다. 예로부터 시리우스가 여름에 한발과 홍수를 가져온다고 믿었다. 시리우스는 먼 옛날 초신성이었다. 8월은 음력으로 7월. 은하수가 흐른다. 이상은 우주로 우리를 안내했다. 창부가 분만한 死兒는 앞서 해설한 대로 초신성이 백색왜성으로 수축되면서 외피를 날릴 때 사라진 스펙트럼의 파장들이다. 그 死兒의 "피부 전면에 문신이 들어 있었다." 사라진 스펙트럼의 파장을 가리킨다. "나는 그 암호를 해독하였다." 그 다음 문장은 이상의 수필 「지팡이 轢死」의 한 소절을 연상케 한다. "이 황해선이라는 철도의 레일 폭은 너무 좁아서 … 참 앙증스럽습니다. … 그 기차를 끌고 달리는 기관차야말로 가엾어 눈물이 날 지경입니다. 그야말로 사람이 치우면 사람이 다칠는지 기관차가 다칠는지 참 알 수 없을 만치 귀엽고도 갸륵"하다. 이 기관차가 死兒의 아버지에게 치어서 유혈이 낭자. 기관차는 서로 다른 차량을 달고 다니는 띠인데 그 띠(스펙트럼)가 낭자하게 피를 흘려 적색편이를 일으킨 모습이다. 이상은 인천 부두에 기항하는 배의 기적을 가리켜 "뚜- 이 뚜- 소리에는 옅은 보라색을 칠해야 합니다."[28]라고 표현한다. 다가오는 소리를 빛의 청색편이에 비유한 것이다.

9월. 다음해(1932년) 『조선과 건축』의 표지도안에 응모하기 위해 반사경을 도안하였다. 이 반사경을 둘러쌓고 있는 "眞眞5"의角바

---

28) 「슬픈이야기」.

bar의나열" 가운데 3번째 bar과 4번째 bar을 설계하였다. 그것들은 반사경을 받치고 있는 발이기도 하다. 이 새로운 반사경과 발로 운명을 바꾸고 싶다. "誕生日을 延期하는 目的을 가지고" 변신하고 싶은 것이다.[29] 친구 문종혁이 다리수술을 받았다.[30] "직선이 원을 살해"하지는 않았지만 "혁"의 운명의 직선(발)에 "악연"하였다. 이 소식에 이상은 놀라며 "혁"의 운명이 걱정이 되었다. 문종혁은 절망으로 손가락도 잘라 쥐라고 혈서를 썼다. 그것을 바라보던 창녀가 사랑의 고백인 줄 알고 가위로 자신의 머리채를 잘랐다.[31]

10월. 방안의 "시계가 별안간 十三을 치다." 이 문장은 앞에서 이미 해독하였다. 거울에 비쳐진 三十을 가리킨다. 이상은 하루를 48시간으로 살고 싶었던 것이다. 이상의 "탈옥"을 알리는 "호외". 이상의 시가 게재된 것이다. 불면의 30분과 수면의 30분의 반복. 30진법 하에서 "거울에 유폐시킬" 좌우의 기로. 나의 내부에 도덕의 기념비. "20세기를 생활하는데 19세기의 도덕성밖에는 없으니 나는 영원한 절음발이로다."[32] 앞서 해독했듯이 이상은 프리즘이고 그것이 만드는 스펙트럼의 왼쪽 다리의 파장이 짧고 오른쪽 다리의 파장은 길다. 그 기념비가 무너졌다. 자신에게는 프리즘이 없었던 탓이다. 13+1=12. 이것도 앞서 해독했다시피 진법의 문제이다. 13을 거울에 비추어 31로 만들면 31+1=12는 30진법의 계산이

29) 「얼마안되는辯解(혹은一年이라는題目)」.

30) 「血書三態」.

31) 문종혁, 「심심산천에 묻어주오」, 『여원』, 1969년 4월호. 김유중·김주현 엮음, 『그리운 그 이름, 이상』, 지식산업사, 2004, 106쪽에서 재인용.

32) 「失花」.

다. 이것은 이 시의 제목인 1931년의 중요성을 상징한다.

11월. 삼차각을 연구하다.[이 책의 속편을 참조] 이것을 시로 옮기면서 원고료가 결정되다. "철필로 군청빛 모를 심어 갑니다. 불행한 인구가 그 위에 하나하나 탄생합니다. 조밀한 인구가 −"[33] 당시 한국의 촌락에는 집성촌이 많았다. 그곳에서는 자손의 번식을 모를 심는다고 표현하였고 고향을 못자리라고 불렀다. "인구문제의 응급수당이 결정되다." 인구=모=원고지 글자 수의 원고료가 결정되다.

12월. "거울의 굴절반사의 법칙은 시간방향유임문제를 해결하다." 마이켈슨−몰리의 실험을 시로 옮겼다는 뜻이다.[이 책의 속편을 참조] "나는 거울의 수량을 빛의 속도에 의해서 계산하였다." 마이켈슨−몰리가 여러 차례 실험에서 필요했던 거울의 개수를 가리킨다. "로켓트 설계를 중지하다."[이 책의 속편을 참조] 이상이 여기까지 관심을 갖다니! 미국의 고다드(Robert Goddard 1882−1945)가 인류 최초의 로켓트를 발사한 것은 1926년이었다.

별보. "梨양 R청년공작 家傳의 발(簾)에 감기어서 慘死하다." 梨는 배를 가리키는데 둥근 반사경이다.〈그림 2−8〉 참조 여기서 "발"은 bar 인데 파슨스천체망원경의 반사경을 발簾처럼 둘러쌓고 있는 "眞眞 5"角바bar의나열"을 가리킨다. 곧 발bar의 나열이 발簾이다. 또한 그것은 R공작의 집안에 내려오는 家傳의 발이다. 이 반사경이 1908년 망원경에서 분리되어 런던의 자연사박물관으로 이전되었다. 반사경이 "bar에 감기어" 본체에서 뜯겨져 "참사"한 것이다.

---

33) 「山村餘情」.

별보. 반사경이 이전(참사)된 것은 오랫동안 천체망원경이 방치되었기 때문이다. 방치된 곳은 담쟁이와 양치류로 뒤덮여 폐허가 된 모습이 흡사 "죽은 도시(死都)"처럼 되었고 망원경의 유래가 기록된 글자가 보이지 않아 해독할 수 없는 "상형문자"처럼 되었다.[이 책의 속편을 참조] 반사경을 분리하는 모습은 "발굴탐험대"라고 묘사하였다. 당시 신문이 보도하였다. "기관지가 성명서를 발표하였다." 거울(반사경)의 장래는 비관적이다. "거울의 불황과 함께 비관설 대두하다." 당시 이만한 반사경은 없었다.(불황).

이 글의 번호 十에 "나의 탈옥의 기사"는 이상의 글이 10월에 게재됨을 의미하고, 번호 十一에 "인구문제의 응급수당 확정되다"는 11월에 원고료의 결정이라고 해독하였다. 이 글의 제목은 "1931년"이고 부제는 "작품제1번"이다. 1931년 11월 6일은 이상이 첫(제1번) 원고료를 수령한 날짜라는 추론이 가능하다. 금요일이었다.

제4장

골骨과 편片

반골

　머리말이 1001등신이라면 그 후에는 무엇이든지 그에 어울리는 짝이 되지 않으면 안 된다. 1001등신이란 얼마나 작은 부분이냐. 이상은 최소의 숫자를 선호한다. 그러면서 컴퓨터와 함께 무한대로 소요 나간 시인이다. 최소와 무한대를 합쳐 맺는말은 1장, 2장, 3장의 본론 다음에 무한대에 기록하면 합당하리라. 그 사이는 …의 여백이 연결하면 어울릴 것이다. 그것이 무엇이든.

　이상의 시가 어렵다고 한다. "절망이 기교를 낳은" 탓일까. 앞서 「出版法」에서 보았듯이 자신의 시를 보호하기 위한 궁여지책이었다고 여겨진다. 이 사정을 노골적으로 표현한 적도 있다. "重量의 구두의 소리의 體積 – 野蠻스런 法律 밑에서 擧行되는 査閱."[1] 은근한 표현도 잊지 않는다. "사꾸라라는 꽃을 나는 그렇게 장하게 여기는 者가 아닙니다. 然而 이 사꾸라가 가을에 眞짜 단풍보다도 훨씬 丹楓답게 紅葉이 지는 것을 보고 거 제법이라고 여겼습니다."[2]

---

1) 「얼마안되는辨解」.
2) 「散墨集」.

검열 탓이 크다. "체제도 고치고 싶은 대로 고치오. 그리고 검열본
은 안 보내니 그리 아오."[3] 이상은 스스로를 자평하였다. "難攻不
落의 關門." 그 관문도 "떼까마귀의 罵詈"에 무너졌다. 그러나 기와
로 썩지 않고 옥으로 부서지는 편을 택하였다. "허허벌판에 쓰러져
까마귀 밥이 될지언정 理想에 살고 싶구나."[4] 理想=李箱. 반골의
기질이다. "제 아무에게도 屈하지 않겠지만 호령하여도 에코-가
없는 무인지경은 딱하다."[5]

　　기본적으로 서로 다른 영역으로서 자연현상과 인문현상을 통합
하려는 시적 표현은 쉽지 않다. 그것은 바벨탑이다. 일찍이 누가
이러한 시도를 한 적이 있었던가. 그래서 택한 방법이 절약법, 곧
절제법이다. "천하 눈 있는 선비들의 간담을 서늘하게 해 놓기를
애틋이 바라는 일념 아래 이만큼 인색한 내 맵시의 절약법을 피력
해 보인다."[6] 절약된 표현의 자긍이다. 그 대신 그는 여러 단서를
숨겼다. 이 단서를 밑바탕으로 약간의 상상력을 동원하면 그의 시
는 엉켰던 실타래 풀려지듯 옷감을 짠다. 프리즘이 펼치는 옷감이
7색을 너머 태양, 은하수, 초신성을 재단하고 그들이 발하는 눈에
보이지 않는 8영역으로 보이지 않는 옷감을 짠다. "순백"한 어린이
눈에만 보인다는 "벌거벗은 임금님"의 옷은 이상이 재단한 옷감이
다. 이상이 순백한 것은 프리즘이 없기 때문이다. 나아가서 우주를

---

3) 私信 (四).
4) 「妹像」.
5) 「烏瞰圖作者의 말」.
6) 「終生期」.

넘어 컴퓨터로 들어가 무한대 세계로 침입하였다. 거기서 이상은 모순을 발견하였다. 그것이 「이상한 가역반응」이었다.

그는 묘지명에서 「終生記」 1편을 남기고 졸했다고 선언했다. 시에 대한 언급이 없다. 그러나 시를 절필하고 시작한 그의 산문이 「終生記」에 이르기까지 시의 단서를 숨긴 것으로 보아 그의 후기 작품들은 초기 시에서 돋아난 것이라 단언할 수 있다. 가장 대표적인 예가 수필 「自畵像」이다. 이것은 시 「自像」에 대한 중요한 단서이다. "사실 나는 요새 그따위 시밖에 써지지 않는구려. 차라리 그래서 徹底히 小說을 쓸 작정이오."

이따위 변명은 안 통한다. 지난 80년 동안 이상이 그 난해하고 불가사의한 시로 우리를 얼마나 헤매게 만들었느뇨. 이번에는 우리가 이상을 당황스럽게 만들 차례이다. "蕩兒 中에 蕩兒 術客 中에 術客 이 難攻不落"의 怪物. 세기의 천재 이상이여! 문학, 회화, 물리학, 천문학, 화학, 건축학, 수학을 소화한 조선의 르네상스인! 다음 시 KL0을 해독하라. 단서는 그대의 시에 모두 들어 있다. 잠깐. 오해 말길. 이것은 그대에 대한 찬사다. 단서는 그대가 산문 「童骸」에서 고백한 "내 오-크材로 만든 葡萄송이 같은 손자들을 거느리고 喫茶店에 가고 싶다."는 소원에 있다. 오-크재로 만든 포도송이라! 그대는 끝까지 암호를 멈추지 않는구려. 내 이 암호를 풀었거늘 "이미 있는 암호를 이해하기보다 새 암호를 쓰는 것이 더 쉽다."[7]고 하니 쉬운 문제를 내리다. 이건 어떨까? "오-크재로 만

---

7) Dyson, G., *Turing's Cathedral*, New York: Vintage Books, 2012, p.315.

든 저리." 위로받기를.

KL0. 오-크재로 만든 저리(부제: KATE 1089 LEE)

출처 : OMB   1984. 9. 7.

I

한 그루

PLUMs TREE

혼자 할 수 없는 잔치

45도를 모르는

두 입술

II

한 그루

OAKSIGHTED

혼자 볼 수 없는 혼자

거울

두 그루

III

0123456789

설문지 $_{10}P_3$

45도를 모르는 198

거울법칙

성호를 글까?

90도로 2번 절한다.

알파벳 G 셈법

　　　　　IV

오-크재로 만든 저리와 함께

거울아거울아이세상에서누가제일예쁘니

추기 : 李箱 그 이름의 유래

이상은 경성고등공업학교 시절에 이미 李箱이라는 필명을 사용하였다.[8] 이 증거의 발견으로 이상의 필명을 둘러싼 속설이 근거 없게 되었다. 그의 필명은 어디에서 유래되었을까? 이상은 「線에 關한 覺書 7」의 육필 일어원문에 "以上 筆名은 金海卿으로"라고 한글로 삽입하였다. 아마 자신의 본명을 필명이라고 밝힌 것은 이것이 유일한 증거일 것이다. 그렇다면 李箱을 본명이라고 생각한 듯하다.

앞서 보았듯이 이상은 「詩第七號」에서 스스로 귀양지에서 4월에 핀 꽃이라고 불렀다. "謫花." 그리고 20세기에 어울리지 않는 19세기 사람이라고 자인하였다. "二十世紀를 生活하는데 十九世紀의 道德性밖에는 없는 나."[9] 「私信 7」에서도 반복한다. "암만해도 나는 十九世紀와 二十世紀 틈바구니에 끼여 卒倒하려 드는 無賴漢인 모양이오. 완전히 二十世紀 사람이 되기에는 내 血管에는 너무

---

8) 김주현 주해, 『정본 이상문학전집 01-詩』, 12쪽.

9) 「失花」.

286 ··· 이상의 시 괴델의 수

도 많은 十九世紀의 嚴肅한 道德性의 피가 威脅하듯이 흐르고 있
소 그려." 산문 「月像」에서 그는 달과 동일시했다. "그것[달]은 너무
나 心痛한 차림차림이었다. 滿身瘡痍 - 아마 血友病인가도 싶었
다." 출혈이 멈추지 않는 혈우병처럼 멈추지 않는 객혈. 그러면서
수필 「東京」에서는 "李太白이 노던 달아! 너도 차라리 十九世紀와
함께 殞命하여 버렸던들 作히나 좋았을까."라며 달을 이태백과 공
유한다.

  그러나 이태백은 이미 1천 년 전에 운명을 버린 8세기 사람이
다. 그렇다면 여기서 이태백은 19세기에 죽지 않고 살아있는 이상
자신이다. "李太白. 이 前後萬古의 으리으리한 華族. 나는 李太白
을 닮아야 한다. 그러기 위하여 五言絶句 한 줄에서도 한 字 가량
의 泰然自若한 失手를 犯해야 한다. 絢爛한 門閥이 풍기는 가히 犯
할 수 없는 氣品과 勢道가 넉넉히 古詩 한 節쯤 서슴지 않고 상채기
를 내어 놓아도 다들 어수룩한 체들하고 속느니 하는 驕慢한 迷信
이다."[10] 그래서 실수인 양 13+1=12를 태연자약하게 써버렸다. 스
핑크스를 피라미드로 둔갑시키기도 하였다. 「종생기」의 첫 줄도
실수에 버젓하다. 반골도 닮았다.

  謫仙과 謫花. 중국에는 李白. 조선에는 李箱. 이상이 본명 김해
경을 필명으로 필명 李箱을 본명으로 정한 이유는 箱은 그가 애인
이라 부른 프리즘 ▽+△=□에서 유래하고 李는 스스로 19세기 조
선의 李白이라 자부했기 때문이리라.

---

10) 「終生記」.

시편

이 책의 전편을 흐르는 단일 주제는 이상이 절망 속에서 시로써 자연현상을 인문현상으로 설명하려고 시도했다는 사실이다. 그를 위하여 자연현상의 시적 변용을 실험하였다. 사상사에서 보면 뉴턴의 만유인력의 발견으로 인류가 과학에 눈을 뜨기 시작하였다. 우주가 신의 섭리에 의해서 주관된다는 신학사상에서 우주가 수학에 의해서 설명된다는 기계론으로 대체되었다. 스콜라철학을 뒤에 업은 중세교회에 의해 주도되는 신학사상에서 근대 자연과학 방법의 과학적 이성으로 진행하는 역사. 이 과정에서 선구자였던 갈릴레오는 종교재판을 받았다. 코페르니쿠스는 종교재판을 피하기 위하여 죽기 직전까지 출판을 미루었다. 뉴턴이 영국에서 태어난 것은 과학발전을 위하여 다행한 일이었다.

과학이 비약적으로 발전하면서 많은 사상가들이 인문현상마저 수학으로 설명하려는 움직임을 보였다. 그러나 근대과학을 높이 평가하지만 개인이 단지 자연과학이 표방하는 기계적 사회의 부속품이 되는 것을 거부하는 움직임도 일어났다. 사람은 빵만으로 사

는 것이 아니고 정신으로도 산다는 사실을 주지시켰다. 그 정신이
철학적 문제를 제기하였다.

데카르트 등이 주장하였던 이성에 대하여 흄 등은 감성을 연구
하였다. 이들을 칸트가 종합하여 정신사의 분수령을 이루었다. 이
것이 인본주의의 기초이다. 그 후 많은 철학자들이 인문학적 길을
제시하였다. 흥미로운 점은 도덕철학자 칸트가 과학에도 업적을
남겼다는 사실이다. 특히 우주형성에 대하여 오늘날의 이론에 어
울리는 대우주 가설을 제시하였다. 潮汐에 관한 논문도 썼다. 그것
이 지구자전 속도에 미치는 영향에 대해서도 계산하였다. 그는 유
명한 금언을 남겼다.

> 내가 자주 그리고 계속해서 생각하면 할수록 나의 마음을 더욱
> 새롭고 더욱 커다란 놀라움과 경외감으로 충만시켜 주는 것이 두
> 가지 있다. 내 머리 위에 별이 총총한 하늘과 내 마음속의 도덕법
> 칙이 그것이다.

우주의 법칙과 마음의 법칙. 자연과 인문의 균형을 이루었다는
점에서 별과 수를 시로 표현하며 이 둘 사이의 가역반응을 꿈꾸었
던 이상이 좋아했을 말이다. 드디어 20세기에 들어서면서 아인슈
타인의 상대성원리의 발견과 괴델의 불완전성 정리의 증명으로 과
학주의의 한계에서 시작된 인본주의의 성찰이 아인슈타인과 괴델
의 대화에서 감지되고 있다.[11] 이상이 이 시기에 자연을 대상으로

---

11) Goldstein, R., *Incompleteness*, New York: Norton and Company, 2005, II-III.

시를 썼다는 것은 조금도 이상스러운 일이 아니다.

앞에서 간헐적으로 비쳤지만 이상은 인본주의자이다. "인간일 것. … 이것[수학을 인문세계에 적용하는 일]은 한정된 정수의 수학의 헐어빠진 습관을 0의 정수배의 역할로 중복하는 일이 아닐까? 나는 自棄적으로 내가 발견한 모든 함수상수의 콤마 이하를 잘라 없앴다."[12] 현미경 하에서 사람도 자연현상이지만 망원경 하에서는 그렇지 않음을 보여주었다. 자연현상은 볼록거울이지만 인문현상은 오목거울이라는 그의 시적 표현이 그것을 말해준다. 그것은 그가 우주를 대상으로 쓴 시에 나타난 정신이다. 그는 시종일관 인문현상과 자연현상의 가역반응을 주제로 삼았다. 자연현상의 상징으로 수학의 세계를 시에 끌어들였다. 그리고 수학세계를 인문현상으로 설명하고자 하였다. 시에 대한 그의 자부심을 보여주는 시가 있다.

KL46. 骨片에關한無題

출처 : 遺稿集	이상전집 1956

신통하게도血紅으로染色되지아니하고하이한대로
뻥끼를칠한사과를톱으로쪼갠즉속살은하이한대로
하느님도亦是뻥끼칠한細工品을좋아하시지 – 사과가
아무리빨갛더라도속살은亦是하이한대로. 하느님은이걸가지고
人間을살작속이겠다고.

---

12) 「遺稿 3」.

墨竹을寫眞撮影해서原版을햇볕에비쳐보구료 ─ 骨骼과같다.

頭蓋骨은柘榴같고아니柘榴의陰畵가頭蓋骨같다(?)

여보오 산사람 骨片을보신일있우? 手術室에서 ─ 그건죽은거야
요. 살어있는 骨片을보신일있우? 이빨! 어머나 ─ 이빨두그래骨片
일까요. 그렇담손톱두骨片이게요?

난人間만은植物이라고생각됩니다.

[해독] 자연이든지 인문이든지 무엇이든지 속과 겉이 다르다.
사과도 겉은 빨갛고 속은 하얗다. 과학이 발달한 오늘날 X레이로
보면 모든 물체의 골격만 보인다. X레이를 통과하지 못한 부분이
다. X레이에 비추면 통과 아니면 불통과다. 0 아니면 1이다. 그 자
체가 프리즘이다. 묵죽도 뼈다귀만 보인다. 석류는 두개골이다. 살
아있는 골편은? 골격이 아니라 골편이라고 이상은 강조한다. 뼈가
아니라 골편이다. 이빨이나 손톱 발톱이 아니라 골편이다. 이상은
시종일관 골편을 고집한다. 이유가 있다. "난人間만은植物이라고
생각커든요." 갈대다. 그러나 생각하는 갈대다. 생각하는 "묵죽"이
다. 갈대가 갖고 있는 생각, 그 묵죽이 갖고 있는 생각은 과학의
X레이도 그냥 통과다. 볼 수 없다. 생각이 골편이다. 하나님도 살
짝 속일 수 없는 골편. 과학에는 골편이 없다. 시가 골편이다. 이것
이 인문현상이 자연현상과 다른 점이라고 이상은 이 시에서 주장
한다. 이상은 시에 목숨을 걸었다. 계속 생각하는 갈대로 남기 위
하여. 계속 시를 쓰는 묵죽으로 남기 위하여. 희망이 있는 한.

살펴본 대로 이상은 1931년 세기적인 과학혁명을 받아들여 그 것을 시로 재창조하였다. 그는 별을 노래하였지만 그 의도는 칸트 처럼 감성과 이성의 종합 나아가서 인문세계와 자연세계의 통합이 었다. 그는 그것을 시도한 최초의 시인이 되었다. 이상은 이백과 함께 반골이면서 홀로 시편이길 고집한다.

이상은 갈릴레오와 같은 물리적 박해는 받지 않았지만 정신적 박해를 받았다. 그는 요절할 자신의 운명을 알았다.[13] 그가 요절한 것은 그의 말대로 "二十七歲를 一期로 하는 不遇의 天才가 되기 위 하여 죽은 것이다." 자신의 죽는 날짜까지 예언하였다. "墓地銘이 라. 一世의 鬼才 李箱은 그 通生의 大作「終生記」一篇을 남기고 西曆紀元後 一千九百三十七年 丁丑 三月 三日 未時, 여기 白日 아 래서 그 波瀾萬丈(?)의 生涯를 끝막고 문득 卒하다. 享年 二十五歲 와 十一個月." 이것이 음력이라면 예언과 4일 차이. 이 차이가 부 활용 음모 계산이었나 보다. 앞으로 이상은 "모순의 무한대"에서 부활할 것이다.

이상은 음력 8월생이다. "묘지명"의 날짜 셈법이 맞지 않는다. 이 誤算은 이 글의 마지막이 증명한다. "滿二十六歲와 三個月을 맞 이하는 李箱先生님이여!" 이상의 셈법이 맞으려면 그는 1911년 4월 생이어야 한다.[14] 그는 4월생이 되고 싶은 것이다. 시리우스가 로 마에 나타나는 때이다. 그는 마지막까지 암호를 늘어놓기를 주저 하지 않는다. "四月이 絶望에게 MICROBE와 같은 希望을 플러스

---

13) 「終生記」. "意料하지 못한 이 忽忽한 終生 나는 夭折인가 보다."
14) 이상이 백부에게 양자로 입양한 시기에서 산출한 것과도 맞지 않는다.

한 데 대해, 개는 슬프게 이야기했다." 그는 개띠이고 시리우스는 큰개자리이다. 이상에게 4월은 잔인한 달이 아니다. 희망의 달이다. 그래서 "5월이면 하루 한 번 외출"해야 한다.

별과 수의 시인으로서 이상의 수명은 1년이다. 그의 주장대로라면 이 시기에 그는 2천 편의 시를 썼다. 3십만 개의 별을 헤아린 천문학자에 비하면 적지만 여남은 시를 쓴 동시대 시인들에 비하면 비교가 되지 않을 정도로 많다. 숫자가 문제가 아니다. 대부분이 망실되었기 때문이다. 바흐는 평생 1,120여 곡을 모차르트는 626곡을 작곡하였다.

이상은 술 먹고 계집질을 일삼은 사람이 아니다. 그가 쓴 소설과 혼동하여 많은 사람들이 그를 퇴폐적인 인물로 기억하고 있다. 그러나 "나는 일시 일각을 허송하지는 않는다. 나는 없는 지혜를 끊이지 않고 쥐어짠다."[15] 만만한 사람이 아니다. 과연 24세에 "용대가리 같은 2천 편"의 시를 쓴 사람답다. 그것도 시시한 창작이 아니다. "천하 눈 있는 선비들의 간담을 서늘하게 해 놓기를 애틋이 바라는 일념 아래 이만큼 인색한 내 맵시의 절약법을 피력해 보인다."[16] 절제된 표현은 거저 나온 것이 아니다. 이상은 단순한 사람도 아니다. "와글와글 들끓는 여러 「나」와 나는 정면으로 충돌하기 때문에 그들은 제각기 베스트를 다하여 제 자신만을 변호하기 때문에 나는 좀처럼 범인[나 자신]을 찾아내기는 어렵다는 것이다."[17] 자부심이 금강석 같다. "나는 찬밥 한 술 냉수 한 모금을 먹

---

15) 「終生記」.
16) 「終生記」.

고도 넉넉히 일세를 위압할 만한 苦言을 지적할 수 있는 그런 지혜의 실력을 가졌다."[18]

그럴 만한 자부심이 그에게 있었다. "方今 文學千年이 灰燼에 돌아갈 地上最終의 傑作 「終生記」를 쓰는 中"인 그는 "요새 朝鮮日報 學藝欄에 近作詩 「危篤」을 連載中이오. 機能語. 組織語. 構成語. 思索語로 된 한글文字 追求試驗이오." 이러한 그의 자부심 앞에서는 기쿠치 간(菊池寬 1888-1948)과 함께 톨스토이(1828-1910)도 대중작가에 불과하다. "톨스토이나 菊池寬씨는 말하자면 永遠한 大衆文藝(文學이 아니라)에 지나지 않는 것을 깜빡 잊어버리신 듯합니다." "톨스토이는 괴나리봇짐을 짊어지고 나선 데까지는 기껏 그럴 성싶게 꾸며 가지고 마지막 五分에 가서 그만 잡았다. 자자레한 遺言 나부랭이로 말미암아 七十年 공든 塔을 무너뜨렸고 허울 좋은 一生에 가실 수 없는 흠집을 하나 내어 놓고 말았다. 나는 일개 狡猾한 옵써-버의 자격으로 그런 愚昧한 聖人들의 生涯를 傍聽하여 있으니 내 그런 따위 失手를 알고도 再犯할 理가 없는 것이다."[19] 서릿발이다. 톨스토이를 인용한 조선의 모씨의 논문도 마음에 차지 않는다. "朝鮮日報 某氏 論文 나도 그 後에 얻어 읽었소. 炯眼이 足히 남의 胸裏를 透視하는가 싶습니다. 그러나 氏의 모랄에 대한 卓見에는 勿論 具體的 提示도 없었지만- 若干 愁眉를 禁할 수 없는가도 싶습니다. 藝術的 氣品 云云은 氏의 失言이오."

---

17) 「終生記」.
18) 「終生記」.
19) 「私信 7」.

여기서 멈추지 않은 이상의 일본 회화에 대한 혹평. "帝展도 보았소. 幻滅이라기에는 너무나 慘憺한 一場의 난센스입니다. 나는 그 뺑끼의 惡臭에 窒息할 것 같아 그만 코를 꽉 쥐고 뛰어 나왔소." 일본 장인정신 그 평범성에 대해서도 그 자부심이 후려갈긴다. "오직 가령 字典을 맨들어냈다거나 一生을 鐵 硏究에 바쳤다거나 하는 사람만이 에라이히도인가 싶소. 가끔 眞짜 藝術家들이 더러 있는 모양인데 이 生活去勢氏들은 당장에 도로네즈미가 되어서 한 二三年 滿에 老死하는 모양입니다."

이런 비평을 자신 있게 하는 사람은 자신의 작품에 대해서 엄격하다. 이 책에서 보았듯이 그는 상징주의, 신비주의, 퇴폐주의, 초현실주의와는 거리가 멀다. 다다이즘도 아니고 정신분석이 개재할 틈도 보이지 않는다. 모든 "주의"로부터 자유롭다. 일차적으로 그는 과학도였다. 절약법으로 글을 써서 그렇지 그의 시는 그의 과학적 정신만큼 명확하다.

『(續)이상의 시 괴델의 수』에서 계속.

참고문헌

국문

1. 권영민 엮음, 『이상 전집 1 시』, 서울: 뿔, 2010.
2. 김유중·김주현 엮음, 『그리운 그 이름, 이상』, 서울: 지식산업사, 2004.
3. 김주현 주해, 『정본 이상 문학전집 01-詩』, 서울: 소명출판, 2005.
4. _____, 『정본 이상 문학전집 02-小說』, 서울: 소명출판, 2005.
5. _____, 『정본 이상 문학전집 03-隨筆』, 서울: 소명출판, 2005.
6. 김학은, 『정합경제이론』, 서울: 박영사, 2006.
7. 寧仁文學舘, 『2010 李箱의 房 -육필원고·사진展-』, 서울: 寧仁文學舘, 2010.
8. 林鐘國 編, 『李箱全集』, 서울: 文成社, 1972.

일문

1. 川島幸希, 『英語教師 夏目漱石』, 東京: 新潮社, 2000.
2. 竹內 薰, 『不完全性定理とはなにか』, 東京: 講談社, 2013.
3. 中村士·岡村定矩, 『宇宙觀5000年史』, 東京: 東京大學出版會, 2012.
4. 稻垣達郎·大岡信, 『近代詩人百人』, 東京: 平凡社, 1978.

영문

1. Appel, A.W., *Alan Turing's Systems of Logic The Princeton Thesis*, Princeton University Press, 2012.
2. Auden, W.H., *The Dyer's Hand and Other Essays*, New York: Random House, 1962.
3. Dyson, G., *Turing's Cathedral*, New York: Vintage Books, 2012.
4. Eliot, T.S., *Four Quartets*, New York: Harcourt Brace, 1943[1935].
5. Feynman, R., *Six Easy Pieces*, New York: Basic Books, 2011[1963].
6. Gamow, G., *One Two Three … Infinity*, New York: Viking Press, 1947.
7. Goldstein, G., *Incompleteness,* New York: Norton and Company, 2005.

8. Hoffman, P., *The Man Who Loved Only Numbers*, New York: Hyperion, 1998.

9. Hofstadter, D.R., *Gödel, Escher, Bach*, New York: Basic Books, 1979.

10. Isimov, I., *Eyes on the Universe A History of the Telescope*, Boston: Houghton Mifflin, 1975.

11. King, H. C., *The History of Telescope*, Cambridge MA: Sky Publishing Corporation, 1955.

12. Leavitt, D., *The Man Who Knew Too Much*, New York: Norton & Company, 2006.

13. MacPherson, H., *Modern Astronomy Its Rise and Progress*, Oxford: Oxford University Press, 1926.

14. _____, *Modern Cosmologies A Historical Sketch of Researches and Theories Concerning the Structure of the Universe*, Oxford: Oxford University Press, 1929.

15. Moore, P., *Eyes on the Universe The Story of the Telescope*, New York: Springer, 1997.

16. Pappas, T., *Mathematical Scandals*, Baker & Taylor, 2009.

17. Parsons, C., *The Scientific Papers of William Parsons*, Cambridge: Cambridge University Press, 1926.

18. Scaife, W.G., *From Galaxies To Turbines − Science, Technology and the Parsons Family*, New York: Taylor & Francis, 2000.

19. Singh, S., *Big Bang*, New York: Fourth Estate, 2004.

20. Stein, G., *Geography and Plays*, University of Wisconsin Press, 1922.

21. Weintraub, D.A., *How Old Is The Universe?* Princeton University Press, 2011.

22. Weissmann, G., *Mortal and Immortal DNA*, New York: Bellevue Literary Press, 2009.

찾아보기

ㅎ

김학은 金學㤼

서울대학교 농과대학 졸업
미국 University of Pittsburgh 대학원 경제학과 졸업, Ph.D.
미국 Case Western Reserve University 경제학과 조교수
연세대학교 상경대학 경제학부 교수
현재 연세대학교 상경대학 경제학부 명예교수

저서
A Study on Inflation and Unemployment, New York and London:
　Garland, 1984
화폐와 경제, 법문사, 1984
화폐와 이자, 법문사, 1984
화폐와 시간, 법문사, 1984
화폐의 역사, 법문사, 1984
돈의 역사, 학민사, 1994
폰지게임과 베짓처방, 전통과 현대, 1998
새 거시경제학(공저), 세경사, 2005
자유주의 경제학 입문(공저), 세경사, 2006
정합경제이론, 박영사, 2006(2008년 대한민국학술원 우수학술도서)
화폐와 금융 – 불확실성의 경제학, 박영사, 2007
자본주의 소나타, 월간에세이사, 2007
루이스 헨리 세브란스 – 그의 생애와 시대, 연세대학교 출판부, 2008
이승만과 마사리크, 연세대학교 이승만연구원 학술총서 6, 북앤피플, 2013
이승만의 정치·경제사상 1899–1948, 연세대학교 이승만연구원 학술총서 7,
　연세대학교 대학출판문화원, 2014
(續)이상의 시 괴델의 수, 보고사, 2014
한국의 근대경제학 1915~1956 : 연세대학교 상경대학 백년사 제1권, 연세대
　학교 대학출판문화원, 2015

이상의 시 괴델의 수

2014년 1월 22일 1판 1쇄 발행
2015년 8월 28일 2판 1쇄 발행

지은이 김학은
펴낸이 김흥국
펴낸곳 도서출판 보고사

책임편집 황효은
표지디자인 오동준

등록 1990년 12월 13일 제6-0429호
주소 서울특별시 성북구 보문동7가 11번지 2층
전화 922-5120~1(편집), 922-2246(영업)
팩스 922-6990
메일 kanapub3@naver.com
http://www.bogosabooks.co.kr

ISBN 979-11-5516-200-2 93810
ⓒ 김학은, 2014

이 도서의 국립중앙도서관 출판예정도서목록(CIP)은 서지정보유통지원시스템 홈페이지
(http://seoji.nl.go.kr)와 국가자료공동목록시스템(http://www.nl.go.kr/kolisnet)에서
이용하실 수 있습니다.(CIP제어번호: CIP2013029008)